이불 밖은 위험해

이불 밖은 위험해

**

김이환 소설집

아작

차
례

이불 밖은 위험해

"이불 밖은 위험하니까 나가지 마."

아침에 눈을 떴을 때 겨울 이불이 말했다. 두꺼운 회색 이불은 수민이 무척이나 좋아하는 이불이었다. 그렇다고 해서 물건이 말을 걸다니, 이상한 일이었다. 아직 잠에서 덜 깼나 보다, 수민은 대수롭지 않게 생각하려고 했다.

"아니, 수민은 좀 외출을 해야 해. 걷기도 해야지. 요즘 살이 많이 쪘어."

이번에는 의자가 말했기 때문에 수민은 정신이 번쩍 들었다. 이어서 어젯밤 팔걸이에 대충 걸어놓은 옷이 의자의 말에 동의했다. 수민은 일어나 잠시 멍하니 앉아 있다가, 세수하라는 파자마의 말에 화장실에 가서 거울을 들여다보왔다. 늘 보던 얼굴이 있었다.

미친 사람의 얼굴로는 보이지 않았다.

"치약을 흘리지 말고 양치해야지."

거울이 말했다. 천천히 세수하는 동안 컵은 오늘 날씨를 말해주고 아침 식사로 뭘 먹을 거냐고 물었다. 수민은 자신을 입어달라며 아우성치는 옷들 사이에서 편한 옷을 골랐다. 문은 닫히기 전에 외출 잘 다녀오라며 집은 자신이 잘 지키겠다고 인사했다(그건 좋았다). 수민이 탄 엘리베이터마저 말을 걸었을 때, 수민은 고민 끝에 목적지를 회사에서 병원으로 바꿨다.

✳

의사에게 증세를 말하는 동안, 의사가 쥐고 있던 볼펜이 말했다.

"물건들이 말을 건다고? 큰일 났네, 큰일 났어."

하지만 "볼펜, 너도 물건 아니야?"라고 되물으려는 순간 의사가 말했다.

"언제부터 증세가 시작됐나요?"

아침에 일어나자 그랬다고 대답하니 의사가 말했다.

"갑자기 그랬다면 병이 빠르게 진행된다는 뜻이니 지금 당장 입원하시는 편이 좋습니다."

의사의 말대로 만사 제쳐놓고 입원 절차를 밟았다. 집으로 돌아와 필요한 간단한 가재도구를 챙겨서 나가려는데, 이불이 말했다.

"밖은 위험하니까 나가지 마."

수민은 이불이나 다른 물건에게 별다른 인사를 남기지 않고 집을 떠나 병원에 입원했다. 오래된 병원은 낡긴 했지만, 간호사도 친절하고 의사도 정성껏 수민을 위해 진찰했다. 문제는 그곳의 물건들도 수민에게 말을 걸었다는 것이었다. 게다가 정신병원의 물건들이라서 그런지 다들 어딘가 더 이상했다.

"나는 멀쩡해. 밖에서 들어온 지 얼마 안 됐거든. 나를 버리지 말고 가지고 있어."

정수기의 물을 마셨을 때, 일회용 종이컵이 말했다. 멀쩡하다고 주장하는 종이컵의 말을 믿어보기로 하고, 환자복 앞주머니에 넣었다.

"우리 두고 어디 가?"

쓰레기통의 다른 종이컵들이 화를 냈지만, 수민은 무시했다. 들어온 지 얼마 안 됐다는 종이컵은 어째서인지 병원의 다른 물건들을 속속들이 잘 알고 있었다. 덕분에 수민은 친하게 지내도 괜찮은 물건들과 친구가 되었고, 피해야 할 물건들과는 되도록 거리를 두었다. 수민은 병원에서도 침대에 누워 이불 안에서 지냈다. 침대와 이불은 별다른 말을 하지 않았는데, 둘 다 우울증이 있어서 햇볕에 바짝 말라

기분이 좋을 때를 빼면 말이 없었다. 반대로 베개는 조울증이 있어서 성격이 상당히 괴팍했다. 걸핏하면 수민에게 화를 내서, 베개 없이 잠들 때가 많았다. 창문은 자신이 문이라고 생각했고, 문은 자신이 창문이라고 생각해서 사람들이 문으로 드나들면 상당히 불편해했다. 문은 하루에도 수십 번씩 이렇게 말했다.

"왜 문을 놔두고 창문으로 다녀?"

접시와 포크는 서로에게 끊임없이 집착하며 싸우다가 화해했다. 그들이 울며 싸우는 소리에 제대로 식사할 수가 없었다. 집에 있을 때가 더 좋았지, 수민이 불평하자 종이컵이 말했다.

"이불 밖은 위험한데 왜 나왔어? 이불 말대로 집에 있었어야지."

"하지만 물건의 목소리가 들리는 건 정상이 아니야. 치료를 받아야 한다고."

"그게 도대체 왜 고민이야? 안 들리던 소리가 들리면 더 재미있잖아."

정말 그럴까, 수민은 생각했다. 며칠 후 종이컵은 자판기에 호감을 느낀다며 계속 말을 걸었다. 둘이 대화하는 동안 수민은 어색함을 참으려 옆에서 계속 음료수만 뽑아 마셨다. 하지만 연애도 뭐도 아닌 종이컵과 자판기의 관계는 곧 끝났다.

"자판기는 아무래도 자기처럼 금속으로 된 물건이 좋대. 이를테면 캔 같은. 금속 따위 뭐가 좋다고. 쇠는 금방 녹슬기 마련이지. 종이는 천 년을 가는데… 흥."

병원 주변은 경치가 아름다워서, 수민은 종이컵과 산책로에서 많은 시간을 보냈다. 걷기도 하고 어떤 때는 달리면서 종이컵의 농담을 들었다. 종이컵은 상당히 유쾌했기 때문에 적적한 입원 생활 동안 즐거웠다. 그렇게 병원 생활에 적응되자, 차라리 이곳에서 계속 있는 편이 좋겠다고도 생각했다. 아쉬울 것 없잖아, 공기도 좋고 친구도 있고 말이지. 수민은 생각했다.

"아무래도 이상해진 것 같지 않아?"

어느 날 종이컵이 심각하게 말을 꺼냈을 때도 수민은 종이컵의 농담인 줄 알았다. 그런데 종이컵은 정말 심각했다.

"뭐가? 나?"

"아니, 나 말이야. 물건들이 다 제정신이 아니니까 나까지 이상해지는 것 같아. 네가 보기에는 어때?"

친구가 그런 말을 하니 겁이 났다. 갑자기 수민의 주변에 있는 문제들이, 괴팍한 베개와 우울증 걸린 침대와 다른 물건들이 떠올랐다. 이런 곳에 너무 오래 있어서 생긴 일인가 싶었다.

"아무래도 우리가 집에 돌아가야 할 때가 됐나 봐."

적응하는 순간 떠나야 한다니 슬픈 일이었지만, 이제는

좋은 친구가 된 종이컵이 힘들어하는 모습을 보고 싶지는 않았다. 수민은 의사에게 면담을 요청했다.

"이제 괜찮아진 것 같아요."

물건들의 목소리가 들리지 않는다는 거짓말과 함께 몸도 건강해졌고 정신도 맑은 것 같다는 하나 마나 한 말을 대충 덧붙였다. 수민이 의사의 처방을 기다리는 동안, 볼펜은 말했다.

"뭐, 본인이 나가고 싶다면 나가야지."

그렇게 짧은 입원을 끝내고 집으로 돌아왔다.

✳

"얼굴이 많이 좋아졌네."

수민을 제일 처음 본 문이 말했다. 물건들은 수민을 만나자 반가워했고, 종이컵을 소개하자 흥분했다. 종이컵은 특유의 유쾌함으로 모두와 쉽게 친해졌다. 종이컵이 밖에서 겪은 일을 왁자지껄 떠드는 통에 집은 한동안 시끄러웠다.

수민은 짐을 풀고 침대에 몸을 뉘었다. 오랜만에 자신의 침대로 돌아오니 아늑한 것이 기분 좋았다. 이불이 말했다.

"내 말이 맞지? 이불 밖은 위험하다고 했잖아. 나가지 마."

"알았어."

수민은 대답하고 편한 마음으로 잠을 청했다.

시리와 함께한

화요일

◇ 2014년 〈웹진 크로스로드〉 발표

하준은 특별한 손님을 기다리고 있었다.

곧 도착할 손님을 위해 하준은 집의 관리 시스템에게 커튼과 창문을 열라고 음성으로 명령했다. 시스템은 목소리에 반응해 창문을 열고 온도와 습도를 측정한 다음 거실 벽에 보이지 않게 숨겨져 있는 스피커로 보고했다. 그는 커피를 데우라는 명령을 추가했다. 손님은 음료를 마시지 않지만, 앞에 한 잔 놓아두는 것을 좋아한다고 알고 있었다. 그는 손님을 어떻게 맞이하면 되는지 회사에서 이메일로 미리 보낸 안내문을 세 번 반복해서 읽었고 모든 내용을 다 기억했다.

도착할 시간이 얼마 남지 않자, 하준은 괜히 초조한 마음에 거실을 이리저리 오가다가, 수염을 길러서 실제보다 나이 들어 보이는 얼굴을 거울에 괜히 비춰보았다.

2시 정각이 되자 시스템이 집 앞에 자동차가 도착했다고 보고했다. 시스템은 거실의 텔레비전을 켜서 자동차를 비췄다. 인공지능이 운전하는 자동차는 주차장의 정해진 자리에 정확히 멈췄다. 하준은 차 문에 찍힌 애플 마크를 확인하다가, 문이 열리자 내리는 손님의 외모를 확인하고 다소 놀랐다. 애플사의 안내문에는 외모가 묘사되어 있지 않았지만, 하준이 상상한 것과 매우 달랐다. 검은색 셔츠에 청바지를 입은 젊은 남자가 문으로 다가왔고, 문에 달린 모니터를 향해 얼굴을 들이밀자 손님의 얼굴이 텔레비전에 가득 찼다.

하준이 손님에게 말했다.

"누구세요?"

"당신의 겸손한 비서, 시리입니다."

✳

하준은 긴장 때문에 실수를 거듭했다. 시리가 악수를 청했는데, 그 외모에 놀라 당황한 나머지 손잡는 행동을 잠시 망설이고 말았다. 그다음에는 집 안내를 잊어버려서 두 사람은 한동안 문 앞에 멀거니 서 있었다.

"들어가도 될까요?"

시리의 말에 하준은 정신을 차리고 시리를 거실로 안내했다. 두 사람은 소파에 마주 보고 앉았다. 뭐라고 말을 꺼내야 좋을지 몰라서 머뭇거리자 시리가 말했다.

"시리입니다. 시리라고 부르세요."

"김하준입니다."

"알고 있습니다."

시리가 웃었다. 인간을 흉내 낸 로봇의 웃음을 보고 있으니 괜히 소름이 돋았다. 시리는 동양인의 골격과 피부색을 하고 영어 억양이 약간 섞인 한국어를 사용하는 젊은 남자였다.

시리는 자신을 불편해하는 하준의 마음을 아는지 모르는지 말을 걸었다.

"베타 서비스 이용자로 선정된 것을 축하드립니다."

축하까지 받을 일인가, 하준은 생각했지만 5만 대 1의 경쟁률을 뚫고 당첨됐다는 로봇의 설명을 듣고는 다소 놀랐다.

넉 달 전 애플이 자체개발한 인공지능을 탑재한 로봇 '시리'를 출시한다는 소식을 발표했을 때 전 세계 사람들이 흥분했다. 애플은 '시리를 처음 만나는 사람', 즉 베타 서비스 유저를 찾고 있다고도 발표했다. 시리와 반나절 동안 만나서 대화하면서 느낀 점을 애플에 전달하면 된다는 것이다. 사람들은 시리가 처음 아이폰의 음성 서비스로 등장했을 때와 이후 애플 아이클라우드 속의 인공지능으로 새롭게 태어났을 때를 기억하고 있었다. 그랬던 시리가 이제는 인간의 외형을 갖춘 로봇으로 발전해 세상으로 걸어 나온 것이다. 한국도 시리의 베타 테스트 국가 중 하나였다. 로봇과 만나보고 싶은 수십만 명의 호기심 많은 사람이 애플 홈페이지에 응모했고 하준도 그중 한 명이었다.

애플이 그를 베타 서비스 이용자로 선정했다는 이메일이 도착했을 때 하준은 다소 놀랐다. 인공지능 로봇을 처음 만나는 몇 사람 중 한 명이 될 거라는 사실이 믿어지지 않았다.

시리가 지금 그의 앞에 앉아 있었다.

로봇은 베타 서비스 사용자로서 하준이 주의해야 할 점을 천천히 설명했다.

"평범한 손님으로 대하시면 됩니다. 저와의 대화는 모두 기록됩니다. 이는 서비스 향상을 위한 데이터로 활용할 예정이고요. 물론 프라이버시는 지켜집니다. 아주 사소한 불평도 좋으니 자유롭게 말씀해주세요."

하준은 시리의 말에 집중하기 어려웠다. 어색하게 움직이는 얼굴 근육, 딱딱하게 움직이는 입술 너머에서 나오는 지나치게 완벽한 인간의 목소리 때문이었다. 그리고 억양이 정말 거슬렸다. 그 점을 솔직하게 말해야 할까? 하준은 잠깐 고민하다가, 그냥 알겠다고 대답하고 고개를 끄덕였다.

시리는 주머니에서 애플 마크가 그려진 흰색 상자를 하나 꺼내 하준에게 내밀었다.

"애플사에서 베타 서비스 이용자에게 드리는 사은품입니다. 신형….."

"애플워치군요."

"다음 달에 발매할 신형입니다."

하준은 상자를 열어 애플워치를 꺼냈다. 손목에 차고 있던 구형을 빼고 신형 애플워치를 찼다. 더 가볍고 세련된 디자인이었다. 무제한의 데이터 업로드와 가장 빠른 속도의 스트리밍 서비스 역시 제공한다고, 시리는 설명했다. 하준이 손가락으로 액정을 터치해 지문을 입력하자 애플워치가 애플의 웹하드에 저장되어 있던 하준의 정보를 다운로드 하고 작동을 시작했다.

"이야, 아직 시장에도 안 나온 애플워치를 쓰다니 친구들에게 자랑해야겠는걸."

"자랑하셔도 됩니다."

정말 그래도 되느냐고 하준이 재차 물었더니 로봇은 고개를 끄덕였다. 자신과 함께 사진을 찍어 페이스북에 올려 보라는 제안까지 했다. 하준은 애플워치로 시리와 함께 사진을 찍은 다음 페이스북에 음성으로 게시물을 작성했다.

시리와 같이 찍은 사진이라니 '좋아요'를 2만 번쯤은 받을 수 있겠군, 하준은 생각했다.

시리가 말했다.

"그러면 데이터 개인정보사용에 동의하시겠어요? 저를 이용하시는 동안에는 모두 동의하셔야 합니다. 물론 서비스 향상을 위한 활용 이외의 다른 용도로 이용하지는 않습니다."

역시 기업답구나, 하준은 생각했다. 멋진 선물을 준 다음에 까다로운 계약서를 내미는 거지.

"이미 애플워치를 손목에 찼는데 거절할 수가 없군요."

"2035년 2월 24일, 화요일. 김하준 님은 애플과의 계약에 서명하였습니다."

로봇이 손을 내밀었고 하준이 손을 내밀어 악수하자 계약은 성립되었다. 손을 놓으려는데, 시리가 놓지 않았다.

"이제 정보를 공유하겠습니다."

시리가 왼손 손가락으로 하준의 애플워치를 터치해 지문을 입력하자 하준의 모든 데이터는 순식간에 시리의 애플워치에, 그리고 시리 자체와 공유되었다.

"이제 저는 김하준 님의 비서가 되었습니다. 반나절 동안이지만 즐거운 대화가 되셨으면 합니다. 이제 본격적으로 시작해보죠. 제 첫인상은 어땠나요?"

"예상과는 다르군요." 하준은 솔직하게 말했다. "특히 외모요. 나는 여자가 올 줄 알았는데요."

"시리의 외형은 여럿입니다. 스물세 가지 버전의 시리가 국가별로 서비스될 예정입니다. 남자도 있고 여자도 있고 인종도 나이도 다양합니다. 그런데 왜 시리를 여자로 생각하셨죠?"

"시리가 여자 이름이니까요."

하준도 궁색한 대답인 걸 알고 있었다. 컴퓨터 속의 인공지능일 때 시리는 남성 모습의 인터페이스도 지원했었다. 하지만 시리는 반론을 제기하지 않고 점잖게 질문만 계속했다.

"성별 말고는 외모의 어떤 점이 생각과 다르던가요? 솔직하게 말씀해주시면 됩니다. 아, 그런데 관리 시스템이 커피를 다시 데울 거냐고 묻는데 어떻게 할까요?"

시리는 어느새 집의 관리 시스템에 접속해서 정보를 받고 있었다. 하준은 자신이 처리하겠다고 대답하고 부엌으로 들어가 커피를 가지고 응접실로 돌아왔다. 그는 커피잔을 로봇 앞에 놓았고, 시리가 컵을 들어서 한 모금을 마시는 순간 놀라서 되물었다.

"커피를 마실 수 있어요?"

"적은 양의 액체는 괜찮습니다. 물론 커피를 마신다고 심장이 빨리 뛰거나 하진 않습니다."

액체는 어디로 가는 걸까? 저 몸에 액체를 처리하는 시스팀을 뒀을 것 같지는 않았다. 번거로울 테니까. 몸 안에 담아뒀다가 나중에 뽑아내는 걸까? 시리의 몸 어딘가에 액체가 흘러나오는 뚜껑이나 호스가 달렸단 말인가?

"아까의 대화로 돌아갈까요?" 시리가 말했다. "제 외모 중에 어떤 점이 불편하십니까?"

그 순간 하준은 깨달았다. 하준은 마치 사람과 대화하듯이, 솔직하게 불평을 말할 타이밍을 기다리며 로봇의 눈치를 보고 있었다. 물론 시리와의 대화는 애플의 직원들이 듣게 될 테니 예의를 지켜야 할 것이다. 그렇다고 하더라도 지나치게 눈치를 보고 있었다. 그래서 시리는 그가 편하게 털어놓을 기회를 만든 것이다.

하준은 대답했다.

"외모가 아니라 억양이 불편하네요. 지금 외국 사람이 한국어를 배워서 사용하는 것처럼 말하고 있잖아요. 듣기 불편합니다. 아니, 불편한 건 아닌데, 뭐랄까, 꼭 그래야 할까 싶어요. 나 역시 어렸을 때 미국에서 살다가 나중에 한국으로 돌아왔지만, 억양을 없애려고 의식한 것이 아니라 자연스럽게 사라졌거든요."

"김하준 님도 영어 억양이 약간 남아 있습니다."

"내가요?"

하준은 시리에게 되물었다.

"네. 예를 들면…."

"영어 억양에 대해서는 나도 잘 알거든요."

하준은 따지듯이 대답했다가 이런 태도 역시 애플 직원들이 듣는다는 생각에 잠시 움찔했다.

"내가 영어 억양을 부끄러워한다는 건 아니에요. 하지만 지금 당신은 꼭 전형적인 재미교포를 연기하는 것 같아요. 그것도 사람이 아닌 로봇의 연기를 보고 있으니 더 불편하군요."

"불편하시다면 억양을 바꾸겠습니다."

그 문장을 시작으로, 시리는 완벽한 한국인의 억양으로 말투를 바꿨다. 하준은 잠시 무서운 느낌을 받았다. 시리가 사람이 아니라 애플의 웹하드와 무선 인터넷으로 연결된 인간의 모습을 한 단말기임을 순간 실감한 것이다. 하지만 뭔들 그렇지 않은가? 그의 애플워치도, 자동차도, 집 관리 시스템도 모두 똑같다. 시리도 그런 제품 중 하나일 뿐이었다.

"당신은 전 세계 언어를 다 알겠군요. 애플 서버에 접속해서 다운만 받으면 될 테니. 아니면 이미 전자두뇌에 들어가 있나요? 아무튼, 부럽군요."

"언어를 알아도 예절이나 사회 규범을 모르면 안다고 말하기 어렵습니다. 그래서 베타 테스트가 필요합니다. 다른 불편한 점은 없으십니까?"

그렇군요. 하준은 중얼거리듯이 대답하면서 커피를 한

모금 마신 후 말했다.

"글쎄요. 아, 그러면 불편한 점은 아니고 궁금한 것이 있는데, 시리가 앞으로 본격적으로 상업화되면 처음 만나는… 그 뭐랄까…."

"애플은 '사용자'라는 표현을 쓰고 있습니다."

시리의 '고용인'이라고 해야 할지 '주인'이라고 해야 할지 '구입자'라고 해야 할지 고민하던 하준에게 로봇이 대답했다.

"사용자와는 이런 가벼운 대화로 적응을 시작하나요?"

"개인 정보를 받고 면담을 하고 가벼운 일부터 시작해서 차츰 어려운 일까지 돕습니다.

그러면 기왕 말이 나온 김에 가벼운 면담을 해볼까요? 김하준 님은 한국에서 태어나셨습니다. 두 살 때 미국으로 건너가서 여덟 살까지 살다가 다시 한국으로 오셨고요. 고등학교까지는 한국에서 배우다가 미국에서 대학을 다니고 지금은 한국으로 돌아와 신문사에서 일하고 계시죠."

"IT 전문 언론사인데 아직 인턴이에요."

"일주일마다 교대로 출근과 재택근무를 하시고, 오늘은 재택근무 날이시죠."

"맞아요. 그래서 오늘 한가한데…. 아니, 그것보다, 그걸 어떻게 다 알죠?"

"페이스북요."

그렇지. 페이스북에 사적인 정보가 다 있지.

26

"페이스북만으로도 많은 정보를 알 수 있습니다. 스포츠는 축구를, 음악은 비틀스의 초기 앨범을 좋아하시죠? 영화는 고전 영화를 즐겨 보시는군요. 최근에 본 영화는 〈모두가 대통령의 사람들〉이고요."

"재미있더라고요. 〈인사이더〉라는 영화를 재미있게 봤는데 아이튠즈에서 추천 목록으로 그 영화를 골라주기에 봤어요. 〈인사이더〉도 재미있었지만 〈모두가 대통령의 사람들〉이 더 좋았어요."

"기자가 진실을 파헤치는 내용의 영화를 좋아하시는군요."

그렇다고 대답하려다가, 갑자기 집에 울리기 시작한 비틀스 음악에 놀라 물었다.

"지금 아무 말도 하지 않았는데 어떻게 관리 시스템에 음악을 틀라고 명령을 내렸죠?"

"두뇌에서 전압을 조절해 명령을 내릴 수 있습니다."

"그냥 생각하는 것만으로도 시스템을 움직일 수 있다고요?"

"머릿속에서 손가락을 움직이자고 결정하면 손가락을 움직일 수 있는 것과 같습니다. '명령을 내리자'라고 결정하면 결정이 시스템으로 전달됩니다. 음악을 트는 것 말고도 다른 많은 일을 명령할 수 있습니다. 배고프진 않으세요? 오늘 점심 안 드셨죠? 피자라도 주문할까요?"

"내가 밥을 안 먹은 건 어떻게 알았죠?"

"추측입니다. 보통 김하준 님은 점심 식사 후에 뭘 먹었는지 페이스북에 올리시는데 오늘은 게시물이 없군요."

시리의 말이 옳았다. 로봇을 만난다고 생각하니 긴장이 되어 점심을 먹지 않았다.

"점심으로 피자 어떠세요? 비용은 애플에서 지급합니다."

"공짜 점심이라니 거절할 이유가 없군요."

"이 근방의 피자 가게 중 자주 이용하시는 곳이 있군요. 전화를 건 빈도수가 가장 높은 곳이 있습니다. 보통은 친구가 왔을 때 주문하시는 것 맞습니까? 신용카드 기록을 보면 피자 서너 판을 주문하셨는데 혼자 드셨을 것 같지 않군요."

"정확하군요."

"평소에 자주 주문하던 메뉴로 하겠습니다."

"앤초비는 빼달라고 하세요."

시리는 피자 가게로 전화를 걸고 주문을 하는 일을 전자두뇌 안에서 처리했기 때문에 그동안에도 계속 하준과 대화를 나눌 수 있었다. 여러 가지 일을 동시에 처리할 수 있다는 점에서는 훌륭한 비서가 될 것이라고 로봇이 하준에게 말했다. 과연 그렇군요, 하준은 고개를 끄덕였다. 그들이 막 고전 영화에 관한 이야기를 나누려는 참에 시리가 말을 멈췄다. 동시에 시스템에서 집 앞에 자동차가 도착했다는 소식을 알렸다.

하준은 중얼거렸다.

"피자가 벌써 왔을 리는 없고…."

"친구분이 오셨군요."

"도윤이가 왔네."

텔레비전에 드러난 주차장의 경찰차를 보고 하준은 말했다.

＊

"페이스북 보고 왔어. 시리가 집에 왔다면서? 어라, 진짜 저기 있네. 신기하다."

덩치 큰 경찰이 시끄러운 목소리로 떠들며 거실로 성큼 걸어왔다. 시리가 일어나 악수를 청했다.

"박도윤 님이시군요. 반갑습니다. 애플사에서 온 시리라고 합니다."

도윤은 악수에 응하지 않았다. 단지 한동안 눈살을 찌푸리더니 시리의 주변을 한 바퀴 빙 돌면서 위아래로 훑어보고는 말했다.

"이거야말로 정말 끔찍하구먼."

하준은 로봇의 얼굴에 떠오른 난처한 표정을 보았다. 기분이 좋지 않은 표정이었지만 아주 불쾌한 표정은 아니었다. 화가 났지만, 감정을 절제하고 있으며 상황을 감당할 수 있다는 정도의 표현이었다. 하준은 시리가 어떻게 적당한 정도의 감정을 표현할 수 있는지를 생각하다가, 이런 불쾌한 상황에 로봇이 어떻게 반응하는지만 살피는 자기 자신에게 놀랐다.

하준이 시리에게 설명했다.

"내 친구입니다. 이름은….”

"잘 알고 있습니다. 박도윤 님은 경찰이시고, 김하준 님과는 4년 전에 처음 만났고 가장 친한 친구가 되셨죠?”

"말투는 저래도 나쁜 놈은 아니에요.”

하준은 덧붙였다.

"우리가 4년 전에 친해진 걸 시리 네가 어떻게 알지?”

도윤의 질문에 시리가 대답했다.

"페이스북이죠.”

시리와 도윤을 자리에 앉힌 후 하준은 부엌으로 가서 도윤에게 줄 커피를 한 잔 따랐다. 시리가 그의 개인 정보를 이용해 얼마나 많은 추측을 해낼 수 있는지 그 한계가 궁금했다. 도윤이 그의 친구라는 건 알아도 '가장 친한 친구'라는 건 어떻게 알아냈을까? 아마 페이스북에서 하준과 도윤이 서로의 게시물에 얼마나 빨리 그리고 자주 댓글을 달거나 '좋아요'를 누르는지, 많은 사진을 공유하고, 얼마나 자주 같은 장소에 있는지로 추측할 것이다. 혹은 페이스북이 아닌 다른 정보로도, 이를테면 전화 통화 횟수, 자동차가 집에 방문한 횟수 등으로도 가능하다.

거실로 커피를 들고 돌아오니 짧은 시간 동안 도윤은 시리에게 온갖 실례되는 말을 하고 있었다.

"시리, 네 외모에 대해서 직설적인 의견을 말해도 좋을까?"

하준은 도윤의 앞에 커피잔을 내려놓으며 말했다.

"시끄러워."

하지만 도윤은 하준이 뭐라건 시리가 좋다고 미처 대답하기도 전에 의견부터 늘어놓았다.

"꼭 땅속에 묻어놓은 마네킹이 방금 일어난 것 같아. 왜 그래? 내 표현이 이상해? 하지만 솔직히 말해봐. 피부는 마네킹에다가 갈색 진흙을 발라놓은 것 같아. 안 그래? 그리고 눈은 구멍을 파놓고 안에다가 유리구슬을 심은 것 같다고. 입은 턱관절 움직임이 그대로 보이고 수염은 얼굴에 그냥 그려놨잖아. 귓구멍은 직선이야. 안에 있는 전자뇌가 그대로 보일 지경이야."

"보이지 않습니다."

시리는 두 사람을 향해 귀를 돌려 보였다. 귓구멍은 사람들처럼 안쪽이 어두워서 보이지 않았다.

"머리카락은 가발 티가 너무 나고. 사람 머리카락 같지도 않아, 사람 머리카락이야? 아닌가? 그리고 체모가 많지는 않네? 손목에 털이 살짝 보이긴 하지만 그 안의 체모까지 만들었을 것 같지는 않은데. 옷 안에는 피부가 없지? 얼굴하고 손만 피부로 덮었고, 그 안에는 없지?"

"맞습니다."

시리가 대답하고는 손목의 옷을 살짝 걷었다. 마치 옷을 박아놓은 봉제 인형처럼, 검은 스웨터가 손목 위쪽부터는 피부에 달라붙어 있었다.

도윤은 고개를 흔들었다.

"이거야 원. 애플은 로봇을 이 정도밖에 만들지 못할 거면 왜 시장에 내보내는 거야?

"제 외모가 불편하십니까?"

시리가 묻자 도윤은 어이가 없다는 듯이 웃었다.

"불편하냐고? 걸어 다니는 마네킹과 한밤중에 마주친다고 생각해봐. 기분이 어떻겠어? 아니, 너더러 생각하라는 게 아니라, 애플 직원들에게 그렇게 전해. 그러면 어떨지 상상하라고 해."

로봇은 고개를 끄덕였다.

"직설적인 의견 감사합니다. 그런 의견을 말하기는 생각보다 어렵습니다. 저는 베타 서비스 이용자들에겐 어려운 손님입니다. 부담스러운 손님이죠. 이를테면 애플에서 온 외교관인 셈입니다. 솔직한 느낌을 털어놓기 어렵죠. 하지만 공식적으로 서비스를 시작하면 수많은 사용자에게 충실한 비서가 되어야 하고 그때 겪게 될 불편함을 솔직하게 말해줄 사람이 필요합니다."

"처음에는 외모를 보고 놀라겠지만 곧 적응할 거예요. 저처럼요."

하윤이 말했지만, 도윤은 계속해서 투덜거렸다.

"북유럽 스타일 아가씨일 줄 알았는데 웬 시커먼 남자라니…."

"왜 제가 여성일 것으로 예상하셨습니까?"

시리가 되물었다.

"시리가 여자 이름이잖아."

"여성 로봇이 더 좋으십니까?"

시리의 물음에 도윤이 당연하지 않으냐고 대답했다.

"여자가 좋지. 비서는 보통 여자잖아."

"50년 전이나 그랬겠지."

하준은 어이가 없어서 말했고, 도윤은 하준에게 따졌다.

"내가 성차별주의자라는 거야? 나도 시리에 대해서는 잘 알아. 시리가 북유럽 신화 속 여신 이름을 따왔고 처음 아이폰에서 음성 서비스도 등장했을 때도 여자 목소리였던 것도 안다고."

"아니야, 여자 남자 목소리 둘 다 있었어."

"김하준 님의 말이 맞습니다."

시리가 말했다.

도윤이 갑자기 시리를 향해 몸을 굽히더니 목소리를 낮춰서 말을 꺼냈다. 이상한 이야기를 하려는 것 같아서, 대화가 다 녹음 중이고 애플 직원이 검토할 것이니 해서 안 될 이야기는 하지 말라고 하준이 일렀으나 소용없었다.

도윤은 말했다.

"만약 여자도 나오면 말이지, 외모를 마음대로 주문할 수도 있나? 가슴을 크게 한다거나 그런 식으로. 그리고 비서 말고 다른 용도로도 사용 가능한가? 내 말은, 그러니까, 솔직해지자고. 남자 대 남자로서 말이야. 사실 로봇을 만들고 싶은 이유에는 고상한 것만 있는 건 아니야. 유사 이래 수많은 사람의 관심사였을걸."

"정확히 무슨 뜻인지 말씀해주시겠습니까?"

"새로운 차원의 사이버 섹스가 가능하냐는 뜻이지."

하준이 화를 내자, 시리가 손을 저었다.

"괜찮습니다. 이미 많이 받은 질문입니다. 이 질문에 대한 애플의 공식적인 대답은 이겁니다. '포르노를 보고 싶으면 안드로이드를 사세요.'"

도윤은 아쉽다며 혀를 찼다. 하준은 할 말이 없었다. 잠시 정적이 흘렀고, 뭐라도 말을 꺼내서 분위기를 바꿔야 하지 않나, 하준이 고민할 때쯤 시리는 정확한 타이밍으로 화제를 끌어냈다.

"두 분은 상당히 친하시군요."

"처음 만나는 사람 앞에서 다 알고 있는 것처럼 말하지 마. 기분 나쁘니까. 그건 예의가 아니야."

도윤이 신경질적으로 대답했으나, 시리는 화를 내지 않고 점잖게 응수했다.

"최근에 여행도 같이 다녀오셨군요."

"최근에요? 최근에는 안 갔다 왔어요. 3년 전에 한 번 다녀오고 질려서 다시는 안 갑니다. 이유는 지금 봐서 잘 아시겠죠."

하준의 대답에 시리가 고개를 흔들었다.

"아뇨, 같이 개성에 다녀오셨잖습니까. 두 달 전에요."

"개성에는 혼자 갔는데요. 혹시 페이스북에 올린 내 여행 사진을 보고 짐작한 건가요? 사진을 보면 알겠지만 사진 속에는 나 혼자만 있잖아요."

하준이 부정했는데도 로봇이 다시 말했다.

"바로 그 혼자만 계신 사진 때문에 그렇게 추측한 겁니다. 혼자 여행을 가셨다면 혼자 있는 사진은 누가 찍은 겁니까?"

"사진을 어디에 거치하고 찍었을 수도 있잖아요."

"카메라의 시선이 도윤님의 키쯤 되는 높이입니다."

"하지만…."

"딱 걸렸네." 도윤은 피식 웃었다. "그냥 사실대로 말해."

망설이던 하준은 천천히 말을 꺼냈다.

"그저… 주변 사람들에게 알리고 싶지 않아서 그랬어요. 페이스북 게시물을 보면 알겠지만, 같이 여행 가고 싶어 하는 친구들이 몇 있었는데 다른 친구들이 섭섭해할까 싶어 혼자 다녀왔다고 거짓말했어요. 다른 이유가 있는 건 아니에요."

시리는 고개를 끄덕였다.

"누가 옳고 누가 그른지 따지려 했던 건 아닙니다. 단지 자동차가 걱정돼서 그렇습니다. 여행 이후에 점검은 받으셨습니까?"

"자동차?"

하준과 도윤이 놀란 듯 동시에 되묻자 시리가 대답했다.

"자동차가 무언가에 충돌한 기록이 있는데 점검은 받지 않으셔서 하는 말입니다."

"아, 그거요. 부딪힌 건 아니고, 내가 운전을 잘못해서 길에서 미끄러졌다가 코너에 살짝 닿은 거예요."

하준이 대답했다.

"길이 운전하기 어렵더군요. 인공지능 운전은 너무 느리고 몇몇 지역은 서비스가 아예 안 되기도 하고요. 운전이 서툴러서 생긴 일이죠. 점검은 받았습니다. 정비소에 가봤는데 괜찮을 거라고 해서 그냥 됐습니다."

"아뇨, 정비소에 간 적 없으십니다. 일주일 후 경기도에 와서야 받으셨군요. 그전에는 정비소에 간 기록이 없습니다. 사고 직후에 주유소에서 세차한 기록은 카드 사용내역에 있군요. 점검은 받지 않으셨습니다."

"카드로 계산한 기록만 남죠. 현금으로 지불한 기록은 남지 않잖아요. 정비소에 들렀고 점검을 받은 다음 현금을 지불했어요."

36

"개성에서는 자동차가 정비소를 방문한 기록이 GPS에 없습니다. 일주일 후 경기도로 넘어와서 정비소에 들른 기록만 있고 그때도 정밀 점검은 받지 않으셨습니다. 뭘 들이 받으셨는지는 모르지만 큰 충격이 자동차에 가해진 것 같으니 더 정밀한 점검을 받으셔야 합니다."

"글쎄, 내 생각엔 그다지 중요한 일 같지는 않은데요. 내 차 정비야 내가 책임지면 그만이잖아요. 고장이 나도 내 차가 나는 거고요."

하준이 말하자, 시리가 대답했다.

"저도 중요하다는 말은 아닙니다. 단지 충돌 후에 주유소에는 들를 시간이 있었는데 왜 정비소로는 가지 않으셨는지 이상해서 그렇습니다."

도윤이 웃음을 터뜨렸다.

"한마디도 지지 않는군. 검사들이 저렇게 유능하면 얼마나 좋아. 범죄자는 모조리 감옥에 집어넣을 텐데. 이봐, 시리, 그래서 계속해서 캐묻는 이유가 뭐야?"

"정기적인 점검을 받아야 자동차에 이상이…."

"그냥 솔직하게 말해. 우리가 뭘 들이받았는지 궁금한 거 아니야?"

"뭘 들이받으셨는지는 저야 모릅니다. 아마 블랙박스를 열어보면 알 수 있겠죠. 하지만 저는 블랙박스에 접근할 권한이 없습니다. 그건 자동차 소유자의 허가가 있어야 합니다."

"혹은 경찰에게 요청해서 허가를 받거나. 하지만 경찰이 허가해주는 일은 일어나지 않을 거야."

도윤이 말했다. 망설이던 하준은 시리에게 말했다.

"블랙박스 접근을 허가해달라는 건가요?"

"김하준 님이 원하지 않으시면 저도 원하지 않습니다. 그저 뭔가와 충돌한 후에 자동차를 세차하셨는데 왜 그때 정비소를 가서 점검은 받지 않으셨는지…."

시리의 대답에 도윤이 버럭 소리를 질렀다.

"왜냐하면, 우리는 뺑소니 같은 건 내지 않았으니까!"

"저는 뺑소니라고 말한 적 없습니다."

시리는 조용히 대답했다. 하준은 지금의 혼란스러운 감정을 애플에서 모니터하고 있는지 궁금했다. 굳어지는 표정이나 목소리의 떨림 등을 시리가 분석하고 있을지, 손목의 애플워치가 빨라지는 맥박을 체크해서 애플의 웹하드로 전송하고 있을지.

"그러면…."

도윤은 한동안 아무 말도 하지 못하다가 간신히 말을 끝맺었다.

"네 말들이 나한테 그 단어를 암시했나 보지."

어색한 침묵이 이어졌다가, 이윽고 도윤이 자리에서 일어났다.

"나는 이만 가봐야겠어. 하준아, '시리와 함께한 화요일'을 잘 즐겨."

놀랍게도, 도윤의 마지막 말에 시리가 웃었다.

하준은 도윤을 집 밖으로 배웅하고 경찰차가 길 너머로 사라지는 모습까지 지켜본 다음 거실로 돌아왔다. 그리고 로봇과 다시 마주 앉았다.

하준은 피식 웃음을 터뜨린 다음, 대화를 시작했다.

"친구가 무례했죠? 죄송해요."

"저야말로 무례했습니다. 저는 그저 자동차가 걱정됐을 뿐인데…."

"자동차 점검은 내가 알아서 할 테니 더 신경 쓰지 마세요."

조용히 커피를 마시는 시리를 보며 하준은 잠시 망설이다가 말했다.

"이런 대화도 모두 애플에서 모니터하나요?"

"모니터를 원하지 않으시면 삭제하겠습니다."

"삭제하라는 건 아니에요. 조금 부끄러워서 그러죠. 예를 들어서 내가 몇 번 거짓말했다가 당신에게 들켰는데 그 부분이 마음에 걸려서요. 하지만 삭제할 필요는 없어요. 내가 뭐 죄를 지었거나 잘못한 건 없으니까요."

둘은 한동안 별말 없이 조용히 커피를 마셨다.

이윽고 하준이 조심스럽게 말을 꺼냈다.

"이건 그냥 궁금해서 묻는 건데, 정말로 궁금해서 묻는 거예요. 만약 시리가 누군가의 비서가 되면, 사용자의 나쁜 짓도 도와주나요? 그… 로봇 3원칙으로는 어떻게 해결하죠?"

시리는 고개를 갸웃했다.

"어떤 나쁜 짓이냐에 따라 다릅니다. '나쁜 짓'에는 도덕적으로 옳지 않을 뿐인 사소한 잘못과 심각한 범법 행위가 모두 포함되어 있으니까요."

"예를 들어 그 중간쯤에 있는 일은 어떤가요? 사용자가 불륜을 저지른다면 시리는 그 점을 묵과하나요, 아니면 사용자의 배우자에게 보고하나요?"

"제가 상관할 바는 아닙니다. 하지만 만약 배우자가 제게 사용자가 다른 사람을 만나는지 여부를 묻는다면 정직하게 대답할 겁니다. 그러니 배우자를 속이려면 저까지 같이 속이는 편이 좋겠죠."

하준은 고개를 끄덕였다.

"어렵군요."

"어렵지 않습니다. 아이폰을 다루는 것과 같습니다. 마약상에게 전화를 걸더라도 아이폰이 이를 막아야 할 이유는 없습니다. 하지만 마약상의 전화번호를 아이폰에게 묻는다면 가르쳐줄 수 없겠죠."

"그러면 만약 범법행위를 시리에게 도와달라고 하면요? 예를 들어 당신에게 시체를 파묻을 만한 적당한 장소를 물색해달라고 하면….”

“가까운 정신병원에 연결해드리겠죠.”

관리 시스템이 다시 누군가가 집에 도착했다는 소식을 알리면서 대화는 그 순간 중단되었다. 이번에는 자동차가 아니라 오토바이였고, 피자 배달원이 현관에서 기다리고 있었다. 시리는 현관으로 나가 피자 배달원을 맞이했으며 로봇을 보고 놀라는 피자 배달원에게 현금으로 돈을 지불했다. 맛있는 피자였지만 시리는 커피와 달리 피자는 먹을 수 없었고, 하준도 식욕이 별로 없어 피자에 거의 손대지 않았다. 그저 시리와 조용히 대화만 계속했다.

✳

그날 저녁, 식은 피자를 씹으며 도윤은 하준에게 물었다.

“들켰을까?”

“들키지 않았어.”

“들키면 어떡하지?”

“절대로 들키지 않을 거야.”

“그래도 만약에 들키면 어떻게 되는 거야?”

“내가 정말로 원하지 않는 일이 일어나겠지.”

“어떤 일?”

“아무 일도 일어나지 않는 일.”

도윤이 피자를 씹다가 목에 걸려 콜록대자, 하준은 콜라 캔을 따서 건네며 말했다.

"하지만 들키지 않을 거야. 가벼운 사람으로 보이려고 노력했으니까. 애플워치를 준다니까 덥석 받고, 공짜 피자를 사준다고 했을 때도 주책없이 좋아하는 척했거든. 생각이 얕은 사람으로 보였을 거야."

"그리고 애플이 너를 뺑소니범이라고 경찰에 신고할 것이라고?"

"그래."

밤이 오자 집은 더 어두워졌다. 하준은 집 시스템에 조명을 더 밝히라고 명령했다. 두 사람은 거실 테이블에 앉아 있었다. 도윤은 마지막 남은 피자 조각을 씹기 시작했고, 하준은 시리가 떠난 후에도 여전히 남아 있는 커피잔과 그 안의 식은 커피를 내려다보다가 말했다.

"우리 계획대로 시리가 경찰에 신고만 해준다면 분명히 좋은 기삿거리가 될 거야."

"이미 좋은 기사 아니야? 시리를 만나서 반나절을 같이 말했는데 사람들이 관심 가질 만한 기사는 충분히 쓰고 남잖아. 그 정도면 신문사에서도 좋게 봐줄걸. 나라면 당장 채용할 것 같은데."

"그 정도로는 안 돼. 나만 시리를 만나는 게 아니잖아. 모든 언론사가 베타 서비스 사용자를 인터뷰해서 기사를 준

비하고 있을걸. 그저 시리를 만나는 것으로는 안 돼. 논쟁을 만들 사건이어야 돼."

"논쟁이라…." 도윤은 콜라를 마시며 고개를 끄덕였다. "좋은 아이디어였어. 마치 과거에 범죄를 저지른 것 같은 개인 정보를 남겨놓고, 이에 접근한 시리가 어떻게 판단하는지 지켜보자는 생각. 이를 통해서 애플이 개인 정보에 얼마나 접근하고 사용하는지 추측할 수 있다는 것."

"정확히는 운이 좋았던 거지. 여행 갔다가 사슴을 들이받을 뻔한 사람이 동시에 시리와 만날 기회에 당첨될 확률이 얼마나 되겠어."

"꼭 기억해둬. 이게 다 내 덕이야. 여행 가자고 한 사람은 나였어. 사슴을 들이받을 뻔한 사람도 나였고."

"사슴을 운 좋게 피해서 그 대신 흙더미를 들이받았지. 그때야 재수 없었다고 생각했지만 지금 돌이켜보면 행운이었지. 앞으로 어떻게 될지는 지켜봐야 하고."

도윤은 말했다.

"나는 나쁜 일은 아니라고 생각하는데."

"뭐가?"

하준이 물었다.

"시리가 개인 정보에 마음대로 접근하는 거?"

"고객의 개인 정보를 통해 범죄자를 찾아내는 거 말이야. 난 나쁘지 않다고 보는데. 경찰 일을 돕는 셈이잖아."

"같은 이유로 나는 반대야. 그건 경찰이 할 일이지 일개 기업이 할 일은 아니야. 이번 일도 그래서 시작했고."

"경찰이 할 일이라는 사실은 변하지 않아. 단지 경찰이 애플에서 제공한 정보를 이용할 뿐이지."

"경찰의 권한이 무책임하게 확장되는 상황을 일개 기업이 돕는다고 봐야지."

"뭐, 그렇게 볼 수도 있지."

도윤이 말하고는 갑자기 킬킬 웃었는데, 하준은 그가 왜 웃는지 알 것만 같았다. 그리고 도윤의 말을 듣고 자신의 짐작이 옳았음을 확인했다.

"시리가 먼저 자동차 이야기를 꺼내서 놀랐어. 정말 놀랐어. 왜 점검을 받지 않느냐고 물어봤을 때는 이게 어찌 된 일인가 싶어서 당황했다니까. 시리가 자동차 점검 데이터에 접근하게 하려고 우리가 얼마나 많은 시나리오를 써서 연습했는지 생각하면…. 진짜 어이가 없어서 웃음이 다 나오네."

"애플 직원들은 네 당황한 표정을 보고 범죄를 들켰기 때문이라고 착각할 거야."

"뺑소니라는 단어를 내 입으로 직접 말한 건 너무했나?"

"아니, 확실하게 못을 박은 거지. 그리고 그 말까지 하고 네가 황급히 떠났으니까 더 범죄자처럼 보였을 거고. 결국, 연습한 대로 다 잘됐어."

하준은 말했다. 그동안에도 조용히 시간이 흘러 저녁은 밤이 되었고 창밖의 어둠은 더 깊어졌다.

도윤이 물었다.

"내가 일부러 예의 없는 질문을 퍼부은 걸 시리가 눈치챘을까?"

"글쎄… 눈치챘건 채지 못했건 어느 쪽이라도 상관없어."

"그런 말을 듣고도 예의 바르게 반응하더라. 내가 그런 일을 당했으면 가만히 안 있었을 텐데."

"시리는 사람이 아니니까."

"훌륭한 비서로군. 비서가 오지랖을 조금 발휘해서 경찰에 신고만 넣어주면 정말 좋을 텐데. 이제 계속 기다리는 일만 남은 건가?"

"그렇지."

두 사람은 콜라를 마시며 한동안 말없이 앉아 있었다. 도윤이 가끔 핸드폰을 들여다보았으나 기다리는 전화는 오지 않았다. 하준이 부엌 냉장고에서 맥주 캔을 몇 개 가져왔고 두 사람은 하나씩 뚜껑을 열었다.

도윤이 말했다.

"너는 만약 충분한 돈이 있다면 시리를 사겠어?"

"아니."

하준은 딱 잘라 대답했다.

"나 같은 사람에겐 별 필요 없어. 돈 많으면서 아주 바쁜 사람에게는 유용하겠지. 이를테면 회사 임원들. 걸어 다니는 페이스북이자 프랭클린 플래너고 아이폰이잖아. 그게 필요한 사람들이나 시리를 사겠지. 우리 같은 사람은 필요 없어. 나는 왜 애플이 나처럼 별 볼 일 없는 인턴을 베타 테스터로 골랐는지 그게 더 이상해."

"그래도 진짜 똑똑하더라. 모습이 어색해서 그렇지, 대화할 때는 진짜 사람과 하는 것 같았어. 내 농담은 어떻게 이해했는지 궁금해."

도윤의 말에 하준은 되물었다.

"무슨 농담?"

"시리와 함께한 화요일."

"아, 그거. '시리와 함께한 화요일'이라는 표현을 인터넷에서 검색하고 '모리와 함께한 화요일'과 비슷한 것을 알았겠지. 패러디이자 농담으로 판단하고 그다음 웃었겠지. 아니면 전자뇌 속에 시리를 가지고 할 만한 수많은 농담이 이미 저장되어 있는지도 모르고."

"그렇게 빨리 반응할 수 있나? 그냥 내 말투의 분위기만 보고서 웃는 척한 걸지도 모르잖아. 사람들이 이해 안 가는 농담을 들었을 때 정확히 어떤 농담인 줄은 모르지만 일단 그냥 웃기만도 하듯이."

"시리는 그 반응도 가지고 있을걸. 내가 너 오기 전에 했던 대화를 생각하면 그 정도 반응도 할 줄 알 거야. 네 농담은 분명 이해하고 웃은 거야."

도윤이 대단하군, 이라고 중얼거렸다. 하준이 다 마신 맥주 캔을 손으로 천천히 찌그러뜨리는데 도윤의 애플워치가 울렸다. 두 사람은 서로의 얼굴을 쳐다보았고, 도윤은 전화를 받아 짧은 대화를 나누고는 끊었다.

그리고 하준에게 악수를 청했다.

"축하한다."

"신고 들어왔어?"

"김하준의 자동차 블랙박스를 조사해달라는 애플의 요청이 경찰에 접수됐어."

하준은 도윤과 악수한 다음 두 주먹을 불끈 쥐고 하늘을 향해 흔들었다.

"됐어!"

"나는 집에 가야겠다. 기사 준비 잘해라. 경찰 조사 받을 준비도 잘하고."

둘은 악수와 격려를 주고받으며 문으로 향했다. 떠나기 전, 도윤이 하준을 돌아보며 말했다.

"만약 내가 네 차의 블랙박스 정보를 다 지워서 네가 정말 뺑소니로 재판을 받는다면 정말 웃기겠지?"

"그랬다간 너도 나하고 같이 재판받아."

"아, 그렇군. 같이 여행 갔다 왔다는 걸 자꾸 잊어버린다니까."

도윤을 보내고 흥분이 가라앉지 않아 하준은 한동안 거실을 서성였다. 좋은 기사가 될까. 기사는 이미 써놓았다. 시리가 경찰에 신고할 경우와 그러지 않을 경우, 두 가지 버전을 미리 써두었고, 신고한 버전을 더 다듬어서 바로 회사에 보내야 할 것이다. 그다음은 편집부의 선택이 남았다.

한 번 더 문서를 확인하고 보내자는 생각에 하준은 맥북 앞에 앉았다. 문서창을 열고 습관적으로 페이스북도 열었다가, 알림 표시를 발견하고 클릭해보았다. 낮에 시리와 함께 찍은 사진에 3천 번의 좋아요, 가 표시되어 있었다. 시리와의 대화가 어땠느냐고 수많은 사람이 댓글로 물어보고 있었다.

"좋아요가 생각보다 적네. 2만 번은 받을 줄 알았는데."

하준은 중얼거리고 문서 창으로 돌아갔다. 아직 정하지 않은 기사의 제목을 '시리와 함께한 화요일'로 수정하고 천천히 그리고 꼼꼼히 기사를 훑어보았다.

바나나
껍질

민서는 카페 문을 열고 머리만 들이민 채로 바리스타에게 물었다.

"오픈했나요?"

"물론이죠."

바리스타가 대답했다. 민서는 카페 앞을 오가면서 안을 들여다보고 있었다. 카페가 열려 있기엔 늦은 시간이었는데도 불이 켜져 있고 팻말이 '오픈'이어서, 아직 장사 중인지 혹은 닫기 직전인 건지 알 수가 없었다.

"제 이름은 잭입니다."

카페로 들어오던 민서는 바리스타의 갑작스러운 자기소개에 당황했다. 가게 주인이 자신을 소개하는 일은 드문 데

다가 이름이 영어였으니까.

그녀는 한 가지 사실을 깨달았다.

"그래서 카페 이름이 '잭 인 더 박스'인가요?"

"그렇습니다."

이상하게 굴기는 해도 바리스타는 상당한 미남이었다. 키도 크고 얼굴도 잘생긴 사람이었다. 멋진 와이셔츠를 입고 넥타이를 매고 정장 바지를 입었는데 다리가 길어서 정장이 잘 어울렸다.

"그런데 '잭 인 더 박스'가 무슨 뜻인가요? '상자 속의 잭'이라는 뜻이에요? 카페 이름치곤 특이한데요. 아니면 다른 의미가 있어요?"

"에티오피아로 드시겠습니까?"

질문에 질문으로 대답하다니. 게다가 커피를 마시겠다는 말도 안 했고 메뉴판도 받지 못했는데, 원두를 자기 마음대로 정하나 싶었다. 뭐 이런 카페가 다 있지, 생각하는데 잭이 설명했다.

"오늘은 에티오피아가 가장 상태가 좋습니다. 로스팅한 지 일주일 지났는데, 조금 내려서 맛보니 지금이 가장 상태가 좋은 것 같습니다. 맛이 풍부하고 산뜻한 과일 향이 납니다. 에티오피아로 드시겠습니까?"

"원두를 직접 추천하시네요?"

"그 정도는 당연히 해드려야죠."

설명을 듣고 있으니 멋진 커피 향이 머릿속에서 그려지는 것 같아. 민서는 메뉴판을 달라고 하지 않고 그냥 테이크아웃을 주문했다. 앉아서 기다리는 동안 잭은 원두를 밀폐용기에서 꺼내 용량을 잰 다음 분쇄기에 넣고 갈았다. 날카로운 칼날이 원두를 가루로 만드는 소리가 밤늦은 조용한 카페에서 크게 울렸다.

"밤늦게도 카페가 열려 있어서 신기했어요."

소음이 끝나자, 민서는 잭에게 말했다.

"밤에만 엽니다."

"밤에만요?"

"네."

잭은 건조하게 대답했다.

"밤늦게 카페에 오는 사람도 있나요?"

"사연이야 다양하죠."

"그래서 여길 몰랐을까요, 근방 카페는 다 알고 있어요. 일할 때 꼭 커피를 마시거든요. 가격표를 보니까 가격도 굉장히 싸네요. 아무리 테이크아웃이라고 해도 드립커피인데 이렇게 싸게 받으면…. 인테리어도 좋고요. 낮에 열면 손님도 더 많을 텐데 왜 굳이 밤에만 여세요?"

"이야기를 겪는 걸 좋아합니다. 커피는 이야기의 대가로 드린다고 생각하고 싸게 팔고 있습니다."

이야기를 겪는다는 게 도대체 뭘까, 그녀가 고민하는 동안 잭은 필터 위의 원두에 물을 붓고, 커피가 내려오길 기다리면서 이번에는 믹서에 바나나를 넣더니 갈기 시작했다.

"바나나 셰이크도 맛보시겠습니까? 제가 마실 건데 혼자 마시기엔 양이 많을 듯합니다."

그렇게 차례대로 에티오피아 드립 커피와 작은 잔에 담긴 바나나 셰이크가 나왔다. 민서는 바나나 셰이크를 먼저 맛봤다. 바나나와 꿀과 여러 곡물이 들어가 달면서도 고소한 셰이크였다.

민서는 집으로 돌아갈 채비를 했다. 밝은 불이 켜진 카페 안은 아늑하고 안전했지만 길은 어두웠다. 멀리 보이는 아파트 불도 대부분 꺼져 있었다.

"자꾸 밤늦게 다니면 안 되는데…."

무심코 중얼거린 말에 잭이 대답했다.

"시간이 늦었으니 조심해서 돌아가세요."

"커피가 정말 마시고 싶어서 나왔어요. 못 참겠더라고요. 밤새 논문 써야 하는데, 논문 쓸 때는 꼭 커피를 마셔야 하거든요. 셰이크 잘 먹었어요. 커피도 맛있네요."

"이건 선물입니다."

민서가 값을 계산하려는데 잭이 갑자기 작고 하얀 선물 상자를 내밀었다.

"상자를 열면 소원이 이뤄집니다. 하지만 그다음에 일어나는 일은 알아서 책임지세요."

54

소원이라고? 어이가 없었다. 소원 같은 것 없고 책임도 지고 싶지 않다고 말하려는데 잭이 덧붙였다.

"필요할 겁니다."

✳

민서는 집으로 돌아오는 골목에서 상자를 열었다. 흰색 선물 상자였는데, 하도 꽉 닫혀 있고 이음새가 보이지 않아서 열기 어려웠다. 한 손에는 테이크아웃 컵을, 다른 손에는 상자를 든 채로 한동안 낑낑대다가 간신히 손톱이 들어갈 만한 틈을 찾아 열었다. 그리고 어이가 없어서 웃고 말았다. 상자에는 바나나 껍질이 들어 있었다.

"이 아저씨가 장난하나."

갈색으로 변하고 있는 바나나 껍질을 길에 버리려다가, 그래도 음식물 쓰레기니 아무 데나 버리지 말고 분리수거 하자는 생각에 상자에 다시 넣었다. 왜 이런 걸 줬지? 장난이었을까? 아마도 그럴 것이다. 바리스타의 점잖은 태도에 어울리지 않는 장난이었지만 아무튼 커피는 맛있었다.

"그런데 커피 말고 또 살 게 있었는데 뭐였지?"

밖에 나와서 카페에서 커피를 사고 편의점을 들러서 뭔가를 또 살 계획이었는데 기억이 나질 않았다. 어차피 아파트에 다 도착해서, 민서는 그냥 빨리 집에 돌아가자고 마음먹었다.

✳

어두운 골목을 빠져나와 아파트 단지의 후문으로 들어갔다. 환하게 불이 켜진 경비실에는 경비원 아저씨가 없었다. 순찰 중일까? 아무도 보이지 않고 드문드문 가로등만 켜진 아파트 단지를 걷는데, 뒤에서 발소리가 들렸다.

돌아봤지만 사람은 없었다. 잘못 들었나? 바람이 많이 불고 있으니 아마도 바람 소리였겠지. 민서는 지하 1층으로 들어갔다. 주차장을 지나 엘리베이터를 타고 4층으로 올라가면 그녀의 집이 있었다. 주차장에는 불이 환히 켜져 있었지만, 특유의 적막함 때문에 괜히 겁이 났다. 민서는 걸음을 서둘렀다.

그때 멀리서 휘파람 소리가 들렸다.

휘파람? 밤늦은 시간에 잘못 들었을까? 바람 소리를 착각했겠지, 그녀가 생각했을 때 다시 휘파람 소리가 들렸다. 기분 나쁜 소리가 주차장 안에 크게 울리고 있었다. 그리고 이번에는 더 가까이서 들렸다. 돌아봤으나 경비원의 모습은 보이지 않았다.

민서는 밖에서 들었던 발소리가 떠올랐다. 누군가가 나를 따라오면서 휘파람을 불고 있을까?

겁먹은 민서는 거의 달리듯이 걸었다. 주차장은 넓었고 엘리베이터는 주차장 끝에 있었다. 다시 가까운 곳에서 휘파람 소리가 들렸고, 뒤를 돌아보았는데 여전히 모습은 보이지 않았다. 이제는 확실했다. 누군가가 민서를 따라오고 있었고, 들으라는 듯이 휘파람을 불고 있었다. 민서는 뛰기 시작했다. 아파트로 향하는 내부출입문이 보이기 시작했다. 그 너머에 엘리베이터가 있었다.

내부출입문에 도착해서 뒤를 돌아보자, 달려오는 남자가 있었다. 어두운색 옷을 입은 덩치 작은 남자였다.

남자는 기분 나쁘게 웃고 있었다.

"사람 살려!"

민서는 비명을 지르며 내부출입문의 비밀번호를 누르기 시작했다. 손이 덜덜 떨리는 데다가 눌러야 할 번호도 많고 내부출입문은 반응이 느렸다. 문이 열리자마자 엘리베이터를 향해 달렸다. 다행히 엘리베이터는 바로 열렸지만, 문제는 내부출입문이었다. 남자가 내부출입문에 몸을 집어넣어서 비집고 들어온 것이다. 내부출입문으로 들어오는 남자와 눈이 마주치는 순간 민서는 4층 버튼을 눌렀고 엘리베이터는 닫혔다. 그리고 다행히 다시 열리지 않고 엘리베이터가 위로 움직이기 시작했다.

민서는 숨을 몰아쉬면서 생각했다. 엘리베이터 안에서 남자와 눈이 마주쳤었다. 그녀가 몇 층을 누르는지 봤을까?

만약 봤다면 4층까지 따라올까?

4층에 도착하자 복도를 둘러봤지만 아무도 없었다. 엘리베이터에서 복도로 나왔고, 등 뒤의 엘리베이터가 닫혔을 때 민서는 엘리베이터에 비상시를 대비해서 경비실과 직접 연락할 수 있는 스피커가 있는 것이 그제야 떠올랐다. 하지만 늦었다. 다시 열고 들어갔다가, 그 남자가 있는 층으로 움직일지도 모른다. 그리고 경비원에게 연락하고 엘리베이터에서 기다리는 것보다는, 집으로 들어가서 문을 잠근 다음에 부르는 편이 더 안전할 것이다.

복도를 걸어가는데 계단에서 소리가 울렸다. 누군가가 계단을 달려서 올라오고 있는 소리였다. 늦은 밤에 계단을 달려 올라오는 아파트 주민은 거의 없다. 경비원이라도 그러지 않을 것이다. 분명 민서를 따라오는 남자였다. 역시 그녀가 누르는 버튼을 본 것이다.

"4층인 걸 봤구나."

민서는 복도를 달렸다. 그녀의 집은 복도 끝 코너를 돌면 있었다. 문 앞에 도착하자 서둘러 디지털 도어록의 비밀번호를 눌렀다.

에러 메시지가 나면서 문이 열리지 않았다.

집으로 오면서 사려고 했던 물건이 뭐였는지 그제야 기억이 났다. 건전지였다. 건전지가 다 되어서 디지털 도어록이 잘 열리지 않았던 것이다. 번호를 맞게 넣어도, 열리다가 말고 다시 닫혔다. 진작 건전지를 바꿨어야 했는데. 후회하기엔 이미 늦었다.

민서는 생각했다. 지금 여기서 살려달라고 외치면 사람들이 열어줄까?

복도 멀리서 휘파람 소리가 다가왔다.

비밀번호를 눌렀지만 열리지 않았다. 다시 눌렀고, 열리지 않았다. 다시 비밀번호를 눌렀다. 지금이라도 다시 엘리베이터를 탈까? 경비실에 연락하거나 차라리 아파트 단지 밖으로 나가는 편이 안전할 것이다. 하지만 남자가 다시 따라온다면 달리기를 이길 수 있을까?

민서는 코너에서 천천히 고개를 내밀었다. 복도 끝, 계단에서 남자가 올라와 복도로 들어오고 있었다. 그리고 남자는 뛰기 시작했다.

"사람 살려!"

민서가 외치며 문으로 돌아왔을 때 주머니에서 뭔가가 땅으로 떨어졌다. 카페에서 받은 상자였다. 쿵쾅쿵쾅. 남자가 다가오는 발소리가 온 복도에 울렸다. 쿵쾅쿵쾅. 그녀는 상자를 열었다. 그리고 다시 비밀번호를 눌렀다. 그제야 문이 열렸다. 그녀가 손잡이를 잡는 순간, 남자가 코너를 돌아 나타났다. 남자의 손이 그녀에게 바로 닿을 듯했다. 그녀는 비명을 질렀다.

달려오던 남자가 허공을 향해 붕 뜨더니 다리가 위로 올라가고 머리가 아래로 내려갔다.

민서는 집으로 들어간 다음 문을 닫았고, 전화기를 찾아 경찰서에 전화하고 인터폰으로 경비실을 불렀다. 그리고 인터폰을 통해 문밖을 내다보았다.

✳

먼저 아파트 경비원이 도착했고 몇 분 뒤 경찰이 도착했다. 119 소방대원들도 엠뷸런스를 끌고 도착했다가 곧 떠났다. 경찰 두 명 중 한 명은 여자였는데, 여자 경찰이 주로 민서에게 말을 걸었다.

"다친 곳은 없으시고요?"

"네."

"강도가 흉기를 가지고 있었어요."

경찰은 말했다. 복도에는 이웃 주민들도 몇 나와 있었다. 경비원은 그들에게 들어가서 문을 잠그고 되도록 나오지 말라고 했다. 민서는 경찰에게 커피를 사서 돌아오는 길에 겪은 일을 설명했는데 이상하게 말이 잘 나오질 않았다. 말하다가 정신을 차리면 덜덜 떨면서 횡설수설을 했다.

경찰은 말했다.

"자세한 건 조회해야 나오겠지만 흉기를 가지고 있던 것도 그렇고 수법도 그렇고 초범은 아닌 것 같아요. 휘파람

불면서 겁을 준 걸 보면 보통 놈은 아니에요. 뭐, 죽었으니 잘됐어요."

정말 죽었구나, 민서는 생각했다.

"넘어지면서… 바로 죽은 건가요?"

"머리를 바닥에 부딪히면서 충격으로 즉사했다고 구급 대원들이 그러더군요. 만화영화도 아니고 달려오다가 코너에 떨어져 있던 바나나 껍질을 밟고 미끄러지다니. 어떻게 바나나 껍질이 떨어져 있었는지 모르겠어요. 혹시 이유가 짐작 가세요?"

"글쎄요, 오늘이… 음식물 쓰레기 수거하는 날이라 누가 흘렸나 보죠."

민서가 더듬거리며 대답했다.

바나나 껍질은 경비원이 치웠다. 경찰도 민서의 전화번호를 묻고 다시 연락하겠다면서 떠났다. 그녀는 집으로 들어와 문을 잠갔다. 인터폰으로 복도를 내다보자, 코너에 누워 있던 강도의 시신을 구급대원들이 들것에 실어서 가던 모습이 눈앞에 떠올랐다. 지금은 복도에 아무도 없었다.

"바나나 껍질이 필요할지 어떻게 알았을까."

민서는 테이블에 둔 커피를 들어 한 모금 마셨다. 다 식었지만, 여전히 향이 좋았다. 커피를 모두 마시고 컵은 다른 플라스틱 쓰레기와 같이 모아두었다. 맛있는 커피를 마셨지만 그렇다고 논문을 쓸 생각은 전혀 들지 않았다.

초인은지금

◇ 2015년 앤솔로지 《이웃집 슈퍼히어로》(황금가지) 수록

◇ 2017년 장편으로 확장한 《초인은 지금》(새파란상상) 출간,
제4회 SF어워드 장편 부문 우수상 수상

너는 기도할 때에 네 골방에 들어가 문을 닫고

은밀한 중에 계신 네 아버지께 기도하라

은밀한 중에 보시는 네 아버지께서 갚으시리라

— 〈마태복음〉 6장 6절

"신의 음성 같은 목소리가 들렸어요."

예은이 말했다. 일민미술관 1층에서 엘리베이터를 기다리는 동안 예은은 2년 전 사건 현장에서 일어난 일을 차근차근 설명했다. 당시에 겪은 고통을 생각하면 놀라울 만큼 침착한 태도였다.

"부모님이 테러범에게 살해당하는 동안 저는 복도에 숨어 있었는데, 소리가 들렸어요. '범죄자는 무기를 버리고 투항하라'는 목소리가요."

"초인이 범죄자에게 던진 경고였죠. 초인의 성대는 인간과 달라서 인간의 목소리보다 멀리 들립니다. 신의 음성이라…, 그렇게 느낄 법도 합니다."

"저도 나중에 초인 카페에서 자료를 읽어보고 알았어요. 카페에 올리신 자료 정말 잘 읽고 있어요. 초인에 대해 많은 걸 알게 됐어요."

"저는 저쪽에 있었습니다."

나는 건너편 교보생명 빌딩을 가리켰다. 일민미술관에서 총격전이 발생하자 경찰이 주변을 통제했고, 경찰이 폴리스라인을 친 다음에야 나는 광화문에 도착했다.

"당시 근방을 지나던 목격자들은 신이라도 재림한 줄 알았다고 했습니다. 초인이 대기권에서 급하강하다가 감속 없이 빌딩 위에서 정지했기 때문에, 구름이 갈라지고 소닉붐이 발생하면서 충격파가 주변을 뒤흔들었을 겁니다. 목격자들은 그 광경을 본 것이죠. 효자동까지 소리가 들렸다고 하더군요. 초인은 서울 안에서 초음속으로 이동하는 경우가 드문데, 그때는 상황이 급박해서 그랬을 겁니다. 그런데 왜 대기권 밖에 있었는지는 이유를 아직…."

엘리베이터가 도착했다. 많은 사람이 내리고, 나와 예은을 비롯한 다른 많은 사람이 서둘러 탑승했다. 2년 전 끔찍한 테러가 벌어진 곳이지만, 공휴일인 오늘 중심가의 유명한 건물인 이곳에는 손님이 많았다. 엘리베이터의 문이 닫히기 전, 나는 1층의 카페에 앉아 커피를 마시고 케이크를 먹는 사람들의 표정에서 어떤 긴장감을 찾아보려 했지만 실패했다.

나는 엘리베이터의 다른 사람들을 방해하지 않으려 예은에게 작은 목소리로 대답했다.

"…모릅니다. 열심히 자료를 모았지만, 여전히 모르는 부분이 많습니다. 한국에서는 유례가 없는 테러라서 거의 강박적으로 수집에 매달렸는데도 여전히 그렇죠."

"추격자 님이 모으신 자료가 정말 많던데요."

"따져보면 많지도 않습니다. 경찰이 언론에 공개한 것을 수집했을 뿐이니까요. 대신 정확한 정보를 찾으려 노력하죠. 아, 다른 사람에게 없는 정보도 있군요. 목격자 인터뷰를 많이 했죠."

"저도 인터뷰 대상자 중 한 명이죠?"

"그렇습니다."

"부모님이 총에 맞아 돌아가셨을 때 초인은 아직 도착하지 않았어요."

엘리베이터 문이 열리고 우리는 4층에서 내렸다. 예은 가족이 테러범과 마주친 장소였다. 총으로 무장한 세 명의 테러범이 건물 1층으로 들어와 카페 손님들에게 총기를 난사한 다음 다른 희생자를 찾아 위층으로 올라왔다. 건물에 있던 사람들은 소리를 듣고 엘리베이터나 비상구를 향해 밑으로 내려왔다가 대부분 테러범에 의해 사살되거나 인질로 잡혔다. 테러리스트들은 건물의 출구와 통로를 사전에 파악하고 있었으며 사람들이 선택할 도주로도 알고 있었다. 그런 식으로 마흔한 명이 사망했다.

예은과 예은의 부모는 밑으로 내려오지 않은 몇 안 되는 사람이었다.

"이쪽으로 가요."

세 사람은 2년 전 오늘 건물 4층에서 열린 전시회 때문에 이곳에 왔다가 총성을 들었다. 전시장의 다른 사람들이 확인해보겠다며 밑으로 내려갔으나 아무도 돌아오지 않았다. 그때쯤 테러범들은 경비원을 사살하고 건물의 출입구를 잠근 다음 준비해온 현수막('초인을 반대하라')을 건물 외벽에 내걸고 있었다. 건물 밖에서는 현수막을 보고 무슨 일인지 확인하러 사람들이 모였다가, 테러범이 밖을 향해 난사한 총에 놀라 다시 흩어졌다. 그 때문에 행인 두 명이 다치고 동아일보 사옥의 유리창이 일부 파손되었다.

"여기예요."

예은은 4층의 전시장으로 나를 천천히 안내했다.

예은의 아버지는 3층으로 내려갔다가 시신을 목격하고 4층으로 돌아왔다. 아버지는 가족을 데리고 출구를 찾아 5층으로 올라갔지만, 비상구가 닫혀 있었다. 먼저 올라갔던 사람들이 문을 잠근 것이다. 다시 4층으로 내려온 그들은 비어 있던 사무실로 들어가 책상 밑에 숨었다.

"우리 세 사람은 같은 책상에 숨지 않았어요. 아버지의 판단이었어요. 한 명이 발견되더라도 다른 사람은 살아남길 바라신 거죠."

예은의 가족은 운이 좋지 않았다. 4층에 도착한 테러범들은 사무실 문을 부수고 들어와 책상 밑을 하나하나 자세히 살폈고 사람을 발견하면 총을 쏘았다. 가족들은 몰랐으나 사무실에는 그들 말고도 다른 사람이 숨어 있었다. 쉰 살의 회사원이던 김모 씨는 책상 밑에 숨어 있다가 총을 맞고 사망했다. 예은이 숨어 있던 책상 바로 앞에서 벌어진 일이었다.

예은도, 예은의 아버지와 어머니도 테러범이 그녀에게 다가가는 것을 알고 있었다.

"정확히 이 지점이에요."

사건 발생 이후 사무실은 옆의 전시장과 통합되었다. 예은은 전시장 중앙, 비어 있는 바닥에 국화 한 송이를 내려놓았다.

테러범들이 책상 밑으로 고개를 숙이는 순간, 아버지와 어머니가 책상 밑에서 나와 그들에게 덤볐다. 부모님이 테러범들을 이길 가능성은 없었다.

"아버지와 어머니는 단지 테러범들을 유인하려 그러셨던 거예요."

테러범들이 아버지를 사살하고 어머니를 인질로 붙잡는

사이, 예은은 책상 밑에서 나와 복도로 도망쳤다. 계단으로 내려가려다가 올라오는 또 다른 테러범을 보았고, 숨을 곳을 찾다가 벽에 설치된 소화전함을 열어 그 안에 숨었다. 테러범들은 4층을 돌아다니며 숨어 있는 사람을 찾아내고 사살했으나 소화전함 안에 있는 예은을 찾지는 못했다.

"원래 소화전은 안에 소방호스가 들어 있어야 하지만, 그 소화전은 비어 있었어요."

"소방법 위반이군요."

"건물주가 소방법을 지켰다면 저는 죽었겠죠."

그동안 테러범들은 예은의 어머니를 데리고 5층으로 올라갔으며, 잠겨 있던 비상구 문을 부수고 들어가 5층에 있던 나머지 사람들도 대부분 사살하고 일부는 인질로 붙잡았다.

그때쯤 테러범도, 그리고 소화전 안에 있던 예은도 신의 목소리를 들었다. 테러범들에게 투항하라고 외치는 초인의 목소리였다.

예은이 나에게 물었다.

"초인은 테러범들의 총소리를 듣고 온 거죠?"

"사람들의 비명도…."

우리는 비상구 계단을 통해 3층으로 내려갔다. 그곳에는 테러에 목숨을 잃은 마흔 명의 희생자를 위한 추모비가 있었다. 희생자 유족 단체가 세운 것이다. 비석 앞에 있는 많은 꽃다발 위에 예은도 들고 있던 국화를 놓았다.

예은이 말했다.

"평소보다 사람이 많네요."

"기일이기도 하지만, 아마도 투표 때문일 겁니다."

"추모비를 볼 때마다 기분이 이상해요. 살인자는 아직도 살아 있는데…."

테러범들은 초인의 경고를 듣자, 초인이나 경찰이 건물에 진입하면 인질을 사살하겠다고 확성기로 대고 외쳤다. 그러나 초인은 망설이지 않았다. 그대로 5층 창문을 깨고 들어가 그곳에 있던 테러범을 붙잡았다.

5층의 테러범은 초인이 다가오자 인질을 향해 총을 난사했고, 소리를 들은 1층의 테러범도 인질을 살해했다. 바로 경찰이 건물에 진입하여 1층의 테러범을 사살했으나 인질들을 구하지는 못했다. 3층의 테러범은 경찰이 오자 항복했고, 체포되었다. 1층의 테러범과 달리 3층에 있던 테러범은 인질을 살해하지 않았다.

경찰이 5층에 도착했을 때는 그곳에 있던 인질과 테러범마저 전부 사망한 다음이었다. 초인은 건물을 떠나고 없었다.

5층의 테러범은 초인이 죽인 것으로 확인되었다. 테러범은 목과 얼굴에 화상을 입은 상태였으며, 사망 원인은 질식이었다.

나는 말했다.

"초인은 테러범을 죽일 생각이 없었을 거라고 봅니다. 단지 테러범을 저지하려 목을 잡았을 겁니다. 그러나 그가 대기권을 이동하는 동안 공기와 마찰이 일어나며 초인의 신체를 고온으로 달궜고, 뜨거운 손으로 테러범을 저지했다가 테러범의 목에 화상이 생긴 것이죠. 그로 인해 기도가 부풀어서 질식했고요."

"경찰은…."

"경찰은 화상이 직접적인 원인이 아니며 초인이 테러범의 목을 졸랐을 가능성이 더 크다고 밝혔지만, 제 생각에는 그렇지 않습니다. 초인은 한 번도 범죄자를 죽이지 않았습니다. 항상 생포했어요. 원칙을 굳이 깰 이유가 없습니다. 불행히도 5층의 인질이 모두 사망했기 때문에 상황을 증언해줄 증인이 없습니다. 저는 초인의 행동이 일종의 과실치사였다고 보고, 집필 중인 제 책에서 이 쟁점을 다루려 합니다."

"어머니도 5층에서 사망한 인질 중 한 명이었어요."

10분이 채 안 되는 시간 동안 마흔한 명이 사망한 테러였다. 경찰 간부 몇 명이 책임을 물고 직위를 내놓았다. 하지만 사건의 정황을 봐도 그렇고, 구조자의 증언과 수감된 테러범의 자백을 종합해도, 테러범의 목표는 되도록 많은 사상자를 만드는 것이었음이 분명했다.

그들의 목표는 초인이 보는 앞에서 살인을 저질러, 사람들과 초인이 만들었다고 믿었던 안전한 사회를 부수는 것이었다.

"초인에게 억압된 사회에 반대하기 위해 그런 일을 저질렀다고 테러범들은 말했습니다만…."

"당연하게도 반대의 결과를 가져왔지요."

예은은 말했다.

예은과 3층의 인질 네 명, 그렇게 다섯 명만 살아남았다. 언론이 가장 많이 소개한 생존자는 예은이었다. 나이도 어렸고, 딸을 살리기 위해 대신 희생한 부모의 이야기도 극적이어서 언론은 예은의 증언을 집중적으로 보도했다. 때문에, 사람들이 예은에게 쏟는 관심은 2년이 지난 지금도 여전하다.

"올 것이 왔군요."

예은이 말했다. 카메라를 든 기자들이 추모비로 다가오고 있었다. 오늘 많은 기자들이 보도 사진이나 방송 자료 화면을 확보하기 위해 서울을 돌아다니고 있었다. 추모비는 좋은 자료화면이었다. 기자 몇 명은 벌써 예은을 알아본 눈빛이었다.

투표하셨어요? 기자들이 성급하게 물었다.

"나는 미성년자라 투표권이 없는데…."

예은은 중얼거리고 나를 돌아보았다. '도망치고 싶어요.'

우리는 비상구로 나간 다음 문을 닫고 잠갔다. 반대편에 남은 사람들이 문을 두들기면서 예은의 이름을 불렀다. 거친 함성에 놀라 나는 한동안 그 자리에 서 있었다. 문 두들기는 소리와 고함이 고통스러운 기억을 끄집어낸 것이다.

예은이 내 팔을 잡아당기는 것을 느끼고서야, 나는 정신을 차렸다.

"우리가 오래 서 있었나요?"

"네."

"한동안 괜찮았는데 오늘 여기로 오느라 긴장해서 그런가 봅니다. 건물 밖으로 나가죠."

우리는 계단을 내려갔다. 호흡은 돌아왔지만, 현기증 때문에 괴로웠다. 계단을 내려가면서 넘어지지 않도록 조심하는 데만 신경을 쓰느라, 예은이 손바닥으로 계속 눈을 비비고 있는 줄은 몰랐다. 나는 예은과 눈이 마주쳤고, 눈물을 닦은 예은은 멋쩍게 웃었다.

"눈물이 안 날 줄 알았는데도 나네요."

✳

"그런데 왜 존대를 하세요? 저는 고등학생이고, 추격자님은 어른이잖아요."

"어차피 인터넷에서 만났으니 존댓말을 씁시다."

우리는 미술관을 나와 청계천을 지나고 있었다. 개표방송까지 시간은 많이 남았기 때문에 시청까지 천천히 걸어갈 계획이었다. 뭐라도 먹으면서 가면 어떻겠냐고 내가 물었지만 예은은 뭘 먹고 싶은 기분이 아니라고 했다.

예은은 말했다.

"초인 카페 사람들도 시청에 많이 있을까요?"

"그렇겠죠. 아직은 광화문 쪽에 모여 있을 겁니다. 지금 만나 봤자 신경만 쓰일 테니 시청 앞에 도착하면 연락해 보죠."

"그래요. 오늘 초인이 나타났다는 제보는 없어요?"

"아직 없습니다."

오로지 초인의 위치를 추적하려고 스마트폰을 쓰는 사람은 나밖에 없을 것이다.

초인의 정보가 등록되는 커뮤니티는 세 곳이 있다. 네이버 초인 카페, 디시인사이드 초인 갤러리, 그리고 트위터다. 트위터가 가장 소식이 빨랐다. 초인을 목격하거나 초인이 비행하면서 만드는 소음을 들은 사람은 장소와 시간에 해시태그 '#초인은지금'을 붙여서 트윗했다. 나는 트위터의 정보를 모아 초인의 이동 경로를 기록했다. 일민미술관에 있는 동안에도 그리고 걸어가면서도 내내 태그를 검색했지만, 소식은 없었다.

초인 갤러리와 네이버 카페는 트위터와 성격이 달랐다.

초인 갤러리는 방대한 정보가, 언론 보도와 뜬소문까지 인터넷에 떠도는 모든 정보가 모였다. 이 정보가 어떤 의미를 갖는지 토론하는 곳이 네이버의 초인 카페였다. 나와 예은은 카페에 딸린 소모임인 '구조자 모임'에서 만났다.

예은이 말했다.

"오늘 폭탄 테러 협박이 들어왔다는 뉴스 때문에 초인이 보일 줄 알았어요."

"그 뉴스 덕에 군과 경찰이 병력을 강화해서 오히려 서울이 더 안전할 수도 있습니다."

"그렇다면 초인은 어디 있을까요?"

"저도 궁금합니다. 어쨌든 우리의 소리를 듣고 있겠죠."

구조자 카페는 초인의 도움으로 목숨을 건진 사람들이 가입한 모임이었다. 원래는 기금을 마련하기 위한 모임이었다. 초인이 서울을 돌아다니며 내는 소닉붐에 기물이 파손되는 일이 가끔 있는데, 초인의 도움을 받은 사람들이 자발적으로 기금을 모아 이를 변상했다. 차츰 구조자들이 서로를 위로하고 도움을 주는 친목 모임으로 발전했다.

우리는 모임에서 '에이레네'과 '추격자'라는 아이디로 만났다. 나는 초인에 대한 정보를 모으기 위해 초인과 접촉한 사람들을 계속 인터뷰해왔다.

"추격자 님은 초인이 사람의 목소리를 항상 듣고 있다고 주장하시잖아요. 그중 비명을 들으면 도와주러 온다고 하시고요. 정말로 그렇게 믿으시나요?"

"지금까지 수집한 자료를 분석해 내린 결론입니다. 제 책에서 입증할 것입니다. 사람의 비명을 듣고 초인이 달려온다는 가설이 초인의 행동을 가장 논리적으로 설명합니다. 이렇게 생각해봅시다. 아니, 일단 제가 초인에 대해 세운 몇 가지 가정이 있습니다. 그중 하나는 초인은 인간에 대해 잘 모른다는 것입니다. 이런 생각을 한 이유는, 우선 그것보다도 증거를 나열해보자면….."

초인에 대해 말할 때마다 흥분한 나머지 혼란스럽게 횡설수설하는 것을 알면서도 나는 늘 제대로 제어하지 못한다. 내가 나도 모를 말을 웅얼거리고 있을 때, 예은이 물었다.

"초인을 처음 봤을 때라면, 동대입구역 화재 사고요?"

때마침 우리는 시청역 지하도를 가로지르는 중이었다. 나는 사고 이후 지하철을 타기는커녕 지하도로 내려가지도 못했다. 최근에야 증세가 호전되어 이렇게 다닐 수 있게 되었다. 하지만 여전히 개찰구 너머 승강장으로 내려가기는 꺼린다.

"네, 동대입구역에서 났던 화재는 잘 아실 겁니다."

"물론이죠. 초인이 나타나…"

"사람을 구한 첫 번째 사고입니다. 지하철 화재는 차량과 건물의 폐쇄된 구조 때문에 한번 일어나면 끔찍한 대형 사고로 번지는 경우가 많습니다. 동대입구역 화재도 초인의 도움이 없었다면 수백 명이 넘는 사상자가 났을 겁니다. 여덟 명의 부상으로 그친 건 천만다행입니다."

그날 일을 되짚고 입 밖으로 꺼내놓는 행동은 나에게 대단한 용기가 필요했다. 하지만 부모가 죽은 장소에 꽃다발을 놓고 온 어린 학생 앞에서 내가 무슨 불평을 한단 말인가?

"하필 제 출근길에서 화재가 벌어진 것은 그냥 불운이겠죠. 그날도 지하철은 사람으로 꽉 차 있었고, 저는 손잡이를 잡고 선 채로 반은 졸고 반은 지겨워하면서 출근길을 견디고 있었습니다. 지하철이 동대입구역에 멈췄다가 다시 출발하려고 할 때 갑자기 속도를 늦추더니 터널에 반쯤 걸친 채로 멈췄습니다. 그리고 다시 출발한다는 안내방송이 나오고는, 조금 움직이다가 꽝 소리가 나며 완전히 멈췄습니다. 저도 사람들도 소리를 질렀죠. 그리고 뒤쪽에서 무언가 다가왔습니다."

"연기였나요?"

"아뇨, 어둠이었습니다. 객차의 전등이 차례대로 꺼지고 있었습니다. 멀리서, 그러니까 차량 뒤쪽 전등부터 꺼지기 시작해 하나씩 꺼지면서 어두워졌습니다. 제 머리 위의 등마저 꺼지고, 곧 완전히 어두워졌죠. 사람들이 일제히 핸드폰을 꺼냈고 누군가에게 전화를 걸었습니다. 누군가가 차

안의 소화기를 꺼내달라고 했고, 꺼냈다는 대답이 어둠 속에서 들렸습니다. 이윽고 어둠 속에서 안내방송이 들렸습니다. 전등을 켜고 다시 출발하겠으니 차분히 기다려달라는 방송이었습니다. 하지만 기차는 전등을 켜지도, 출발하지도 않았습니다."

한 무리의 사람들이 개찰구에서 나와 각자의 출구를 향해 흩어졌다. 사람들의 거친 흐름에 가로막혀 예은과 나는 걸음을 멈췄다. 우리를 밀치고 걷는 사람들의 걸음이 빨랐다. 광고판이 천천히 회전하며 새로운 광고로 바뀌었다.

나는 말했다.

"합선으로 인한 화재였죠. 열차 하부에 금속 먼지가 많이 쌓여 있었는데, 그 때문에 도전부와 금속 본체가 합선을 일으키면서 스파크가 일어났다가 불로 옮겨붙었습니다. 불은 지하철 하부에서 상부로 빠르게 옮겨붙으면서 연기를 만들었습니다. 연기가 차량 안에 차오르고 사람들이 냄새를 맡았을 때는 이미 불이 크게 번진 다음이었습니다. '불이야!' 비명이 들리자, 사람들은 탈출하기 위해 문 쪽으로 몰려들었습니다. 저는 순식간에 문으로 밀려났죠. 아니, 솔직하게 말하겠습니다. 살고 싶어서 문으로 다가갔습니다. 연약한 사람들을 밀치고 문에 바짝 붙었습니다. 누군가가 좌석 밑의 밸브를 밀어 문을 열었고 문이 열리면서 한꺼번에 사람들이 문 쪽으로 몰렸습니다. 당연히도 문 가까이 있던 사람들은 승강장에 발이 걸려 넘어지며 바닥에 깔렸죠. 나는 내 등을 밟고 달리는 사람들 밑에서 살려달라고 소리쳤지만 소용없었습니다. 제 꾀에 제가 넘어갔다고 할까요. 지금도 지하철 승강장과 객차의 틈처럼 넓게 갈라진 틈을 길에서 보면 움찔합니다. 우습죠?

사람들이 다 객차에서 나온 다음에 일어났지만, 그땐 갈비뼈에 금이 가서 무척이나 아팠습니다. 머리를 밟힌 탓에 가벼운 뇌진탕도 있었죠. 이미 역 안은 연기가 차 있어서 앞이 보이지 않았습니다. 저는 어지러운 머리를 붙잡고 걸어가다가 벽과 마주쳤고 손으로 벽을 더듬으면서 걸어갔지만 또 다른 벽과 만났습니다. 출구를 찾을 수가 없었죠. 그래서….”

“살려달라고 외치셨나요?”

그랬다, 나는 살려달라고 했다.

“크게 소리를 질렀다가는 연기가 폐에 들어간다는 걸 알았습니다. 하지만 방법이 없었습니다. 연기 속을 기어가면서 살려달라고 외쳤습니다. 아무도 오지 않을 것을 알면서, 움직일 수 있는 사람은 지상으로 올라갔고 연기 속에 남은 나는 곧 죽을 것을 알면서도, 살려달라고 말했습니다. 그때 초인이 제 손을 잡았습니다.”

오랫동안 비슷한 내용의 악몽을 반복해서 꿨다. 도망쳐야 하는데 문이 닫혀 있거나, 살려달라고 외쳐보지만 닫힌

문 너머의 사람들은 돌아보지도 문을 열어주지도 않았다. 일민미술관에서 문을 열어달라고 사람들이 외쳤을 때처럼, 사고 당시와 비슷한 상황을 만나면 공포에 사로잡혔다. 길을 걸어가다가 그때 일이 생각나서 그대로 서서 운 적도 있었다. 1년쯤 지나니 증세가 호전되었다. 어차피 나는 살아남았고 그때 다른 죽은 사람도 없는데 웬 호들갑, 하며 시큰둥하게 생각하기도 했다. 그러나 여전히 마음 한구석에는 두려움이 남아 있었다.

"초인이 추격자 님의 손을 잡았어요? 정말요? 그러면…."

"그래요, 초인의 손을 압니다. 제 손보다 컸습니다. 키도 알고 체격도 압니다. 저보다 크지만 그렇게 크지는 않습니다. 180이 약간 넘을 겁니다. 체중도 무거운 편은 아닙니다. 70에서 80킬로그램 사이입니다. 몸은 근육질이고 단단한 편입니다. 그러나 비인간적으로 단단하지는 않습니다. 분명 피부가 있고 그 밑에 지방이 있으며 뼈도 있습니다.

초인이 저를 잡았을 때의 이상한 행동도 기억합니다. 그는 힘이 무척 셌으나 힘을 어떻게 사용하는지는 잘 모르는 듯했습니다. 그는 등 뒤에서 옷자락을 잡아 저를 끌어 올렸으나 저는 일어나지 못했습니다. 당연하죠, 어떤 인간이 다른 인간을 그런 식으로 일으켜 세웁니까? 그다음에는 팔을 무리하게 잡아당겼다가 제 팔꿈치를 탈골시킬 뻔했고, 어깨와 목을 잡았다가 다시 놓았습니다. 몇 번의 시행착오 끝에 방법을…, 그래요, 한쪽 팔을 자신의 목에 거는 자세, 부축하는 자세, 그 자세를 알아내 저를 일으켜 세웠습니다. 그는 내가 잘 지지하고 있는지 확인하자 허공으로 몸을 띄웠다가…."

"초인이 날면서 추격자 님을 옮겼나요?"

"분명 바닥을 몇 걸음 딛지 않고 지상으로 올라왔습니다. 밖의 공기가 얼굴에 닿았을 때 저는 정신을 잃었습니다만, 초인의 한 손이 제 손목을 잡고 있고 다른 손으로는 제 목과 가슴을 눌러보던 기억이 납니다. 내부 장기가 제대로 기능하는지 확인하려는, 그러니까 살아 있는지 알아보려는 행동 같았습니다.

그리고 정신을 잃었다가 다시 차려 보니 여자 소방대원이 제 손을 잡고 있었습니다. 저는 저를 구해준 남자 소방대원은 어디 있느냐고 물었습니다. 그때는 초인적인 존재가 저를 구해줬으리라고는 생각도 못 했습니다. 여자 소방대원은 모르겠다고 하더군요. 다시 정신을 잃었고, 이틀 후에 병원에서 다시 정신을 차렸습니다. 치료받는 동안 저는 열심히 뉴스를 봤는데…."

"초인이 나오는 동영상을 보셨군요."

"뉴스에서는 지하철 폐쇄회로 카메라에 찍힌 동영상이 반복되고 있었습니다. 연기 속에서 어떤 남자가 거의 바닥을 딛지 않고 날아다니면서 연기 속에 쓰러진 사람들을 들어 지상으로 옮겼습니다. 저는 저를 구해낸 사람이 인간이 아닌 또 다른 존재였다는 걸 그때 알았습니다. 정체불명의 존재가 서울에 나타났다는 걸요."

초인은 지하철 화재를 시작으로 서울 곳곳에 나타나 사람의 목숨을 구했다. 교통사고, 화재, 살인, 강도, 자살 현장마다 나타나 초인적인 능력으로 사람을 구하고 어디론가 사라졌다. 하늘을 날아다니면서 위기에 빠진 사람을 구해주는 존재가 서울에 등장한 것이다. 사람들은 그에게 슈퍼맨이라는 별명을 붙였으나 그 호칭은 사람들 사이에서야 자연스러울지언정 9시 뉴스나 신문 지면에서 사용하기엔 장난스러웠다.

누군가가 '초인'이라는 호칭을 생각하고 그것이 광범위하게 사용되는 데 며칠 걸리지 않았다고 한다. 내가 병원에서 정신을 차렸을 때는 이미 초인이라는 호칭을 사용하고 있어서, 나는 호칭이 바뀐 정확한 시점을 몰랐다.

"슈퍼맨은 만화 캐릭터지만 초인은 실제로 존재하잖아요. 존재하는 인물의 이름을 미국 만화에서 따와야 할 이유는 없다고 누가 다음 아고라에 글을 올리면서 초인이라는 호칭을 제안했고, 그때부터 사람들이 초인으로 부르기 시작했어요. 그런데 추격자 님, 솜사탕 좋아하세요? 저기 보니까 솜사탕 팔던데 같이 가볼까요?"

＊

사고 이후 나는 외상 후 스트레스로 인한 공황장애 때문에 6개월 넘게 집에만 틀어박혀 있었다. 사람이 많은 곳이나 지하철역 근처로 갔다가는 심장이 빠르게 뛰고 호흡이 가빠졌다. 결국 직장도 그만두고 말았다. 집에서 백수로 지내는 동안 초인의 자료 수집에만 강박적으로 매달렸다.

"궁금한 것이 너무나 많았기 때문입니다. 어떻게 인간이 가지지 못한 힘을 가진 존재가 갑자기 나타나서 사람을 돕는 만화 같은 일이 일어나는지 궁금했습니다. 정보를 모으려 애썼지만, 초인은 슈퍼맨과 달라서 기자와 인터뷰를 하지도 않았고 사람들 앞에서 연설하지도 않았죠. 얼굴을 보인 적도 없습니다. 모자를 눌러쓰고 마스크로 얼굴을 가리고 있죠. 외모가 항상 같았던 것도 아니죠, 날아다닐 때는 유선형으로 변하기도 하고 차를 들어 올리거나 할 때 팔과 다리가 잠시 굵어지고 길어졌다는 목격담도 있습니다. 가장 중요한 특징인…."

"저 사람은 뭐 하는 거예요?"

우리는 솜사탕을 뜯어 먹으며 시청 광장을 향해 걷고 있었다. 잔디밭에는 아직 사람들이 많이 모여 있지 않았다. 잔디밭 가운데 중년 남자가 간판을 몸 앞뒤에 걸고서 길거리에서 울고 있었다. 흐느낌 사이로 들리는 남자의 목소리는 혼란스러웠고 거칠었다.

"샌드위치맨이잖습니까."

"샌드위치맨요?"

"샌드위치맨을 모르십니까?"

"그게 누구예요?" 예은이 내 표정을 보고 되물었다. "왜 놀라세요?"

"초인 카페에서 한동안 토론이 굉장히 거칠었는데요. 저 사람 때문에 카페 탈퇴한 사람도 많고요. 텔레비전에도 여러 번 나왔습니다. 샌드위치맨이라는 별칭을 모르는 사람은 거의 없을 겁니다."

예은은 더 이상 내 말을 듣지 않고 샌드위치맨에게 다가갔다. 샌드위치맨이 나눠주는 전단지를 받아 읽고는 다시 돌아왔다. 예상대로 예은은 굉장히 화가 나 있었다.

예은이 전단지를 내밀었다.

"정말로 이런 일이 있었어요?"

"조사한 바로는 사실입니다."

"조사? 저분도 인터뷰했어요?"

"안 할 수가 없었습니다. 초인에 대한 중요한 정보를 제공한 사건이니까요. 아까 말을 하다가 말았죠, 초인의 특징요. 잘 아시겠지만 초인은 서울 행정 구역 안에서만 활동합니다. 서울 밖에는 초인이 나타난 적 없습니다."

"샌드위치맨의 딸이 그 증거예요? 그래서 인터뷰했단 말인가요?"

"끔찍한 살인이었다는 것 압니다. 지나가던 여성을 강도가 살해한 사건이었죠. 서울 부근, 정확히는 구파발 부근입니다. 행정구역상으로 구파발의 진관동까지가 서울이고 그 너머 지축은 경기도인데, 샌드위치맨의 딸인 이 씨가 살해된 곳이 지축의 북한산로입니다. 서울과 경기도의 경계선에서 40여 미터 떨어진 곳입니다. 정말 가깝죠. 서울과는 걸어서 쉰 걸음도 안 됩니다."

"직접 가보셨나요?"

"네. 강도가 뺏은 건 가방과 목걸이, 현금 4만 원이었다고 하더군요. 범인은 잡혔고 15년 형을 받았습니다."

나는 샌드위치맨을 두 번 만났고, 그때마다 초인을 원망하는 샌드위치맨의 하소연을 들었다. 샌드위치맨은 죽어가는 자신의 딸을 외면한 초인을 저주했다. 초인이 사람을 구할 수 있는 능력이 있음에도 구조를 소홀했으니 방조죄를 적용해 처벌해야 한다고 주장했다. 그는 주로 청와대 앞에서 일인시위를 벌여왔다가, 오늘은 사람이 많은 시청으로 자리를 옮긴 것 같았다.

나는 샌드위치맨을 만날 때마다 그가 항상 깨끗한 양복 차림에 먼지 하나 없이 말끔한 구두를 신었던 점을 주목했다. 몸 앞뒤에 가판을 걸고 길에 종일 서 있기 쉬운 옷차림은 아니었다. 그 옷차림은 그의 결연한 각오를 상징하는 것 같았다.

나는 말했다.

"초인이 왜 서울 행정 구역 안에서만 활동하는지 저도 이유가 궁금합니다. 제 가설은 초인이 인간에 대해 잘 모르기 때문이라는 것입니다. 초인은 인간에게 관심은 많지만, 정확히 이해하지는 못하는 것 같습니다. 인간도 초인을 이해 못 하는 것처럼 말이죠. 이런 가정을 한 이유는…, 회기동 강도 사건을 기억하십니까? 강도가 대낮 술집에 나타나 사장을 칼로 위협했던 사건이었죠."

예은은 고개를 끄덕였고, 나는 말을 이었다.

"피해자가 살려달라고 외치자 몇 분 후 초인이 나타났는데, 초인은 강도와 사장 두 사람을 가만히 지켜보기만 했다고 하더군요. 당시 강도가 칼을 들고 있었고, 사장을 바닥에 쓰러뜨린 채 붙잡고 있었죠. 초인은 두 사람을 내려다보기만 했습니다. 초인은 강도가 다가오자 그제야 칼을 빼앗고 맨손으로 부러뜨렸습니다. 그리고 강도를 줄로 묶었습니다. 그런 다음 다시 피해자인 사장를 내려다보기만 해서, 사장은 초인이 또 다른 강도인 줄 알았다더군요. 하기야 마스크를 쓰고 있었으니 오해할 만도 하죠. 초인이 사장에게 전화기를 손으로 가리키자 사장은 그제야 상황을 이해하고 전화로 경찰에 신고했습니다. 초인은 두 사람을 두고 사라졌고요. 왜 초인이 쓰러진 사장을 그냥 봤을까요? 저는 그

점이 중요하다고 생각합니다. 제 주장은 초인이 인간에 대해 잘 모르기 때문에 그랬다는 겁니다. 초인이 본 것은 사장을 붙잡은 강도와 강도가 든 칼입니다. 그러나 그것이 강도가 사장의 생명을 위협하는 행위라는 건 몰랐던 것이죠. 몇 분 넘게 관찰한 후에야 칼이 사장의 목숨을 위협하는 물건이며 강도가 힘과 무기를 통해 사장을 협박하고 있는 줄 알아낸 겁니다. 초인은 인간에 대해 잘 모릅니다. 그러니까, 행정 구역 밖에서 일어나는 사건에는 반응하지 않는 것도 이런 가설을 바탕으로 판단해야⋯."

나는 다시 말을 너무 길게 했고 예은의 기분을 눈치채지도 못했다.

"서울 밖에서 테러가 났었다면 초인은 도우러 오지 않았겠군요."

그렇다고 대답하자니 잔인한 말이어서, 나는 아예 입을 열지 않았다.

예은은 다시 물었다.

"초인이 인간에 대해 잘 모르면 왜 인간을 돕는 걸까요?"

"저는 해답을 찾고 있습니다."

"추격자 님의 책에서는 그런 이야기를 다루나요?"

"가장 큰 주제입니다."

"책은 얼마나 완성하셨나요?"

"거의⋯."

"책에 이번 투표 결과는 꼭 넣어야겠군요. 중요한 사건이니 책에서도 언급해야 하잖아요."

"잘 아시는군요. 투표 때문에 일정을 미뤘죠. 투표 이후 초인의 행동이 달라진다면 그것도 넣어야겠죠. 그리고 솔직히 말하자면 투표가 없었다고 해도 미뤘을 겁니다. 아직 손볼 곳이 많아서…."

"오늘 선거로 법이 개정되면 초인이 모습을 드러낼 거라고 생각하세요?"

"솔직히 잘 모르겠습니다."

✳

"혹시 책을 미루는 또 다른 이유가 있는 거 아니에요?"

예은이 말했다. 우리는 시청 광장 벤치에 앉아 솜사탕 막대기를 흔들고 있었다. 맞은편 큰 전광판 화면에서 나올 개표방송을 기다리는 중이었다. 사람들이 모여들어 잔디 위에 신문지를 펴고 앉았다. 우리가 빈 벤치를 찾은 건 행운이었다.

"초인을 만나서 인터뷰하고 책에 수록하고 싶으신 건 아닌가요?"

"그런다면 좋죠."

나는 멋쩍게 웃으며 말했다.

"추격자 님 책에 인터뷰를 담는다면 엄청 많이 팔리겠네요. 초인에 관한 책은 수백 권 나와 있지만, 초인과 만나 대화한 내용을 담은 책은 없잖아요."

"판매를 떠나서 저 개인에게도 특별한 책이 될 겁니다. 하지만 초인이 인터뷰는커녕 모습을 드러내기나 할지…."

"정부에서는 법 개정에 성공하면 초인을 만나겠다고 발표했잖아요. 초인과 연락을 취할 방법이 있어서, 법을 개정하면 대통령과 서울시장이 직접 초인을 만나 대화하겠다고 밝혔고요. 그러면 기회가 올지 모르잖아요."

"정부는 초인에 대해 아무것도 모릅니다. 초인은 누구의 지시도 따르지 않습니다. 선거에서 이기려 낸 헛소문일 겁니다."

"누구의 지시도 따르지 않는다면 초인은 추격자 님을 만나려고 하지도 않겠군요."

"그렇죠."

"투표는 어느 쪽이 이길까요?"

"여론조사에서는 예측이 어렵다고 했습니다."

"어느 쪽에 투표하셨어요?"

예은의 질문에 나는 머뭇거렸다.

"대답하기 싫으면 안 하셔도 돼요."

"대통령과 서울시장이 왜 이런 결정을 내렸는지 답답합니다."

나는 한숨을 쉬었다.

"초인에게 경찰 권한을 부여하자는 건 쉽게 생각해낼 수 있는 아이디어이기는 합니다. 슈퍼맨이나 배트맨이 그랬듯이 초인과 경찰이 협조해 범죄를 예방하는 것이죠. 하지만 그건 만화 속에서의 일입니다. 현실에서는 다릅니다."

테러 이후 대통령과 서울시장은 강력 범죄 재발을 막자는 취지로 초인에게 경찰의 권한을 부여하는 법인 '초인법'을 만들 것이라고 말했다. 이전부터 초인이 경찰을 대신하면 어떻겠느냐는 여론은 계속 있었다. 범죄자를 잡고 다니는 초인에게 아예 정식으로 자격을 주자는 것이다. 언뜻 생각하기에 편한 일 같다. 테러 같은 끔찍한 범죄 이후 사람들이 더 강력한 치안을 원하는 심리도 이해한다. 유사 이래 단 한 번도 존재한 적 없는 '초인적인' 힘을 가진 존재를 이용한다면, 역시 유사 이래 존재한 적 없는 강력한 치안 체계를 갖추게 될지도 모른다.

하지만 실행에 옮겨지기까지는 복잡한 합의가 필요하다. 우리가 부탁한다고 초인이 경찰 역할을 할 것인가? 초인이 경찰의 권한을 가진다면 어떤 방식일까? 우리가 원하는 방식으로 순순히 따를 것인가? 초인이 경찰 역할을 완전히 대행하지는 않을 테니 경찰은 여전히 존재해야 할 것이다. 그렇다면 경찰은 초인과 어떻게 협조하나? 초인이 경찰역을 대신할 때 안전을 보장받을 수 있는가? 좋든 싫든 세상에는 피의자의 인권이라는 것이 있다. 문제가 생기면 책임은 누가 지나? 경찰? 법을 만든다면 적용 범위는 어디까지로 할 것인가? 서울 전체? 일부분?

찬성과 반대 여론 양쪽 지형도가 복잡했다. 반대 여론은 경찰 내부에도, 시민에도, 정부에도, 보수와 진보에도, 나이 많은 사람과 적은 사람, 서울에 사는 사람과 그렇지 않은 사람에게도 있었다. 그리고 찬성 여론이 그다지 높지도 않았다. 적어도 테러 전까지는 그랬다.

"가장 황당한 것은 법의 적용 범위를 강남 8개구로 지정한 것입니다. 그 때문에 안 그래도 복잡하던 여론이 의견 차이를 좁히지 못했고 결국 서울시장이 투표를 발의하기에 이르렀죠. 문제를 복잡하게 만든 건 정부의 탓입니다."

"그리고 선거 결과가 예측이 어려운 것이 그 때문이겠죠? 강남에서만 실행된다는 거요."

"명목상으로야 강남의 여론이 초인에게 더 호의적이라는 게 이유지만 그걸 믿는 서울 시민은 아무도 없을 겁니다. 초인법은 초인에게 도움을 청하기 위해 만든 법이 아니라 대통령과 서울시장과 여당의 낮은 지지율을 회복하기 위한 정치적 목표가 있는 법안이니까요. 정말 이 무슨 바보짓인지요. 게다가 왜 하필 강남입니까? 하려면 테러가 일어난 종로구에서 하거나 혹은 강북과 강남을 걸치면 될 것 아닙니까? 꼭 여론을 극단으로 끌고 가 투표까지 하게 만들 이유가 있는지 생각하면 할수록 답답합니다."

"그래서 반대에 투표하셨나요?"

"정치인은 정치적 목표를 위해 행동합니다. 그 점을 비난하고 싶은 생각 없습니다. 감정적으로 답답하다는 것이죠. 그리고 반대에 투표했다고 한 적 없습니다만?"

"쉽게 안 속으시네요."

예은이 웃었다.

오늘은 초인에게 강남 8개구에서 경찰과 동일한 권한을 부여하는 초인법의 찬성 여부를 서울 시민에게 묻는 투표일이었다. 테러 2주년과 선거일이 겹친 것을 정부는 우연의 일치라고 했으나, 선거에서 이기기 위한 고의적 선택이 분명했다. 선거에서 지면 법안은 부결되고 초인은 경찰의 권한을 갖지 못한다. 만약 이기면 초인은 서울 강남의 행정 구역 안에서 경찰과 동등한 권리를 가진다. 한국은 사상 최초로 인간이 아닌 존재에게도 권리를 부여한 나라가 될 것이다.

"어려운 선거예요. 심지어 변수는 해외에도 있잖아요. 초인과 정부가 접촉하면 미국이 가만히 있지 않으리라는 말도 있어요."

"그럴 겁니다. 실제로 미국 대사관에서 대변인을 통해 몇 번 발언했죠. 초인을 만나고 싶다고. 공식적인 발언은 아니었습니다만, 미국 대통령이 초인을 미국으로 초청하고 싶다고 말한 적도 있습니다. 유엔에서 조사 기구를 만들어 한국에 파견한다는 말도 있었습니다. 중국, 미국, 일본, 북한 모두 초인이 가진 힘을 한국이 군사력으로 활용할까 봐 긴장하고 있을 겁니다. 선거에서 찬성이 이기고 한국이, 특히 서울이 초인을 소유하는 형태가 되면, 미국은 반드시 개입할 겁니다. 미국뿐 아니라 세계 어느 나라인들 초인 같은 존재를 갖고 싶지 않겠습니까. 최소한 연구라도 하고 싶겠죠. 조만간 미국에서 압력을 넣을 겁니다. 저는 그렇게 예측합니다."

"초인은 왜 하필 서울에 나타났는지…."

예은은 말했다. 나도 같은 생각이었다. 초인이 전 세계를 다 지킬 수는 없을 것이다. '물리적으로 불가능'하니까. 초인이 빛의 속도로 돌아다닌다고 하더라도 전 세계에서 일어나는 사고를 다 막을 수는 없다. 그래서 한정된 지역만 지키자고 결정했을 수 있었다.

그러나 왜 하필 서울일까?

우리는 한동안 말없이 앉아만 있었다. 이윽고 내가 말했다.

"제가 법 개정을 반대하는 이유는 초인이 이미 해답을 가지고 있다고 믿기 때문입니다. 초인이 우리의 삶에 더 깊이 개입하는 방법을 생각 안 했을 리 없습니다. 그랬다가는 우리가 더 불행해진다고 믿기 때문에 그러지 않는 것 같습니다. 어떤 논리로 결론을 내렸는지는 모릅니다만, 결론은 이미 나 있는 것이죠.

어떤 면에서 우리는 초인의 개입 이후 더 불행해졌습니다. 살인과 강도, 자살, 교통사고로 인한 사망은 줄었지만 대신 발생한 그 끔찍한 테러가 사례겠죠. 테러범들은 왜 초인이 없는 세상을 원했을까요? 심지어 사람들을 죽이면서까지요. 우리는 결과에 집착하기 쉽습니다. 마흔한 명의 사람이 죽었다는 결과요. 하지만 원인이 뭘까요? 왜 세 사람이 총을 들고 사람을 마구 쏴 죽이는 일이 일어났을까요? 왜 정부는 이런 사건의 재발을 막으려 하기는커녕 정치적으로 이용할까요? 어쩌다가 서울이 두 개의 여론으로 나뉘어 투표까지 하게 됐을까요? 투표 결과에서 찬성이 이기거나 반대가 이겼을 경우 이후 분열을 감당할 수 있을까요? 당장 눈앞의 결과는 알기 쉽지만, 그 이유와 이후의 변화를 추론하긴 어렵습니다. 초인은 그 대답을 알고 있기 때문에 행동을 바꾸지 않는 것입니다. 저는 그렇게 생각합니다. 그래서 법이 개정되어도 초인은 협조하지 않을 것이라 추측하는 거죠.

물론 제 생각이 틀릴 수 있죠. 초인의 생각을 다 알고 있다고 믿는 저의 오만일지 모르죠. 저는 초인과 처음 접촉한 사람 중 한 명이고, 단지 그래서 초인에 대해 더 많이 알고 있다고 혼자 생각하는지도 모릅니다. 그래서 꼭 초인을 만나보고 싶습니다. 이유를 듣고 싶고 내 생각이 맞는지 대답을 듣고 싶습니다. 인터뷰를 할 수만 있다면 정말 좋을 텐데요. 제가 또 횡설수설하고 있군요. 죄송합니다."

초인을 만날 수만 가지 방법을 상상했다. 대부분 극단적인 방법이었다. 자살을 기도하거나 혹은 범죄를 저질러 초인 현장에 불러내는 것이다. 내가 테러를 저지른다면 어떨까, 라고까지 생각했다. 초인을 우연히 목격할 수 있을까 해서 밤이면 서울의 길거리를 매일 밤 돌아다녔다. 범죄가 벌어지면 현장에 반드시 가보았다. 그 주변에 아직 초인이 남아서 지켜보고 있지 않을까 싶어서였다. 처음 초인이 나를 구했을 때처럼 '살려주세요'를 중얼거려보는 날도 있었다.

하지만 만나지 못했다.

"지금까지 아무에게도 말하지 않은 사실이 있습니다. 저는 초인의 얼굴을 봤습니다. 지하철역 화재 사고에서 초인이 저를 구해줬을 때 봤습니다. 지상으로 올라오면서 연기가 없어졌을 때 저는 눈을 떴고 그를 슬쩍 봤습니다. 초인도 잠시 마스크를 벗고 있었죠. 맹세할 수 있습니다. 헛것을 보지 않았습니다. 옆모습이었고 짧은 시간 힐끗 본 것이지만 절대로 잊을 수가 없습니다. 다시 본다면 기억해낼 수 있습니다."

"무슨 말을 하고 계셨어요?"

예은이 따뜻한 캔 커피를 나에게 내밀었다. 편의점에 사람이 많아서 계산이 오래 걸렸다는 이야기를 했다. 저녁이 다가오자 바람이 차가워졌다. 광장에 모인 사람 중에 무릎 담요를 덮은 사람들도 보였다. 예은은 따뜻한 음료를 사겠다며 잠시 떠났고 캔 커피를 사서 돌아온 것이었다. 나는 예은에게 춥지 않느냐고 물었다.

"긴 옷 입고 와서 괜찮아요. 추격자 님은 괜찮으세요? 그런데 무슨 말 하고 있지 않았어요?"

"아무것도 아닙니다."

✳

"이제 6시까지 얼마 안 남았어요."

"그렇군요."

바람이 차가웠다. 우리는 지금까지 그랬듯 열심히 방송을 지켜보았다. 전광판에서는 개표방송을 곧 시작할 것임을 알렸고, 화면 한쪽에서는 출구조사 발표 전까지 시간을 카운트다운 했다.

예은이 말했다.

"저는 찬성이 이겼으면 좋겠어요."

"저는 반대가 이겼으면 좋겠습니다."

"반대에 투표하셨군요."

"네. 찬성에 투표하셨나요?"

"저는 투표권이⋯. 뭐야, 농담이군요."

그제야 내 말을 이해한 예은이 웃었다.

"예은 씨는 초인법이 시행되면 강남으로 들어가서 사실 겁니까?"

"들어가도 내가 들어가는 게 아니라 작은아버지가 들어 가시겠죠. 작은엄마는 가고 싶다고 하셨어요. 뭐가 어쨌든 그곳이 더 안전하지 않겠느냐고요. 하지만 강남으로 들어 가 살 수 있을까요? 집값이 비싼데."

"반대로 강남에서 나오는 사람도 많을 겁니다. 부동산 가 격은 예측이 불가능합니다. 제 예상에는 그렇습니다. 일단 부동산 업체는 아주 바쁠 겁니다. 이삿짐센터도."

"초인이 이삿짐 날라주면 좋겠다."

예은이 말했고, 나는 웃었다.

"택배 광고처럼요? 초인으로 변장한 사람이 등장하는⋯. 어? 마침 방송에서 해주는군요."

초인이 처음 등장했을 때부터 사상 최고의 가십 거리인 초인을 두고 매스미디어들은 모두 야단법석이었다. 그중에 는 택배 광고도 있었다. 어느 택배업체의 광고에서, 한 사 람이 컴퓨터로 물건을 주문하자 바로 다음 순간 집 밖에서 '뺑' 소리와 함께 누가 문을 두들긴다. 모자를 써서 얼굴이 잘 보이지 않고 어두운색의 옷을 입은 남자가 그에게 상자 를 건네주고는, 화면 밖으로 사라지자 다시 뺑 소리가 난다.

'빵' 소리는 다름 아닌 소닉붐이다. 이를테면 초인이 배달하는 것처럼 빠르다는 광고인 셈이었다.

당시 사람들에게 미지와 두려움의 대상이었던 초인을 코믹하게 다룬 그 광고는 반응이 좋았다. 몇 년 전 광고인데 왜 새삼스럽게 텔레비전에 등장할까? 오늘 선거 때문인가?

광고가 끝나자 사람들은 웃음을 터뜨리더니 박수쳤다. 이제 광장에는 사람이 많이 모여 있었다.

예은이 말했다.

"처음 봤을 때는 멍청한 광고라고 생각했는데 이제 보니 재미있네요."

"저는 저 광고가 농담이 아닐 수도 있다고 봅니다. 초인은 직업을 가지고 있을 확률이 높고, 만약 직업이 있다면 택배기사를 할 확률도 높죠."

"그래요? 초인도 일을 할까요? 일을 하기엔 너무 바쁘지 않을까요?"

"서울에서 거주하려면 수입이 필요합니다. 거주한다고 가정하면요."

"정말로 그렇게 믿으세요? 초인이 사람들처럼 일하고 먹고살고 그런다고요? 그러면 가끔 들리는 소닉붐이 초인이 누굴 구하러 가는 게 아니라 진짜 택배 때문에 빨리 날아가는 걸지도 모른다, 이런 말씀이세요?"

"농담이 아닙니다. 저는 그렇게 믿습니다. 유난히 빨리 도착하는 택배에 대한 정보도 모아볼까 생각했는데 방법이 없어서 그만뒀습니다. 택배 회사나 퀵 서비스 쪽 직원들을 경찰은 오래전부터 뒤지고 있을지도 모릅니다. 왜냐하면….”

개표 중계방송이 시작되었다. 아니나 다를까, 시작하자마자 화면에서 테러 장면을 보여주었다. 테러범들의 총격에 깨어진 유리창, 광화문에 나타난 초인, 경찰에게 체포되어 건물 밖으로 끌려 나오는 테러범 등등. 예은은 벌떡 일어나더니 초인 카페 회원들에게 연락할 시간이 됐으니 전화를 해보겠다는 말을 하고 벤치를 떠났다.

다시 혼자 남은 나는 중얼거렸다.

“왜냐하면, 초인을 만났을 때 초인의 옷에서 먼지 냄새가 났기 때문입니다. 연기 냄새 사이로, 하루 종일 야외를 돌아다니는 일을 하는 사람의 옷에서 나는 그 먼지 냄새가 희미하게 났습니다. 초인은 서울을 계속 돌아다니면서 사람들을 지켜봐야 하죠. 그러니 정말로 항상 돌아다니는 직업을 가지고 있을지도 모릅니다.”

초인은 사람들 사이에서 사람처럼 살고 있을 것이다. 나는 그렇게 믿는다. 쉽게 취직했다가 그만둘 수 있고 근로 시간을 바꿀 수 있는 일을 할 것이다. 신분증이 필요하지 않은 일이면 더 좋다. 정체를 감춰야 하는만큼, 타인과 깊은 관계를 맺지 않는 일이 적합하다. 힘이 세니 단순한 육체노

동이면서 돈을 많이 받는 일이면 좋을 것이다. 밤낮 가리지 않고 하는 일이 유리하다. 초인은 잠들지 않았다. 행동 패턴을 보면 24시간 활동했다. 직업도 같은 패턴을 유지할 것이다. 그리고 항상 서울의 소리를 듣고 있다.

가끔 한밤중에 잠이 깨면, 나는 누운 채로 조용히 소리를 들었다. 초인도 이렇게 누워서 소리를 듣고 있을 것이라 생각하면서. 나는 집 밖 골목에서 들려오는 소리밖에 듣지 못하지만, 초인은 서울의 모든 소리를, 사람들의 대화와 목소리를, 한숨과 숨소리를, 비명이나 외침을 들을 것이다. 도움이 필요한 소리를 들으면 바로 그곳을 향해 날아갈 것이다. 천장을 향해 혼잣말을 중얼거려보는 일도 있었다. 초인도 나의 목소리를 듣고 있으리라 믿으면서. 지금 듣고 있습니까, 꼭 물어보고 싶은 것이 있는데요, 대답을 듣고 싶어 하는 사람이 많습니다, 저도 그렇습니다, 이런 말들을 중얼거렸다. 왜 사람들을 구해주고 있습니까, 그냥 지켜볼 수도 있는데 왜 생명을 구합니까, 당신은 사람입니까, 사람이 아니라면 어디서 왔습니까, 과학으로 설명이 되지 않는 힘은 어떻게 갖게 되었나요, 왜 하필 서울인가요, 사람의 마음을 얼마나 이해합니까.

"살려주세요."

신의 음성 같은 목소리를 들었다.

멀리서 공간을 가르고 날아와 귀에 닿았다가 곧바로 사

라졌다. 다른 잡음과 섞이지 않고 나에게만 정확히 들리는 목소리였다.

분명히 초인의 목소리였다.

오른쪽 몇 미터 떨어진 벤치에 남자가 혼자 앉아 있었다. 큰 체격, 어두운색의 옷차림. 전광판 빛이 반사되는 옆얼굴이 보였다. 내가 화재 사고에서 봤던 그 얼굴이었다.

"저쪽에 초인 카페 사람들이 있네요."

예은이 돌아왔다. 전화를 해보니 초인 카페 사람들이 근처에 자리 잡고 앉아 있어서 그쪽에 다녀왔고, 음료수와 먹을 것 그리고 무릎담요까지 얻어 왔다고 했다. 그들에게 합류해서 같이 저녁을 먹으러 가자는 이야기를 했다. 예은은 초인 카페 사람들에게 전해 들은 투표 결과 예측에 대해 말해주었다. 전광판 주변에 몰려든 사람들의 긴장이 높아지는 것을 느낄 수 있었다.

하지만 나는 방송에도, 예은과의 대화에도 집중할 수 없었다. '살려주세요'는 내가 초인을 만났을 때 처음 했던 말이었다. 분명 나를 의식하고 한 말이다. 내 앞에 나타났음을 알리려 한 말이다. 다시 초인을 돌아보았다. 초인은 구부정하게 허리를 숙인 채로 앉아 있었다. 옷차림은 평범했다. 멀리 보이는 얼굴에는 표정이 없으나, 시선은 정확히 전광판에 고정되어 있었다.

나는 말했다.

"만나서 반갑습니다."

"네?"

내가 말하자 예은이 되물었다. 아무 말 안 했어요, 라고 거짓말을 하고 예은과 함께 무릎에 담요를 덮었다.

개표방송의 아나운서는 선거 마감 시간이 다가오고 있음을 알렸다. 카운트다운이 0에 가까워지고, 사람들의 얼굴은 긴장으로 굳었다. 내 심장이 뛰었다. 예은은 아무 말 하지 않았다. 카운트다운이 끝나자 아나운서가 말했다.

"선거 결과 예측 방송을 시작하겠습니다. 오늘 오전 6시부터 오후 5시까지 서울의 유권자 1만5천 명을 대상으로 방송 3사가 합동으로 조사한 출구조사 결과입니다. 결과에 따르면 찬성 49퍼센트, 반대 41퍼센트로 초인법 입법이 확실시되는 가운데…."

운 좋은 사나이

"나가서 밥이라도 사서 먹자."

우진은 우울했다. 지난주 태국으로 짧은 여행을 다녀왔고, 어제 집에 돌아와 내일부터 출근이기 때문이었다. 태국의 바닷가와 밝은 햇빛과 여유로운 분위기가 그리웠다. 하지만 그는 지금 어두컴컴한 방의 침대 위에서 뭉그적거리고 있었다. 바닥에는 풀지도 않고 팽개쳐둔 여행 가방이 그대로 있었다. 우진은 한숨을 쉰 다음, 정리는 일단 미루고 밖으로 나가서 맛있는 거라도 사 먹자고 생각했다. 여행에서 돈을 많이 썼지만, 절약은 내일부터 하면 되겠지.

가끔 가는 샌드위치 가게에 가서 에그 샌드위치를 주문했다. 멍하니 앉아 길을 내다보았다. 월요일 오후의 동네는 조용했다. 월요일에 출근하지 않아도 다행이라고 여겼다가, 화요일에 출근한다고 뭐가 달라지는 건 아니잖아, 우진은 생각하고 다시 한숨을 쉬었다.

그나저나 뭔가 할 일이 있었는데 뭐였지? 은행에 가기로 했었나? 우체국에서 보낼 소포가 있던가? 답장 보낼 문자가 있던가? 아닌데.

우진이 생각에 잠겨 있는 동안 샌드위치와 주스가 나왔다. 이상하게도, 주인아저씨가 샌드위치를 내려놓고는 계속 그의 눈치를 보았다. 왜 그러지? 그가 올려다보자, 주인아저씨는 생각지도 못한 말을 했다.

"우진 씨, 팬케이크 하나 드릴까요?"

"팬케이크요? 왜요?"

표정이 안 좋아 보여서 그러지, 라고 아저씨는 대답했다. 우진은 여행을 다녀왔더니 기분이 허무해 그렇다고 대답했다. 여행에서 겪은 재밌었던 일도 말했다. 아, 그래, 아저씨는 대답했지만, 그의 말을 듣는 것 같기도 하고 계속 딴생각을 하는 것도 같았다. 잠시 후 아저씨는 팬케이크와 함께 주스도 한 잔 더 주었다.

음식을 전부 먹고 그가 계산하려는데, 아저씨가 말했다.

"다른 손님이 계산하고 가셨어."

"누가요?"

샌드위치를 테이크아웃 해 간 아주머니들이 계산하고

갔다는 것이다.

"왜요?"

"이웃이니까 한번 사겠다고 하던데."

아주머니들은 같은 빌라에 살긴 하는데 가끔 인사만 했지 친한 사이도 아니었다. 왜 남의 음식을 계산했지?

얼떨떨한 기분으로 나와서 길을 걷다가, 커피를 마시자는 생각에 단골 카페로 들어갔다. 그런데 그가 주문한 아메리카노가 아니라 가장 좋은 원두를 드립해 내주었고, 주문도 안 한 쿠키와 케이크를 내왔다. 배가 불러서 못 먹는다고 해도 그냥 남기라고 무작정 줬다.

"공짜니까 부담 갖지 말고."

또 공짜 음식? 오늘 무슨 날인가. 그가 멍하니 생각에 잠겨 있는데 카페 주인은 말했다.

"우진 씨, 저번에 텔레비전 필요하다고 하지 않았어?"

"텔레비전요? 그렇죠."

카페 주인이 텔레비전을 새로 바꿀 예정이니 쓰던 걸 그에게 주겠다고 말해서 우진은 정말 놀랐다.

"네? 왜요? 중고로 파시죠. 가격이 꽤 될 텐데…."

아무리 거절해도 주겠다고 해서, 우진은 결국 텔레비전을 받기로 했다. 오늘 진짜 왜 이러지? 이렇게 운이 좋을 수도 있나? 그는 얼떨떨한 기분이 되어 카페를 나왔다.

길을 걷는 동안 행운은 계속 이어졌다. 옷가게 주인이 옷을 공짜로 주겠다고 하고, 혹시 신발이 필요하면 하나 가져가라는 말도 했다. 편의점 주인이 달려오더니 공짜라며 라면도 한 꾸러미 주었다. 가는 곳마다 사람들이 뭔가를 주려고 했고, 물건을 사면 누군가가 대신 계산했다. 나중에는 부동산 주인을 만났는데, 이런 말까지 들었다.

"새 차를 살 건데 지금 차는 낡아서 팔아봤자 얼마 돈도 못 받거든. 우진 씨가 탈래요?"

중고차를 준다는 건가? 우진은은 부동산 주인의 차를 알고 있었는데 싼 차도 아니었고 낡은 차도 아니었다. 극구 사양했지만, 부동산 주인이 무조건 넘기겠다고 해서 결국은 말도 안 되는 정말 싼 가격에 사기로 합의를 했다.

"차가 생기다니."

우진은 날이 저물 때까지 길가의 벤치에 멍하니 앉아 생각에 잠겼다. 뭐가 어떻게 된 거지. 내가 꿈을 꾸나. 분명 현실인데. 그런데 뭔가 할 일을 잊어버린 것 같은데 뭘 잊어버렸지? 뭐더라?

저녁이 되자, 우진은 동네의 단골 술집으로 향했다. 주인아저씨는 어쩐 일인지 유난히 그를 반가워했다. 그가 오늘 종일 돈은 한 푼도 안 쓰고 텔레비전과 자동차까지 생겼다고 털어놓자, 주인아저씨는 말했다.

"그래? 나도 술 한 잔 공짜로 줘야겠네."

한 잔이 아니라 맥주를 한 병 건넸다. 우진은 그렇게 술

집에서 가장 비싼 맥주까지 얻어 마셨다.

"종일 운이 좋으니 집에 갈 때 편의점에서 복권이라도 사야겠어요. 아, 맞다! 복권!"

그제야 생각이 났다. 잊어버렸던 일이 그거였다. 최근에 복권 당첨자가 나오지 않으면서 액수가 무척 커졌는데, 당첨되면 나눠 갖기로 하고 돈을 모아서 같이 복권을 사는 것이 유행이었다.

"우리 동네 사람들도 하기로 했잖아요. 그거 하고 있죠? 돈 낸다는 걸 깜박했네요. 아직 돈 받고 있죠?"

"그 복권 말인데… 그런데 우진 씨, 요 며칠 연락이 안 되던데?"

"여행 다녀왔어요."

"그래서 연락이 안 됐구나."

주인아저씨는 중얼거리고는 한동안 말이 없었다. 우진은 다시 물었다.

"돈은 누구 드리면 되나요?"

"아니, 복권이야 지난주 토요일에 발표했지. 지금은 월요일이잖아. 그런데 복권 말이야…. 그 말을 하려고 했는데…."

이상하게 주인아저씨가 말을 한참 동안 망설여서, 우진은 예감이 좋지 않았다.

"할 말이 있는데… 그게… 그… 이런 말을 어떻게 해야 좋을지…. 복권이… 당첨됐어."

그 말을 듣고, 우진은 목구멍을 넘어가는 맥주 맛이 뭔지도 잊어버렸다. 아니, 맥주를 마시고 있는지도 잊어버렸다.

"동네 사람들 모두 돈을 걷어서 산 복권이 토요일에 당첨됐고, 오늘 오전에 은행에 가서 금액을 수령했어. 동네 사람들이 나누기로 했는데… 한 사람당… 5억4천 정도 돌아갈 거야…. 그런데 우진 씨는 돈을 안 냈잖아…. 그래서 못 받게 됐어. 아무리 전화를 해도 연락을 안 받아서, 우진 씨를 못 넣었어. 정말 미안해. 아마 동네 사람들 다 미안하다고 말하고 싶었을 거야. 그 말을 전하는 게 나라니 참 마음이 아파. 오늘 술값은 안 내도 돼. 자네가 마시는 술 다 공짜로 할게. 더 필요한 건 없나?"

섹스 없는 포르노

◇ 2013년 《월간 현대문학》 3월호(제699호) 발표

('섹스하기 지겹다')

('안녕하세요 A님 이쪽으로 앉으세요 먼 데서 찾아오느
라 힘들진 않으셨나요 저는 K라고 합니다 본명이고요 나이
는 서른둘입니다 정말 제 나이 맞습니다 확인하고 싶으면
주민등록증 보여드릴 수도 있어요 그동안 인터넷에서 채팅
만 하다가 직접 만나니 정말 반갑습니다 남자 둘이 카페에
앉아 있으려니 아무래도 어색하신가 봐요 마음 편하게 계
세요 오늘은 그냥 만나서 이야기만 하는 거니까요 이 카페
는 손님도 많지 않고 이 자리는 다른 사람에게 말소리가 들
리지 않거든요 너무 크게 말하지만 않는다면 괜찮습니다
대화하기 편해서 파트너를 만날 땐 이곳을 주로 이용했어

요 제가 파트너 만난 경험이 많아서 노하우도 많습니다 궁금한 거 있으면 뭐든지 물어보세요'

'파트너를 많이 만났다면 혹시 한 번도 경험이 없는 파트너도 만난 적 있으세요'

'있습니다 물론 있죠 A님은 처음이라고 하셨죠'

'네 처음이에요 새디 메저키즘 플레이는 처음이에요')

✳

('여보 당신은 자신의 성 지향성을 언제 깨달았어'

'뭐'

'당신은 자신이 무성애자인 줄 언제 깨달았냐고'

'웬 성 지향성 같은 거창한 단어를 쓰고 그래 그리고 그런 건 갑자기 왜 물어봐'

'그냥 궁금해서 물어보는 거야 딱히 다른 이야기를 하고 있지도 않았잖아 카페에 와서 할 말도 없고 궁금하기도 하고 해서 결혼하고 나서 이런 이야기를 깊이 해본 적도 없어서 그래 다른 이유가 있어서 물어본 건 아니야'

'내가 기분 안 좋아 보여서 그러는 거야'

'당신 여기 불편하면 다른 장소로 옮길까 나는 이 카페가 마음에 들어 조용하고 테이블 거리도 멀고 이야기하기 좋잖아 여기서 커피 마시고 마음 가라앉히고 가자 너무 스

트레스받지 말고 편하게 쉬다가 들어가면 섹스할 수 있을 거야'

'그냥 커피만 마셨으면 좋겠다'

'결국 섹스 때문에 우울한 얼굴을 하고 있었군'

'내가 얼굴에 티가 날 정도로 우울해 보여'

'좀 힘들어 보이긴 해 하지만 남편 지겨워도 나하고 섹 스해야 돼'

'이봐 아내 나도 알아'

'지겨워도 섹스해야 돼 그래야 아기 생겨'

'나도 잘 안다니까 아는데도 하기 싫으니까 그러지 발기 하기도 귀찮고 사정하기도 귀찮으니까 그러지 어휴 섹스 하기 지겨워')

✳

('궁금한 거 있으면 뭐든지 물어봐도 된다고 하셨죠'

'그럼요 A님 뭐든지 괜찮습니다'

'K님은 자신의 성 지향성을 어떻게 아셨어요 그게 궁금 해요'

'성 지향성이요 어떻게 SM 플레이를 하게 됐는지 물어보 시는 거죠 음 사춘기 시절 막 성을 알아갈 때였어요 그 나 이 때 아이들이 그렇듯이 저도 포르노를 열심히 봤죠 그중에 유난히 인상이 강렬했던 포르노가 있었어요 남자가 여자를 묶어놓고 케인으로 그러니까 막대기로 때리는 포르노였는데 그게 참 좋더라고요 포르노를 보면서 느낀 흥분을 잊을 수가 없었고요 그때는 그 느낌이 뭔지 몰랐다가 나이가 들어서 인터넷으로 검색해보고 새디 메저키즘을 알았죠 그 후로는 SM 포르노만 봤어요 그러다가 문득 이런 생각이 들더군요 남자와 여자가 하는 포르노만 있나 남자들끼리 하는 SM 포르노는 혹시 없을까 물론 처음 생각이 떠올랐을 때는 이상했죠 나는 게이가 아닌데 왜 남자들의 섹스를 보고 싶어 할까 의문이 들었으니까요 게이 포르노를 그러니까 SM이 아닌 그냥 섹스를 하는 게이 포르노는 마음에 들지 않았어요 정확히 말하자면 웃겼어요 남자 둘이서 왜 저러고 있담 싶은 거죠 하지만 SM은 느낌이 달랐어요 남자가 다른 남자를 묶어놓고 채찍이나 몽둥이로 때리는데 지금까지 느껴보지 못했던 흥분이 솟아오르기 시작했어요 포르노를 섭렵한 다음에는 직접 해볼 방법을 찾기 시작했고요 그게 6년 전입니다 그 후로 제 정체성에 충실하면서 살아왔어요 제 이야기만 너무 길게 말했나요 A님은 어떠세요 어떻게 깨달으셨나요'

'   '

'말 꺼내기 어려우세요 처음에는 마음을 열기 어렵죠 나중에 생각해보면 별거 아니지만 처음에는 엄청난 용기를

내야 돼요'

'　'

'긴장할 필요 없어요 A님이 보기에 제가 이상한 사람은
아니잖아요 A님도 제가 보기에는 이상한 사람이 아니고요
이곳에는 저와 A님 둘밖에 없습니다 우리보고 뭐라고 할 사
람 아무도 없어요 누구도 우리 대화를 듣지 못하고요 누구
도 A님에게 나쁜 짓 한다고 비난하지 않습니다')

✳

('아무튼 남편 궁금해서 그러는 거니까 한번 말해봐 당신
이 섹스하기 싫어하는 사람이란 건 언제 알았어'

'글쎄 내가 무성애자라는 거는 사춘기에 성에 눈뜨고 얼
마 지나서 알았지 중고등학교를 남자 학교로 다녔는데 같
은 반 아이들을 지켜보고 있으면 나와는 정말 다르다고 느
꼈어 그때 남자애들은 정말 하루 종일 섹스 생각만 하거든
꼭 발정 난 것처럼 사실 발정이 나 있는 거지 내가 발정이
나지 않았던 거고 하루 종일 음담패설을 하고 섹스 생각만
하고 포르노를 보는 다른 애들을 지켜보면서 쟤들은 섹스
가 그렇게 좋은가 의아했지만 사실 그 녀석들이 이상한 게
아니라 내가 이상했던 거지 그러는 당신은 무성애자라는
걸 언제 깨달았어 여자 무성애자들은 남자 무성애자들과

다른가 아니면 비슷한가'

'당신하고 비슷한데 약간 다른 건 나는 남들보다 포르노를 일찍 봤거든 초등학교 때 봤어'

'초등학교면 굉장히 일찍 아닌가 당신은 어쩌다가 그 나이에 포르노를 봤어')

✳

('K님은 경험이 많다고 하셨죠 여러 가지 SM 플레이를 다 해보셨나요 아니면 몇 가지만 해보셨나요'

'다 해봤죠 해봐야 좋은지 싫은지 알잖아요 처음에는 제가 하고 싶은 것만 했는데 어느 순간부터는 다양한 플레이를 하고 싶어졌어요 저는 돔이잖아요 SM 용어는 아시죠 SM에서 주인 그러니까 마스터 역할을 하는 사람이 돔이고 노예 그러니까 슬레이브 역할을 하는 사람을 섭이라고 하죠 저 같은 돔은 A님 같은 섭을 맞춰줘야 하니까 다양한 플레이를 알수록 유리하죠 유리하다는 표현이 계산적으로 들릴 수도 있겠군요 SM을 잘 모르는 사람은 이런 태도를 이해하기 어렵죠 간단히 설명하자면 언뜻 보기에 돔은 섭을 괴롭히기만 하면 되니까 쉬울 것 같잖아요 자기 욕구만 채우면 될 것 같고요 하지만 실제로 해보면 그렇지 않다는 걸 깨닫죠 플레이를 해보면 섭이 어떤 쾌감을 원하는지 돔이 찾아내서 맞춰주게 되거든요 결국 돔은 섭에게 만족감을 주기 위해서 이것저것 연구를 많이 할 수밖에 없습니다'

'저도 처음 SM을 접하면서 그 점이 이상했어요 마스터가 슬레이브에게 하고 싶은 대로 하는 줄 알았는데 사실은 반대로 슬레이브가 원하는 걸 말하면 마스터가 맞춰준다는 거요'

'그렇게 되는 이유가 파트너를 맺을 때 돔이 아니라 섭이 결정권을 쥐고 있어서 그렇습니다 여성 섭 같은 경우 수가 적죠 돔들이 섭을 만날 확률 자체가 적으니까 경쟁하게 됩니다 남성 섭 같은 경우 수가 적은 건 아닌데 섭의 특성상 관계를 맺을 때는 상당히 조심스럽게 행동할 수밖에 없죠'

'저처럼요'

'하하하 그런 셈이죠 섭은 돔을 잘못 만났다가는 성추행을 당할 수도 있으니까요 절대적으로 신뢰할 수 있는 돔을 찾기 위해서 섭은 극도로 조심할 수밖에 없죠 그리고 돔은 불안해하는 섭에게 믿음을 줘야 하고요 돔이 섭을 위해서 열심히 노력하는 관계가 이런 이유로 만들어지는 거죠 그렇다고 돔이 마냥 섭을 맞춰주기만 하는 건 아니고 섭도 돔을 위해 노력해야 하죠 아무튼 상호 간의 믿음이 없으면 플레이를 할 수 없다고 생각합니다 파트너가 서로를 완전히 믿는 상태에서 플레이를 해야 한다고 봐요')

＊

(초등학교 6학년 때였어 장롱을 뒤지다가 우연히 비디
오테이프를 발견했어 부모님이 감춰두셨던 거지 뭘까 궁금
해서 호기심에 한번 틀어봤는데 서양 남자하고 여자가 섹
스를 하더라고 그때 본 남자 성기가 지금도 기억나 물론 그
때는 그게 뭔지 몰랐지 엄마에게 이야기하면 안 된다는 것
만 직감했지 나중에 중학교 성교육 시간에 섹스에 대해서
듣고 내가 본 것이 섹스였구나 나도 언젠가는 그 사람들처
럼 섹스를 하게 될까 생각했던 기억이 나 물론 그 후에도 섹
스에 관심이 생기지 않았지 아예 이성에 관심이 없는 건 아
니었어 남자와 친밀한 감정은 느낄 수 있었어 하지만 그건
친구로서의 관계이고 그것 이상의 감정은 도저히 모르겠더
라고 처음엔 내가 결벽증인가도 생각했는데 어느 날 무성
애자라는 개념을 알게 됐어 당신 클리프 리처드 알아 클리
프 리처드가 무성애자로 추측되는 유명인사 중 한 명이래'

'클리프 리처드가 누구지'

'옛날 가수인가 배우인가 아무튼 그런 사람이 있어 어느
날 인터넷을 하는데 무성애자에 대한 기사가 뜨면서 클리
프 리처드를 언급하는 거야 클리프 리처드는 누구고 무성
애자는 또 뭐지 하면서 기사를 읽어보다가 그게 내 정체성
인 걸 알았지 그리고 무성애에 관한 다른 여러 사실도 알

있어 결벽증은 무성애와도 다르다 무성애에도 여러 구분이 있다 무성애자라고 해서 섹스를 안 하는 건 아니다 등등 그때 내 성 정체성을 이해하게 됐지'

'당신 아예 성 경험이 없었던 건 아니라고 했지 나 만나기 전에 섹스는 몇 번 해봤다고 했지'

'몇 번은 아니고 한 번 해봤어 섹스가 좋다고 해서 정말 좋은지 궁금해서 한번 해봤는데 통 모르겠더라고'

'나도 그랬어 하도 섹스가 좋다고 해서 그게 뭘까 뭐가 좋을까 궁금해서 해봤지'

'당신하고 결혼해서 편한 게 내가 과거에 누구와 섹스를 했는지 알아도 당신이 신경 안 쓴다는 거야'

'정말 그런가 하기야 다른 부부들은 신경 안 쓰기 어렵겠지')

✻

('저는 여러 파트너를 만나봤습니다 할 수 있는 플레이는 다 해봤어요 남자 섭과도 해봤고 여자 섭과도 해봤습니다 여러 파트너와 단체로 플레이한 적도 있고요 제가 섭을 해보기도 했습니다 혹시 제가 경험이 너무 많아서 싫으신가요'

'아뇨 그렇지 않아요 K님이 섭도 해보셨다니 그건 놀랍

네요'

'그래야 어떨 때 섭이 불편해하는지 알잖아요 아무리 배려를 한다고 해도 직접 해보지 않으면 모르는 게 있거든요 그때 상대는 남자 돔이었는데 정말 하드하게 플레이하는 돔이었어요 아주 신나게 맞았죠 하하하 그때 섭의 입장에서 원하는 점을 어떻게 요구하면 되는지 돔이 어떻게 행동할 때 싫은지 잘 알았습니다 섭을 배려하는 부분에 있어서는 정말 자신 있습니다'

'거의 모든 플레이를 다 해보셨다고요'

'네'

'본디지도 해보셨어요'

'물론이죠'

'더티 플레이는요'

'해봤죠 좋아하지는 않습니다 한 번 해보고 그 후로는 안 했어요'

'저도 더티 플레이는 하고 싶지 않아요 소변이나 대변 이용해서 SM을 하는 건 상상이 안 가요'

'취향이 맞아서 다행이군요 하지만 취향에 맞지 않아도 한 번쯤 해보는 건 나쁘지 않아요 하다가 새롭게 취향을 발견할 수도 있거든요 저는 스팽킹을 그러니까 때리는 걸 주로 해오다가 우연히 본디지를 하게 됐어요 하기 전에는 사람을 줄로 묶는 게 뭐가 재미있을까 싶어서 내키지 않았는데 막상 해보니까 재밌더라고요 한동안은 묶는 재미에 빠져서 그것만 했습니다 물론 정말 조심해야 합니다 줄을 잘못 묶으면 큰일 나거든요 아까 말해드린 하드한 남자 돔 있죠 한번은 그 사람이 제 팔을 잘못 묶은 적 있는데 다음 날 하루 종일 팔이 안 움직이더라고요 본디지가 보기에는 쉬워 보여도 실제로는 위험한 플레이입니다 정말 조심해야 돼요 그리고 이런 것도 다 직접 해봐야 아는 정보고요')

*

('내가 레즈비언인가 고민도 했어 동성애자여서 남자와의 섹스에 관심 없나 싶어서 레즈비언 포르노를 찾아본 적도 있어 하지만 봐도 모르겠더라고 나중에야 알았지 나는 그냥 섹스가 싫은 거였어'

'나도 그랬는데 내가 게이인가 생각했던 때가 있어 하지만 여자와 섹스도 상상이 안 가지만 남자하고의 섹스는 더 상상이 안 가더라고 나는 게이하고도 다른 성 정체성인가 보다 라고 결론 내렸지 게이 포르노를 찾아볼 생각은 아예 못 했고'

'무성애자들은 같은 고민을 많이 하는 것 같아 내가 동성애자여서 이성을 봐도 성욕이 일어나지 않나 고민하고 이것저것 정보를 찾아보다가 결국 성욕 자체가 없는 사람임

을 깨닫기까지 시간이 꽤 걸리는 것 같아'

　'그리고 깨달음을 얻기까지의 시간 동안 고통스럽지')

✳

　('그러면 K님은 대부분 남자와 관계를 하셨다는 거죠'

　'그렇죠'

　'그게 이상해요 저도 그렇고 K님도 그렇고 게이는 아닌데 남자와 성행위를 하는 거요 저는 제가 게이가 아니라고 생각하거든요 하지만 플레이는 남자와 하고 싶은 게 스스로에게 설명이 잘 안 돼요'

　'그다지 이상한 일은 아닙니다 여성 SM 플레이어의 경우에는 동성과 플레이 하는 경우가 의외로 많습니다 스스로를 레즈비언이 아니라고 규정하지만 플레이는 여성과 하는 거죠 남자는 경우가 드물긴 하죠'

　'그러면 K님의 파트너들도 다 이성애자 에세머였나요'

　'그렇진 않죠 게이도 있었습니다 그 파트너들도 제가 게이가 아닌 걸 알았고요'

　'그러면 플레이를 할 때 어디까지 해보셨어요 그러니까'

　'그러니까 애널 섹스를 했는지 묻고 싶으신 겁니까 해봤죠 삽입도 하고 삽입 당하기도 해봤습니다 생각보다 나쁘진 않아요 물론 아프긴 엄청 아프죠 하지만 아프자고 하는

거잖아요 하하하 고통 다음에 쾌감이 오는 거죠'

'하지만 스스로 게이라고 규정짓지는 않으시고요'

'A님이 보기에 저는 게이인가요'

'아뇨'

'그러면 아니죠 우리 둘 다 게이가 아닙니다 SM 플레이를 하는 에세머인 거죠')

✳

('포르노 이야기 나왔으니까 해보는 말인데 우리 이렇게 할까 집에 들어가서 포르노라도 볼까 혹시 느낌이 올지도 모르잖아'

'싫어 포르노 보면 기분이 더 안 좋아져 내가 무슨 발기 불능이야 포르노를 보고 억지로 발기시켜서 섹스하게 컨디션이 안 좋아서 그런 거니까 조금만 기다려봐'

'그건 그렇지 다른 사람이 섹스하는 거 보고 있으면 섹스가 더 지루하게 느껴질지도 몰라'

'포르노도 그렇고 주변을 둘러보면 정말 세상은 섹스로 가득 차 있어 그건 우리 같은 에이섹슈얼만 알겠지 입고 다니는 옷도 섹스어필의 일부분이고 광고는 특히 그렇고 드라마도 영화도 내가 알 수 없는 섹스어필로 가득하고'

'맞아 모든 게 섹스를 향해 가는 묘사야'

'그런데 이상하게도 목적지는 생략되어 있지 목적지를 향해 열심히 달리면서 정작 목적지는 슬쩍 빼놓지 그리고 그것들을 따로 분류해놓고 포르노라고 부르고 우리는 그게 이상하다는 걸 알지만 오히려 우리가 이상한 취급을 받잖아'

'당신 마음 편하게 만들 만한 것 없을까 어디 섹스 없는 포르노는 없나'

'차라리 텔레비전을 보면 어떨까 예능 프로그램이라도 보면서 웃으면 느낌이 올지도 모르는데'

'안 돼 저번에도 예능 프로그램 보다가 시간 가는 줄 모르고 넋 놓고 있다가 결국 섹스 못 했잖아'

'요즘 텔레비전이 어지간히 재미있어야 말이지'

' '

' '

' '

' '

'우리처럼 서로 이해할 수 있는 사람을 만나서 결혼했으니 다행이야 당신하고 결혼할 수 있어서 다행이고 결혼하라고 부모님에게 압박받거나 평범한 여자하고 결혼했으면 어떻게 됐을지 상상하기도 싫어'

'나도 평범한 남자하고 결혼했으면 어떻게 됐을까 하기 싫은 섹스 하면서 살고 있을까 못 참아서 이혼했을까)

＊

('처음 SM 커뮤니티에 가입했을 때 많이 놀랐어요 이렇
게 많은 사람들이 SM을 하는 줄 몰랐고 활발히 활동하는
줄도 몰랐어요 다들 자신의 욕망도 거리낌 없이 말하고 쉽
게 파트너를 만나고 플레이할 줄은 몰랐어요'

'A님은 음침하고 무섭고 아무도 믿을 수 없고 그런 걸 상
상하셨나 보군요'

'네 맞아요 처음에는 커뮤니티에 가입하는 것도 무서웠
어요 가입해서 SM을 시작하면 내 인생이 어떻게 되는 건
아닐까 겁을 먹었죠 금단의 문이 열리는 것 같아서요 한번
빠져들면 못 벗어나는 곳에 발을 디디는 것 같고 앞으로 후
회할 일을 저지르는 것 같았어요'

'새디 메저키스트들이 항상 정체성에 당당한 건 아니에
요 에세머 대부분 마음 한구석에 자신이 변태라는 자괴감
을 가지고 있는 것 같아요 섹스는 그냥 취향이잖아요 좋
고 나쁠 것이 없어요 하지만 많은 에세머들이 SM을 시작
하면서 나쁜 행위에 빠졌다고 생각해요 한번 맛을 들이고
나서 다시는 다른 섹스를 못 하는 병에 걸린다고 생각하고
요 하지만 SM이 나빠서 중독되는 것이 아닙니다 에세머들
이 그냥 그렇게 태어난 거죠 남들과 다른 성적 취향을 타
고난 겁니다')

＊

'인터넷 커뮤니티가 없었을 때 무성애자들은 어떻게 지냈을지 궁금해 서로를 찾을 방법이 없으니 만날 수가 없었겠지 하기 싫은 섹스하면서 결혼 생활을 보냈을까 아니면 결혼하지 않고 사람들 눈 피해서 혼자 살았을까'

'배우자를 만나고 못 만나는 것도 중요하지만 이해받지 못하는 게 가장 힘들지 않았을까 나는 남자로서 사회생활이 어려울 때가 많았거든 여자들은 결혼하기 전에는 정숙해야 한다 이런 압박이 있으니까 성욕이 없어도 편하다고 해도 남자들은 그렇지 않아 성욕이 없으면 정말 이상해 보이거든 고자 아니냐 게이 아니냐 네가 여자 맛을 몰라서 그렇다 별 이상한 소리를 다 들어 친구들하고 사적인 이야기 할 때 화제가 섹스로 들어가면 불편하고 지금은 인터넷에서 에이섹슈얼에 대한 정보를 쉽게 찾을 수 있지만 예전에는 인터넷도 없었으니 그때의 무성애자들은 스스로를 어떤 사람으로 생각하면서 살았을까 궁금해 아마 고민을 감추고 살았거나 타인에게 어렵게 고민을 털어놔도 정신병자 취급받았겠지'

'무성애자 커뮤니티에서도 정체성을 다 이해받는 건 아닌 것 같아 그 안에서도 우리는 특이한 경우잖아'

'우리는 특별한 사람들이지 섹스를 해서 아이를 가지려

고 하니까 에이섹슈얼이지만 다른 에이섹슈얼과는 약간 다르지 서로 친밀감도 느끼고 로맨스가 뭔지도 이해하고 아이를 갖고 싶어 하고 자녀가 있는 가족을 완성하고 싶어 하지 그렇게 하자고 3년 동안 고민한 끝에 결론 내렸지 그리고 아이를 갖기로 최선을 다해 노력하자고 약속했고 그런데 섹스가 안 되니 큰일이네 우리가 정말 아이를 가질 수 있을까 만약 낳는다고 해도 잘 키울 수 있을까 아직 확신이 완전하지가 않아'

'잘될 거라니까 내가 어제 좋은 꿈을 꿨어 그러니까 어떻게 설명해야 하나 태몽인 것 같은 꿈을 꿨어'

'태몽이면 태몽이지 태몽 같은 꿈은 또 뭐야'

'그러니까 확실하지는 않다고 했잖아'

'어떤 꿈이었는데 그래')

＊

('그런데 막상 커뮤니티에 가입해서 글을 읽어보니까 회원들이 너무 점잖은 거예요 다들 예의 바르게 행동해서 놀랐어요 이렇게 예의를 잘 지키는 커뮤니티는 처음 봤어요'

'하하하 의식적으로 점잖게 행동하려고 노력하죠 커뮤니티에서 잘 보여야 파트너를 찾을 테니까요 특히 돔들은 의식적으로 예의를 갖춰서 행동하죠 그래야 섭이 말을 걸어

오거든요 저도 그래서 커뮤니티에서 열심히 활동하고 있습니다'

'K님은 커뮤니티 안에서도 인기가 좋으신 것 같았어요'

'노력한 보람이 있군요 몸살 걸려서 아픈데도 커뮤니티에 들어가서 글 읽고 리플 달고 야근하다가도 몰래 올리고 했거든요'

'채팅방에서도 점잖고 저에게도 친절하게 대해주셔서 만날 용기를 낼 수 있었어요 커뮤니티 가입해서 오프라인으로 나오기까지 시간이 많이 걸렸지만 앞으로는 너무 겁먹지 않으려고 해요'

'저도 A님하고 좋은 관계 맺었으면 합니다 꼭 파트너가 아니더라도 좋은 친구로 지낼 수도 있고 형 동생처럼 지낼 수도 있고요'

'K님은 오늘 뵈니 외모도 괜찮으시고 몸도 건강하신데요'

'제가 뭐 잘생겼나요 촌스럽게 생겼죠 그래도 열심히 운동은 합니다 근육 있으면 섭들도 좋아하니까요 그리고 SM을 하려면 건강해야 돼요 SM 플레이는 그냥 섹스하고 달라요 한 번 플레이하면 진이 다 빠집니다 체력이 받쳐줘야 몸살 안 나요'

'저 그런데 K님에게 부탁이 한 가지 있어요')

✳

　"부탁이요? 뭔데 그러세요? …뭐라고요? 왜요? 왜 갑자기 말을 멈추셨어요? 뒤에요? 우리 뒤에 누가 있나요? 어린 아이가 있군요. 여자아이가 왜 이런 카페에 있을까요. 손님하고 같이 들어왔나? 아이 부모로 보이는 손님은 없는데…. 길 가다가 잘못 들어온 걸까요. 그러면 큰일인데요. 부모 잘 찾아가려나…. 아이가 다시 밖으로 나갔네요. 어떻게 됐는지 보고 올까요? A님 여기서 잠시만 기다리세요. …부모랑 같이 가더군요. 부모가 길에서 다른 사람하고 말하는 동안 아이가 카페로 들어왔나 봐요. 엄마 손잡고 잘 갔습니다."

✳

　"꿈에 내가 침실에 있다가 거실로 나갔는데 거실 소파에 처음 보는 여자아이가 앉아 있는 거야. 초록색 원피스를 입은 여자아이였어. 여섯 살? 일곱 살? 그쯤 됐을까 싶어. 낯선 아이가 거실에 와 있다니 이상하잖아. 거기서 뭐 하니, 내가 말을 걸었는데 대답 없이 나를 빤히 보기만 하더라고. 그런데 아이 얼굴이 꼭 나를 잘 아는 사람처럼 보고 있었어. 꼭 내가 무슨 생각을 하는지 다 안다는 표정 같기도 했어. 그래서 한동안은 저 아이가 진짜 내 딸인가 싶더라고.

소파로 다가가서 아이 옆에 앉았더니 아이가 내 품에 안겼어. 그 촉감이 그대로 기억이 나. 정말 어린아이를 안은 것처럼 생생했어. 그리고 꿈에서 깼어."

✳

"여자아이가 우리 이야기를 들었을까요?"

"설마요. 그리고 들어도 무슨 말인지 모르겠죠."

"하지만 너무 빤히 쳐다보고 있어서 꼭 말을 다 알아듣는 것 같았어요."

"A님이 아는 사람인 줄 알고 쳐다봤나 보죠. 예쁜 여자아이예요, 그렇죠? 초록색 원피스가 잘 어울리던데요. 저런 귀여운 딸 있으면 좋을 텐데."

"K님은 결혼하고 싶은 생각 있으세요?"

"아뇨, 그냥 해본 소리입니다. 아이들을 좋아하기는 합니다만 아무래도 가정을 꾸리기는 어렵죠. 어느 날 SM 플레이를 접는다면 결혼은 할 수 있겠죠. 완벽한 오르가즘은 못 느끼겠지만 그래도 여자와 섹스를 하면서 결혼 생활을 유지할 수는 있겠죠. 아이도 낳을 수 있을 거고요. 하지만 굳이 그러고 싶진 않습니다. 그렇다고 결혼해서 부인을 두고 다른 남자와 바람피우고 싶지도 않고요. 솔직히 말씀드리면 제가 유부남들과도 플레이해봤는데, 그 남자들이 행복해 보이진 않았습니다. 그래서 결혼은 절대로 안 하기로 마음먹었죠. 지금이 좋아요."

"SM 하는 동안에는 연애를 안 해보셨나요?"

"여자 친구를 사귀면서 남자와 섹스하긴 그렇죠. 그전에는 여자 친구야 물론 있었어요."

"파트너와 사귄 적은 없으세요? 남자 파트너든 여자 파트너든. 파트너와 연애를 해보는 생각은 아예 안 해보셨어요?"

"그런 관계는 좋아하지 않습니다. 다른 SM 플레이어 중에는 파트너이면서 애인으로 잘 지내는 커플도 있습니다. 결혼하는 경우도 있고요. 하지만 저는 싫습니다. 일단 남자와 애인처럼 지낼 자신이 없어요. 친구처럼은 몰라도요. A님은 혹시 제 파트너가 된다면 저와 사귀면서 플레이를 하고 싶으세요?"

"아뇨, 그런 뜻은 아니었어요."

"A님은 결혼하고 아이를 낳을 계획 있으신가요?"

"모르겠어요. 만약 결혼한다면 K님 말처럼 SM 플레이는 그만두고 결혼해야겠죠. 하지만 저도 결혼은 안 할 것 같아요."

"그런 생각하면 좀 슬프기도 해요. 저는 아이를 좋아하거든요. 길 가다가 예쁜 아이를 보면, 나는 결혼도 못 하고 저런 예쁜 자식은 못 갖는구나 싶어서 괜히 우울하죠. 평범한 삶에서 점점 멀어져가는 건가도 싶고요. 그건 SM 플레이어의 공통적인 외로움 같습니다. 그런데 꼬마 아이 나타나기 전에 저에게 부탁할 게 있다고 하지 않으셨나요?"

"그건요…. K님, 저…. K님의 몸을 좀 볼 수 있을까요?"

＊

"그런 태몽도 있나? 태몽은 돼지나 뱀, 뭐 그런 걸 품에 안아야 하는 거 아니야? 그리고 임신도 안 했는데 어떻게 태몽을 꾸지."

"앞으로 임신할 수도 있지. 지금 들어가서 섹스했는데 딱 임신이 될 수도 있고. 그리고 임신 안 해도 아이가 생길 수는 있잖아. 시험관 아기도 있고 아니면 입양할 수도 있으니까. 당신은 내가 딸을 낳았으면 좋겠어, 아들을 낳았으면 좋겠어?"

"애를 마음대로 낳나, 생기면 생기는 대로 낳는 거지."

"그래도 고를 수 있다면 아들이 좋아, 딸이 좋아?"

"딸이 좋지. 귀여울 것 같아. 아들도 귀엽겠지만 당신 꿈에 나왔다는 예쁜 아이 같은 딸이 더 좋아."

"나도 아들보다는 딸이 좋아. 다른 엄마들 이야기를 들어보면 아들이 맞는 엄마가 있고 딸이 맞는 엄마가 있는데 어떨지는 직접 낳아서 키워봐야 안다고 그러더라고. 하지만 내 생각에 나한테는 딸이 맞을 것 같아."

"아직 애를 낳지도 않았는데 잘 아네."

"요즘은 인터넷 육아 카페에 붙어살면서 육아 정보란 정보는 전부 읽잖아."

"당신 정말 열심이다."

＊

('제 몸을 보고 싶다고요 지금 여기서요 그러면 여기서 옷을 벗으라는 말이세요'

'아뇨 카페 화장실에서 벗어주실 수 있어요 같이 화장실에 들어가서요 다 벗으시라는 건 아니고 그냥 윗옷을 올리고 바지를 내리는 정도로요'

'A님께 단도직입적으로 묻겠습니다 팬티도 내려야 합니까'

'네'

'으흠'

'싫으세요'

'아뇨 까짓거 팬티 한번 내려드리죠 남자끼리 뭐 어떻습니까')

＊

('여보 나 이제 기분 좋아졌어'

'기분 좋아졌다는 게 무슨 뜻이야'

'섹스해도 될 것 같아 느낌이 와'

'확실한 거야'

'확실해'

'그러면 일어나자 빨리 집으로 들어가야지'

'그렇다고 지금 당장 일어날 필요는 없어 커피는 다 마시고 나가도 돼 아직 반도 안 마셨잖아'

'커피야 나중에 마셔도 되지 당신 마음 변할지 모르니까 빨리 일어나자'

'카페가 마음에 들고 여기 분위기 좋고 쉬다가 가고 싶다고 할 때는 언제고 그런데 여보 나 부탁이 있는데 들어줄 수 있어'

'뭔데'

'섹스할 때 신경이 쓰여서 그러는데 나 옷 다 안 벗어도 되지'

'옷이 왜 신경이 쓰여'

'이상하게 섹스할 때 옷을 다 벗고 있으면 신경이 쓰여 나 옷 다 안 벗고 그냥 바지만 내려도 되잖아 남자는 신체 구조상 섹스하는 데 아무 지장 없으니까 당신이 괜찮다면 그러고 싶은데'

'당신 마음이 편하다면 하고 싶은 대로 해도 돼')

＊

‘다짜고짜 옷을 벗으라고 해서 죄송해요 K님’

‘아닙니다 괜찮습니다 다른 사람 앞에서 그것도 화장실에서 다 벗고 서 있으려니 웃기긴 하네요 직접 보니 어떠세요 마음에 드세요 제 몸이 마음에 드셨다면 기분 좋습니다 운동한 보람이 있군요 저는 정말 매일 매일 운동합니다 오늘도 운동하다가 왔어요’

‘솔직하게 말씀드릴게요 몸을 보고 싶어서 벗으라고 한 건 아니에요 그냥 K님이 정말 제 말대로 해주실지 궁금해서 해봤어요 아까 K님도 말씀하셨지만 플레이 할때 돔을 신뢰해야 하잖아요. 정말 돔이 제 뜻대로 해주는지 궁금해서 해봤어요 이런 식으로 시험해서 죄송해요’

‘그래서 보여달라고 하셨군요 괜찮습니다 정말 괜찮으니까 괜찮다고 하죠 저도 솔직히 말씀드릴게요 A님은 제가 놓치고 싶지 않은 섭입니다 외모가 출중하세요 제가 만난 섭 중에 가장 예쁘게 생겼어요 저 말고 다른 어느 돔도 A님이 원하는 대로 다 하자고 할걸요 그래서 저도 벗었습니다 이제 어쩌시겠어요 할 이야기도 다 한 것 같고 어떤 생각하는지 확실하게 말했고 마음도 통한 것 같은데 저하고 계약서를 쓰시겠어요’

‘좋아요’

'생각보다 빨리 마음이 통했군요 혹시나 하는 마음에 계약서를 가지고 와봤는데 잘됐네요 커뮤니티 자료실에 있는 계약서 본 적 있으세요 그것과 비슷한데 약간 다르게 수정했거든요'

'돔과 섭이 어떤 플레이를 할 건지 약속하는 계약서 말씀하시는 거죠'

'맞아요 그렇다고 계약을 어기면 고소하겠다 이런 건 아니고요 그냥 서로 어떻게 예의를 지켜서 플레이를 할지 미리 정해놓는 거죠'

'그래도 일단 계약서에 사인하면 규칙을 어기지 말아야 하는 건가요'

'마음이 바뀌면 바꿔도 됩니다 처음 정할 때 잘 정해놓고 나중에 규칙을 안 바꾸는 편이 즐겁긴 하죠 계속 이랬다가 저랬다가 하면 재미가 없거든요 빡빡하게 생각하실 건 없어요 계약서는 일종의 전희죠 계약서를 쓰고 섹스를 하면 더 흥분되잖아요 그래서 쓰는 것도 있어요 일단 계약서를 쓴 다음은 구체적으로 어떤 플레이를 할지 시나리오도 써보죠 제가 자리를 A님 옆으로 옮길게요 남자가 나란히 앉으면 이상하기는 하지만 종이를 앞에 두고 같이 앉으면 다른 사람에게는 아마 우리가 보험이나 부동산 계약하는 것처럼 보일 거예요')

✳

('이렇게 고생하는데 우리도 꼭 아이를 갖게 될 거야')

('제가 잘 아는 모텔이 있습니다 그쪽으로 가시죠')

('   ')

('   ')

('   ')

('   ')

"수고했어, 남편."

"사랑합니다, A님."

마
도
서

단 한 번도 패배한 적 없는 무적의 기사가, 갑자기 나타나 마을에서 난동을 부리던 아홉 마리의 드래곤을 무찌르고 돌아왔을 때, 온 국민이 환호했다. 왕은 친히 기사에게 선물을 내렸고 기사는 겸손한 자세로 받았다. 기사는 누구에게도 진 적 없었고, 언제나 올바르게 행동했으며, 모든 국민이 그를 사랑했다. 곧 그가 공주에게 청혼할 거라는 소문도 돌았고, 왕자가 기사의 인기를 질투해 훼방을 놓아서 청혼 못 하고 있다는 소문도 있었다. 이웃 나라에서 기사를 데려간다는 소문도 끊임없이 돌았지만, 기사가 늘 왕에게 충성했기 때문에 사람들은 걱정하지 않았다.

모든 것이 완벽하게 만족스러운 기사였지만 기사의 마

음을 찜찜하게 한 것이 있었다. 드래곤의 레어를 수색한 병사들이 가져온 마도서(魔導書)가 그것이었다. 알지 못하는 문자로 씌어 있는 책은 거의 불에 타 있었다. 병사들이 말했다.

"흑마법이 걸려 있는지, 만지자마자 불이 붙고는 타버렸습니다."

왕과 기사는 마도서를 주의 깊게 살펴보았다.

이 글을 읽고 있는 당신은…

모두가 기다리고 있습니다…

"이 글을 읽고 있는 당신은… 모두가 기다리고 있습니다… 라고 씌어 있습니다."

기사가 말하는 순간 남아 있던 종잇조각마저 색이 바래더니 바스러졌다. 왕은 정체를 알 수 없는 흑마법에 치를 떨면서도, 기사가 드래곤을 무찔러서 안심이라고 말했다.

"나는 읽지 못하겠는데, 도대체 어떤 문자인가? 자네는 어떻게 알고 있지?"

왕이 물었으나 기사도 어떤 문자인지 몰랐고 왜 읽을 수 있는지도 몰랐다. 기사는 고대의 사라진 언어 또한 알고 있었으므로, 그것이 아닐까 싶다고 솔직하게 대답했다. 왕은 무예에 뛰어난 기사가 어려운 문자 또한 알고 있다니 대단하다면서 칭찬했다.

"이런 마법은 처음 봅니다. 주문이 아니라 꼭 설명 같습니다. 무엇에 대한 책인지는 책의 나머지 부분에 있었을 텐데, 아쉽습니다."

왕은 경솔하게 마도서를 건드려 훼손한 병사들에게 벌을 내리겠다고 했으나, 기사는 왕을 달래 병사에게 내린 형벌을 취소시켰다. 덕분에 벌을 면한 병사들이 기사에게 다가와 거듭 고맙다고 인사했다. 그들의 인사를 받으면서도, 기사는 기억을 더듬었지만 어떤 문자인지가 기억나지 않았다.

'이 글을 읽고 있는 당신은… 모두가 기다리고 있습니다…. 무슨 뜻일까?'

✳

그날 밤, 드래곤을 무찌른 기념으로 왕궁에서 무도회가 열렸다. 무도회에서 기사는 파티를 즐기지 못하고 생각에 잠겨 있었다. 많은 젊은 여인들이 말을 걸고 싶어 했으나 이미 공주가 그의 옆에 있어서 시도하지 못했다. 공주는 기사가 오는 길에 마차에 치일 뻔한 아이를 구한 일을 칭찬하고 있었다.

"위험에 빠진 아이를 구하시다니 정말 대단하세요. 더

올라갈 곳 없을 것 같던 기사님의 명성이 더 높이 올라갔
어요."

"과찬이십니다."

"기사님은 늘 겸손하세요. 기사님은 한 번도 진 적 없고,
말 그대로 무적의 기사님이에요."

"저도 약점은 있습니다."

기사는 말했다. 그는 가끔 악몽을 꿨다. 꿈속에서 거대
한 마차에 치였는데, 그때마다 고통을 느끼면서 꿈에서 깨
곤 했다.

"꿈속에서 고통을 느끼신다고요?"

공주가 놀라서 물었다. 그건 기사가 생각해도 이상한 일
이었다. 공주는 그를 위로하며 말했다.

"무적의 기사님도 고민이 있으시군요. 그 때문에 평범
한 사람들의 고통도 잘 이해하시는 걸까요? 기사님은 항
상 사려 깊으시잖아요. 오늘 마차에 치일 뻔한 아이를 구
하신 것처럼요."

기사는 공주의 아름다운 말솜씨에 감탄했고, 빨리 청혼
하자고 마음먹었다. 슬퍼서 눈물 흘리는 여인들이 많겠지
만, 그들에게는 각자 운명의 짝이 나타날 것이다. 그의 운
명은 공주였다. 기사와 공주가 같이 춤을 추는 동안 여인들
은 한숨을 쉬며 기사를 바라보았고, 자신에게 신경 쓰는 여
인이 아무도 없자 화가 난 왕자는 무도회장 구석에 서서 기

사를 노려보았다. 기사는 신경 쓰지 않았다. 겸손한 기사는
왕좌에 전혀 관심이 없었다. 어쨌든 그는 왕국을 배신하지
않을 것이며 왕자가 왕이 돼도 변함없이 섬길 것이다. 그때
는 왕자도 그를 이해할 것이다.

무도회장에서 돌아온 날 밤에도, 기사는 마차처럼 생긴
기이한 물체에 치이는 꿈을 꿨다. 꼭 말이 끌지 않는, 그리
고 전체가 강철로 된 듯한 마차에 치이고 꿈에서 깼다. 이
세상에 강철로 된 마차가 있을 리 없으니 정말 해괴한 꿈
이었다. 고통을 느끼며 꿈에서 깬 기사는 꿈 내용을 자세
히 기억하려고 했으나 모든 꿈이 그렇듯 그 꿈도 곧 머릿
속에서 사라졌다.

＊

소식을 들은 기사는 평소답지 않게 깜짝 놀랐다.
"열두 마리의 드래곤이 나타났다고?"
기사는 얼른 말에 올라탔다. 아홉 마리를 없앴는데 열두
마리가 또 나타나다니, 충격적인 일이었다. 이미 병사들은
단단히 겁에 질려 있었다. 기사는 그들을 달래 드래곤을 쫓
았고, 기사의 활약 덕분에 열두 마리의 드래곤 역시 쉽게 물
리쳤다. 죽어가는 드래곤을 향해 기사는 외쳤다.
"너희는 정체가 뭐냐?"

하지만 드래곤은 대답하지 않았다. 드래곤은 인간만큼이나 똑똑한 존재였다. 하지만 최근 나타난 드래곤들은 인간과 대화하지 않았고, 애초에 생각이라는 걸 하지 않는 것처럼, 마치 무언가에 홀린 것처럼 맹목적으로 행동했다. 혹시 드래곤을 조종하는 거대한 흑마법사가 뒤에 있는 것일까, 기사는 의심했다. 레어를 수색하자 그곳에도 마도서가 있었는데, 역시 마법이 걸려 있어서 기사가 손을 대자마자 불에 타기 시작했다. 그는 불에 타고 남은 부분을 읽었다.

새로운…
시도하고 있습니다…
반드시 성공하길 바랍니다…

이전의 마도서와 같은 문자였다. 그렇다면 같은 내용일까? 하지만 읽어낸 문장을 연결하려 애써도 잘되지 않았다.
'이 글을 읽고 있는 당신은… 모두가 기다리고 있습니다… 새로운… 시도하고 있습니다… 반드시 성공하길 바랍니다…. 무슨 뜻이지?'
게다가 무슨 주문도 아니었다. 기사는 자신이 읽은 문자를 나라의 학자들과 함께 고민했지만, 그들도 해석해내지 못했다.

✳

　문자를 해석할 단서를 찾아서 기사는 고향으로 향했다. 어째서 자신이 문자를 알고 있는지 혹시 고향에 가면 알 수 있지 않을까 하는 막연한 생각에서였다. 황당하게도 왕자가 같이 가고 싶다며 기사에게 매달렸다. 같이 다니며 기사의 검술과 지식을 배우고 싶다는 이유였지만, 실제로는 공주에게 언제 청혼할 건지, 왕위에 관심이 있는지 알아내고 싶은 것 같았다.

　"저는 어서 왕자님께서 왕이 되어 제가 충성할 날만을 기다리고 있습니다."

　기사는 점잖게 대답했으나, 왕자는 그가 거짓말을 한다고 생각했는지 못마땅한 표정이었다.

　고향이라고 해도 그가 태어난 곳은 아니었다. 기사는 어디서 태어났는지, 부모가 누구인지도 몰랐다. 그가 가진 최초의 기억은 20년 전 마차에 치인 채 길에 누워 있던 것이었고(그가 꾸는 악몽도 아마 그때 마차에 치인 충격 때문이리라 짐작해왔다), 그 이전의 기억은 전혀 없었다. 유명해진 다음 온 나라를 수소문해 가족을 찾았으나 전혀 흔적이 없었다. 그는 길가에 그냥 뚝 떨어진 것처럼 나타났다.

　기사와 왕자가 호위대를 끌고 도착하자, 성주와 신부와 온갖 부자들과 귀족들이 찾아와 기사를 만나려고 했다. 그는 사람들에게 고대 문자를 본 적 있는지 물었으나 알려지지 않은 문자를 봤다는 사람은 없었다. 문자가 있을 만한 유적을 돌아다니는데, 어느 순간 왕자가 보이지 않았다. 사람들이 기사에게만 모여들어 말을 걸자 왕자가 질투심에 사로잡혀 못마땅한 표정을 지었던 것을 기사는 기억해냈다. 삐쳐서 어디론가 가버렸다면 걱정해야 할까? 왕자를 먼저 찾을지, 고대 문자의 흔적을 찾을지 고민하고 있을 때, 병사들이 황급히 달려와 큰일이 일어났다고 말했다.

"아흔아홉 마리의 드래곤이 나타났다고?"

더 안 좋은 소식은, 왕자가 이 소식을 먼저 들었다는 것이다. 그리고 드래곤을 해치워 기사보다 더 큰 공을 세우겠다며 드래곤이 나타난 장소로 홀로 달려갔다고 했다.

＊

왕도 공주도 그리고 온 나라 사람들도 아흔아홉 마리의 드래곤이 나타났다는 소식에 겁을 집어먹었다. 짐을 싸서 도망치는 사람도 있었다. 드래곤은 온 나라를 불에 태울 기세로 마을을 습격했고, 기사는 그들과 싸웠다. 어느 순간 겁먹은 병사들이 도망쳐버렸고, 왕자는 어디 있는지 알 길이 없었으며, 드래곤은 정말 강력했다. 기사는 지쳤지만 계속 검을 휘둘러 드래곤을 무찔러 나갔다. 그리고 드래곤들은 죽을 때마다 품에서 마도서를 한 권씩 떨어뜨렸다. 기사가 손을 대면 바로 불에 타버렸으므로 조금씩만 읽을 수 있었다.

당신은 현재 교통사고 이후 거의 20년 동안…

"교통사고? 무슨 뜻이지?"
무슨 뜻인지도 모르는 글자를 그는 왜 알고 있을까? 생각에 잠겨 있으면 다른 드래곤이 나타나 그에게 꼬리를 휘두르거나 불을 내뿜었다. 드래곤을 해치우자 역시 마도서를 가지고 있었다. 이번에는 이런 글자가 있었다.

당신이 꾸는 꿈속의…

"꿈…이라…."
죽어가는 드래곤을 향해 기사는 칼을 겨누고 물었다.
"너희는 정체가 뭐지? 어느 흑마법사의 조종을 받고 있지? 이 마도서는 뭐야? 어느 나라의 문자지?"
드래곤이 입을 벌려 뭔가 말하려 했는데, 잘 들리지 않았다. 기사가 들어본 적 없는 생소한 언어였는데, 이렇게 말하는 것만 알아들을 수 있었다.
"의료기술?"

의료기술이라니, 그게 뭐 어쨌다는 건가? 그건 드래곤이 죽어가며 말하기엔 정말 뜬금없는 말이었다. 그리고 드래곤 열 마리가 한꺼번에 덤비는 바람에 기사는 필사적으로 검을 휘둘렀고, 그들이 남긴 마도서를 읽었다.

당신이 이 메시지를…
만나게 될지 알 수 없지만…
꿈속의 어느 곳에서…
성공하시길 바랍니다. 부디 그만 꿈에서…
깨어나세요…

무적의 기사가 아흔여덟 마리의 드래곤을 무찌르자, 마지막 드래곤이 나타났다. 다른 드래곤보다 두 배는 더 큰 드래곤은 한 손에 왕자를 쥐고 있었다. 왕자는 비명을 지르며 살려달라고 외쳤다.

"네가 다른 드래곤을 흑마법으로 조종하고 있었나?"

기사가 물었으나, 다른 드래곤들처럼 마지막 드래곤도 대답 없이 그를 향해 덤볐다. 드래곤이 무척 강력했으므로 싸움은 치열했다. 하지만 무적의 기사는 드래곤을 무찌르고 왕자도 무사히 구해냈다. 왕자는 고맙다며 기사의 다리를 끌어안고 엉엉 울었다. 왕자를 무사히 구해서 다행이었지만 기사가 정말 궁금한 건 드래곤이 역시 품에서 떨어뜨린 마도서였다. 이 마도서 역시 불에 타고 있었으나 비교적 온전해서 모든 글자가 그대로 남아 있었다. 기사는 마도서를 읽었다.

이 글을 읽고 있는 당신은 현재 교통사고 이후 거의 20년 동안 혼수상태에 빠져 있는 것이며, 우리는 새로운 의료기술을 시도하고 있습니다. 우리는 당신이 꾸는 꿈속의 어느 곳에서 당신이 이 메시지를 만나게 될지 알 수 없지만, 반드시 성공하길 바랍니다. 부디 그만 꿈에서 깨어나세요! 모두가 기다리고 있습니다.

"글자를 읽을 수 없어."
기사는 중얼거렸다. 방금까지 읽을 수 있던 문자를 갑자기 읽을 수 없었다. 읽는 법을 기억해내려 애썼지만, 읽는 법은커녕 이전에 읽었던 문장도 순식간에 머릿속에서 마치 꿈처럼 사라져버렸다. 그리고 마도서도 불에 타버렸다.

✳

모든 사람이 아흔아홉 마리의 드래곤을 무찌른 기사를 찬양했고, 왕은 이전과 마찬가지로 후한 선물을 내렸다. 이후 드래곤은 나타나지 않았다. 왕자는 고분고분해졌고, 덕분에 공주에게 곧 청혼할 수 있게 되었다. 아무것도 아쉬울 것 없는 삶이었다. 이후로도 마물이 나타나면 물리쳤고, 마차에 치일 뻔한 아이들을 구했다. 여전히 자신이 어디서 왔는지 고향은 어디인지 가족은 누구였는지 몰랐다. 그리고 밤이면 쇠로 만든 마차에 치이는 꿈을 꾸고 깼지만, 깨어나서 곧 잊어버렸다.

모든 것의 이론

◇ 2013년 《계간 한국문학》 가을호 발표

00:37-00:21

과학자는 종이 묶음을 읽고 있었다. 칠레의 높은 산에 위치한 천문대에서 관측해 보내온 자료가 인쇄된 종이였다. 더운 여름이었지만 맥도날드 매장 구석에 놓인 커다란 에어컨 앞에 앉은 그는 더위를 느끼지 않았다. 지구 반대편에서 보내온 자료를 다 읽고 덮은 다음, 가죽 가방에서 낡은 수첩을 꺼내 생각을 적어 내려갔다. 과학자는 데이터를 이용해 이론을 증명하려 애쓰고 있었다. 젊은 남자가 과학자의 옆으로 다가와 등 뒤 창문의 블라인드를 내렸다. 매장의 매니저인 남자는 한낮의 열기가 들어오지 않도록 매장을 돌아다니며 블라인드를 내리던 중이었다. 과학자가 반도 마시지 않고 옆으로 치워놓은 콜라에 내리쬐던 직사광

선도 차단되었다. 매니저는 과학자의 백발과 주름이 많은 얼굴과 수첩 위에서 바쁘게 움직이고 있는 손을 등 뒤에서 잠시 내려다보다가, 곧 카운터로 되돌아갔다. 과학자는 매니저의 시선을 전혀 의식하지 못했다. 그들은 아직 만나지 않았다. 그들은 유리컵이 깨지면 만날 것이다. 과학자는 우주의 탄생과 종말을 계산하는 중이었다. 계산은 곧 끝난다. 점심시간이 지난 맥도날드에는 사람이 많지 않았다. 우주의 운명이 인간의 눈앞에 드러나는 순간 과학자에게 관심을 가진 사람은 맥도날드의 매니저뿐이었다.

00:20

모든 것의 이론은 자연계의 네 가지 힘인 전자기력, 강력, 중력, 약력을 통합하는 가상의 이론을 말한다. **특이점**이란 어떤 기준을 상정했을 때 그 기준이 적용되지 않는 점을 이르는 용어로 물리학이나 수학 등의 학문에서 사용된다. **빅뱅** 이후 10^{-43}초 동안 우주는 급팽창하기 시작하여 10^{-32}초에 양성자와 중성자가 탄생했고 10^{-4}초 후 입자와 반입자가 탄생했다. 3분 이후 입자와 반입자가 쌍 소멸하여 입자만이 남았고 이것이 물질을 이뤘다.

00:19

이론을 완성하고, 과학자는 펜을 내려놓았다. 그가 평생 연구한 이론을 마무리 지은 순간이었다. 과학자의 호흡이 가빠왔다. 이론을 완성한 기쁨 때문이 아니라, 결과를 마주하고 느낀 충격 때문이었다. 결과를 통해 내다본 우주의 미래는 충격적이었다. **종말에 근접했어.** 그는 중얼거렸다. 그가 예측한 우주의 수명은 현재 우주의 나이와 같았다. 데이터가 얼마나 정확한가에 따라 오차가 있겠지만, 과학자는 우주의 수명이 거의 다했으리라 확신했다. 모든 것의 종말에 가까워진 것이다. 종말은 내년일 수도, 내일일 수도 있고, 바로 다음 순간일 수도 있었다. 모든 과학자가 우주의 종말은 먼 미래의 일이라고 믿었다. 빨라도 백억 년 이후가되리라고 추측해왔다. 하지만 그렇지 않음을 그가 증명해낸 것이다. 과학자는 안경을 벗고 두 손으로 눈을 감쌌다. **우주는 곧 수축할 것이다.** 그는 중얼거리고 눈을 떴다. 방금 말한 문장을 적기 위해 손을 뻗어 수첩의 다음 페이지를 펼치는 동안 등 뒤의 블라인드가 잠시 흔들렸다. 가려졌던 한여름의 뜨거운 태양 광선이 잠시 매장으로 들어왔다. 빛이 가게의 여러 곳에서 반사되었고, 과학자 맞은편의 거울에도 반사되어 눈으로 들어왔다. 그는 수첩을 펼치던 손을 들어 눈을 가리려다가 콜라가 담긴 유리잔을 밀치고 말았다.

유리컵이 바닥으로 떨어져 산산이 조각났다.

00:18

매니저가 빗자루와 대걸레와 쓰레받기를 들고 다가왔다. 매니저는 과학자에게 괜찮으시냐는 말과 깨진 유리를 조심하라는 말을 반복했다. 과학자의 대답을 듣고, 매니저는 과학자를 멍하니 보았다. 뭐라고요, 손님? 유리를 치우지 말라고요? 왜요? **깨진 컵을 치울 필요가 없으니까요.** 과학자가 말했고, 왜 그런 말을 하느냐는 표정을 짓는 매니저를 과학자는 똑바로 보았다.

00:17

매니저는 과학자가 어떤 사람인지를 궁금하게 생각해왔다. 지금의 매장으로 옮겨 와 일한 몇 달 동안 매니저는 과학자를 말없이 지켜보았다. 매니저도 다른 직원들도, 거의 매일 같은 시간에 와서 같은 메뉴를 시키고 책과 종이 묶음과 노트북을 펴놓고 조용히 앉아 있다가 다시 조용히 사라지는 할아버지의 정체가 궁금했다. 뭐 하는 사람일까? 홀로 어려운 연구에 매진하는 점잖은 노인 아닐까. 그렇다면 과학자? 안 그래도 매니저는 과학자와 대화를 하고 싶었다.

지금 기회가 주어진 것이다. 과학자가 매니저에게 말했다. 나는 과학자입니다. 모든 것의 이론을 연구하고 있어요. 모든 것의 이론은 우주를 설명하는 이론이죠. 말 그대로 모든 걸 설명하는 이론이군요. 매니저가 맞장구치자 과학자는 고개를 끄덕이고 말했다. 젊은이는 우주의 수명을 알고 있나요? 137억 년입니다. 젊은이는 나이가 어떻게 되나요? 서른일곱? 나는 일흔셋이에요. 137억 년에 비하면 73년은 짧은 시간이죠. 37년은 더 짧은 시간이고요. 나는 언젠가 죽습니다. 사람에게는 수명이 있기 때문이죠. 마찬가지로 우주도 수명이 있어요. 나는 우주의 수명을 알아냈어요. 우주의 수명은 우주의 나이와 같아요. 우주는 수명을 다했습니다. 곧 종말이 찾아올 겁니다. 그 이야기를 하고 싶었어요. 그래서 내 앞에 앉아보라고 말했죠. 내 이야기를 계속 듣고 싶나요? **네.** 매니저는 대답했다. 과학자는 매니저의 혼란스러워하는 표정을 보고 자신의 말을 잘 이해하지 못했음을 알았다. 과학자는 아주 커다란 이야기를 했다. 거대한 것은 설명하기 어렵다. 만약 설명하려 든다면, 그 이야기는 조악하고 난잡해질 것이다. 언어에는 한계가 있기 때문이다.

00:16

수명을 다한 후 우주는 세 가지 종말을 맞을 가능성이 있다. 끝없이 팽창할 가능성, 어느 순간 팽창을 멈추고 수축할 가능성, 혹은 붕괴할 가능성, 이렇게 셋이다. 만약 우주가 팽창한다면 우주는 끝없이 커지는 어두운 공간 안에 빛이 꺼진 별들만 드문드문 보이는 차가운 종말을 맞을 것이다. 만약 우주가 어느 순간 팽창을 멈추고 수축한다면 우주는 계속해서 작아지다가 빅뱅 때처럼 하나의 작은 점으로 돌아가는 뜨거운 종말을 맞는다. 붕괴하는 종말에서는 우주가 어느 날 풍선 터지듯 터지고 만다. 스스로가 팽창하는 속도를 견디지 못하고 아주 장엄하게 폭발하는 것이다. 모든 물체가, 작은 유리컵부터 거대한 행성까지 원자 단위로 분해된다. **선생님이 내리신 결론으로는 우주가 수축한다는 거죠.** 매니저는 되물었고 과학자는 고개를 끄덕였다. 매니저는 우주가 수축하는 순간을 상상했다. 우주의 종말을 느낄 수 있을까? 팽창하던 우주가 팽창을 멈추고 수축하는 찰나를 느낄 수 있을까? 매니저는 위로 던진 공이 속도가 줄어들다가 아래로 떨어지기 전 공중에 잠시 멈춘 것처럼 보이는 그 순간을 상상했다. 속도가 0이 되는 순간 공은 공중에 정지한 듯이 보인다. **내가 끊임없이 세계를 응시한다면 세계가 잠시 멈추는 순간을 볼 수 있을까?**

00:15

과학자와 매니저가 대화하는 동안 바닥의 깨진 컵과 흩어진 콜라와 얼음은 그대로 있었다. 손님들은 깨진 컵을 그대로 둔 채 이야기만 하는 과학자와 매니저를 힐끔거리며 바라보았다. 과학자의 귀에 그들의 대화가 들렸다. 맥도날드에 온 손님들은 항상 큰 목소리로 말했다. 옆자리에 앉은 사람이 자신의 이야기를 듣지 않는다고 여기고 행동했다. 모르는 사람이고 다시 볼 일 없는 사람이라고 생각하는 것이다. 매장에서도 유행가를 크게 틀어놓아 사람들의 기대에 부응했다. 맥도날드에 모인 사람들을 둘러싼 하나의 법칙이었다. 우주의 사물들이 물리 법칙에 따라 움직이듯이 맥도날드의 손님들도 법칙에 따라 행동한다고, 매니저는 생각했다. 과학자는 사람들의 대화에 귀를 기울였다.

00:14

과학자의 생각은 매니저의 질문 때문에 깨졌다. 우주가 수축하면 정확히 어떤 일이 일어나나요? 매니저의 질문에 과학자가 대답했다. **시간이 거꾸로 흘러요.** 우주가 수축하는 순간 시간이 거꾸로 흘러요. 역행하죠. 지나온 것과 반대로. 과학자는 설명하지만, 매니저는 제대로 이해하지 못

했다. 우주가 거꾸로 되돌아가면서 시간도 되돌아가는 원리를 이해하기 어려웠다. 깨닫지 못하더라도, 상상할 수는 있다. 과학자는 소설《제5도살장》을 예로 들어 말했다. 과학자가 가장 좋아하는 소설이었다. 소설에는 4차원을 볼 줄 아는 외계인이 나온다. 그들은 과거와 현재와 미래를 마치 긴 강을 위에서 내려다보듯이 한꺼번에 볼 수 있었다. 소설 역시 과거와 현재 미래를 넘나들며 이야기를 서술했다. 때로는 소설 속 시간이 거꾸로 흐르기도 했다. 소설에는 전쟁 때문에 파괴된 사람들의 삶이 시간이 거꾸로 흐르면서 원상태로 회복되는 장면이 있다. 아름다운 장면이라고 과학자는 말했다. **모든 것이 아름답고 아무도 상처받지 않았다**고 소설은 묘사하죠. 과학자는《마법성의 수호자 나의 끼끗한 들깨》라는 소설도 말했다. 소설의 주인공은 우주가 수축하는 순간 시간이 거꾸로 흘러서 지금까지 살아온 삶을 거꾸로 반복할 것이라고 설명했다. 헤어졌던 사람들을 거꾸로 흐르는 시간 속에서 언젠가 다시 만날 수 있다는 것이다. 매니저도 시간이 거꾸로 흐르는 영화를 기억해 낸다. 〈벤자민 버튼의 시간은 거꾸로 간다〉에서 주인공은 나이를 거꾸로 먹는다. 노인으로 태어나 점점 젊어져 어린아이가 되어가니까. 매니저가 말했다. 우주가 팽창을 멈추고 수축하면 지금까지 흘러가던 시간도 거꾸로 흐르기 시작한다는 거죠. 과학자가 대답했다. 그래요, 내가 말한 소설들과 젊은이가 말한 영화처럼. 매니저는 질문했다. **이것이 우연의 일치일까요?**

00:13

저도 과학에 관심이 많습니다. 선생님처럼 전문가는 아니지만요. 저는 그냥 맥도날드 매장을 관리하는 매니저일 뿐이죠. 하지만 과학을 좋아해요. 몇 년 전 특이점이라는 개념을 우연히 텔레비전에서 봤는데, 신기하더라고요. 선생님도 특이점에 대해 잘 아시죠? 특이점은 미래의 어느 순간 과학 기술이 급격히 발달하면서 인간의 생활이 되돌릴 수 없이 변하는 지점을 말하잖아요. 현재에서는 특이점 이후의 미래를 예측할 수 없죠. **특이점을 지나가면 인류는 과거와 다시 같아질 수 없는 거예요.** 매니저가 말하는 특이점은 과학자가 알고 있는 특이점과 달랐다. 과학자는 블랙홀 안에 존재하는 특이점을 알고 있었으나 매니저는 다른 특이점을 말하고 있었다. 두 개념은 싱귤래리티(singularity)라는 같은 단어를 사용하지만, 분명히 다른 개념이다. 특이점은 여러 곳에서 사용되는 단어다. 천문학에도 수학에도 등장한다. 매니저는 그 점을 몰랐으나 과학자는 지적하지 않았다. 매니저의 설명을 가로막고 싶지 않아서였다. 저는 **구글 글래스**가 기술 발달의 특이점이 다가오는 증거라고 생각해요. 구글글래스를 아세요? 과학자가 모른다고 말하자 매니저는 안경처럼 쓰는 스마트폰이라고 생각하면 된다고 간략하게 설명했다. 저는 기술이 발달하면 세상의 모든 정보를 컴퓨터에 저장하는 날이 오리라고 믿어요. 구글글래스가 그 첫 단계고요. 내 시선으로 보는 세상을 디지털 정보로 저장하는 거잖아요. 기술이 더 발전하면 인간의 뇌도 정보로 바꿔서 컴퓨터에 저장할 수 있게 된대요. 사람의 생각이 저장되는 거죠. 그렇게 발전하다 보면 인간의 생각뿐 아니라 감정도 정보로 저장될 거고요. 현재가 아니라 과거나 미래도 정보로 저장할 수 있게 될 거예요. 모든 것이 정보로 통합되는 거죠. 그런 순간이 오리라고 생각해요. 과학자는 그건 불가능하다고 말해주고 싶었다. 컴퓨터는 아직 인간의 두뇌를 흉내조차 내지 못한다. 우주의 모든 정보를 담는다면 그 컴퓨터는 얼마나 커야 할까? 설령 가능해지더라도 과학자나 매니저가 살아 있는 동안에는 불가능할 것이다. **그게 우연의 일치치고는 이상하다는 거죠**. 매니저는 말했다.

00:12

우주의 나이를 알아낸 순간 우주가 종말을 맞는 것이 이상하지 않으세요? 이건 다 예정된 일일지도 몰라요. 선생님께서 모든 것의 이론을 완성한 순간이 특이점일지도 몰라요. 미래의 존재가 이 사실을 알고 이론이 완성된 순간 시간을 거꾸로 되돌리는 거죠. 하지만 과학자는 지적했다. 우주의 나이를 알아냈다고 해서 인간의 생활을 바꿀 기술적 발전이 당장 일어난 건 아니라고 말이다. 매니저는 대답했다. 특이점 이후의 의식이 그렇게 판단한 거죠. 우주의 나이를 아는 순간이 모든 정보가 완성된 시간이라고 판단을 내린 거예요. **하지만 알고 있다면 누가 알고 있을까?** 지금 우주가 종말을 맞는다면 인간에게는 미래가 없는데, 미래의 무엇이 정보를 알고 있다는 걸까? 정보가요. 모든 것의….

00:11

과학자에게 매니저의 상상은 매력적이다. 과학자는 모든 것이 통합되는 순간을 생각해보았다. 모든 것의 이유를 깨닫는 순간을 생각했다. **모든 것을 이해할 수 있게 되는 순간을 생각했다.** 과학자는 바닥의 유리컵이 깨지는 순간을, 유리컵의 과거와 미래를, 그리고 유리컵이 깨지는 이유를 동시에 이해하는 순간을 상상했다.

00:10

종말이 다가온다면 뭘 하고 싶으세요? 매니저가 과학자에게 물었다. 그 질문은 과학자에게 하는 것이 아닌 스스로에게 하는 질문 같았다. 매니저가 말했다. 저는 세계의 종말을 고민해본 적 없어요. 하루하루 주어진 삶을 열심히 사는 것만 생각했지 삶의 끝을 상상해본 적 없어요. 일단 가족에게 전화할까요. 아니면 짝사랑했던 대학교 동창에게 좋아했다고 고백을 해볼까요. 아니면 먹고 싶은 걸 마음껏 먹거나 편하게 앉아서 에어컨 바람을 쐬거나요. 선생님은 어떠세요? **삶을 후회하지 않기 위해 필사적으로 애쓸 것 같은데요.** 과학자는 대답했다. 왜 가족에게 전화하지 않았을까, 왜 먹고 싶은 걸 마음껏 먹지 않았을까 후회하지 않으려고 애쓸 것 같아요. **후회되는 일이 있으세요?** 매니저가 물었다. 문득 매니저의 얼굴을 보고 있으니 궁금한 일이 떠올랐다. 얼굴에 상처가 났던 여자 매니저에게 무슨 일이 있었는지 궁금했다. 그녀는 다른 매장으로 갔는지, 잠시 쉬고 있는지, 아니면 일을 그만뒀는지, 지금 매니저는 그 사실을 알고 있는지, 과학자는 생각했다. 며칠 전에 이런 일이 있었죠. 과학자는 말했다.

00:09

며칠 전의 일이었다. 과학자는 버스를 타고 가던 중이었다. 이대로 가면 약속에 늦을 것 같아 그는 초조했다. 상대

방에게 늦을 것 같다고 연락할지 아니면 버스에서 내려서 택시를 탈지 고민 중이었는데, 문득 시끄러운 전화 통화 소리에 정신이 들었다. 과학자의 좌석 앞에 두 사람이 앉아 있었다. 아주머니가 통화하고 있고 옆에는 남자아이가 앉아 있었다. 엄마와 아들인 줄 알았는데 아니었다. 아주머니는 아이와 대화하면서 통화했는데, 대화를 들으니 아주머니는 남자아이의 핸드폰으로 아이의 보호자와 통화하는 것 같았다. 왜 아주머니가 아이의 핸드폰을 들고 있을까? 왜 혼자 버스에 탄 아이 옆에 낯선 아주머니가 앉아서 통화하고 있을까? 통화 내용 중에 '경찰'이라는 단어가 나왔다. 무슨 일이지? 과학자는 주변을 둘러보다가, 다른 사람들도 아이를 통화 내용을 듣고 있으며 버스 안의 모든 승객이 남자아이에게 쏠려 있음을 깨달았다. **하지만 남자아이는 누구도 신경 쓰지 않는 것 같았다.** 아이는 창밖을 바라보고 있을 뿐이었다.

00:08

어렸을 때 학교 앞에서 지나가는 사람을 붙잡고 돈을 구걸하던 남자아이가 있었어요. 아무 어른이나 붙잡고 오락실에서 오락하게 백 원만 주세요, 라고 말해요. 그리고 그 돈을 받아서 오락실로 가는 거예요. 돈이 다 떨어지면 다시 나와서 지나가는 사람 붙잡고 백 원만 달라고 졸라요. 밤 9시, 10시까지 그러고 있어요. 무시하고 지나가는 사람도 있고 귀엽다면서 정말 돈을 주고 가는 사람도 있어요. 하지만 여덟아홉 살 된 아이가 밤늦은 시간에 지나가는 사람 붙잡고 구걸한 돈으로 오락을 해서는 안 된다고 말하는 사람은 없었어요. 그 아이는 어떻게 컸을지 궁금해요. **지금은 성인이 됐을 텐데, 어떤 어른이 됐을까요?**

00:07

어느 순간 버스 옆으로 경찰차가 다가왔다. 버스 운전사가 경찰차와 시선을 주고받더니 차를 도로변에 세웠다. 문이 열리고 덩치 큰 남자 경찰 두 명이 버스로 들어오자, 아이가 소리를 지르기 시작한다. 경찰은 어머니의 전화를 받고 왔고 버스를 잘못 탔으니 집으로 데려다주겠다고 말했다. 하지만 아이는 팔을 휘저으며 경찰에게서 멀어지려고 했다. 아이는 버스를 잘못 탄 것 같았다. 반대 방향으로 가는 버스에 탄 것이다. 아무리 기다려도 내려야 할 정거장은 당연히 나오지 않았을 것이다. 그 와중에 어떻게 어머니와 통화를 하게 됐는지는 모르겠다. 그동안 과학자는 자기 일에 정신이 팔려 있었다. 이제 경찰이 아이를 데리러 왔고, 아이가 버스에서 내리도록 설득해야 한다. 옆자리의 아주머니가 아이를 타일렀다. 버스가 고장 났어, 그래서 멈춘 거야, 사람들이 다 내려야 해, 그러니까 너도 내려서 아저씨들 따라가. 아주머니가 버스에서 내리고 다른 손님들도 아이를 위해 버스에서 내린다. 약속에 늦은 과학자 역시 정류장도 아닌 그곳에서 교통카드를 찍고 내린다. 아이가 소리를 지르며 팔을 휘젓는다. 초등학교 5, 6학년은 됐을 텐데 이상하게도 제대로 말을 하지 못한다. 자폐나 발달장애가 있을까, 과학자는 생각했다. 아이가 어떻게 될지 지켜보고 싶지만, 시간이 없다. 과학자는 택시를 붙잡았다. 막 택시에 오르는 순간 경찰이 아이를 짐짝 들듯이 들고 버스에서 내려 경찰차에 태우는 모습을 보았다. 과학자는 택시 안에서 아이의 관점에서 상황을 상상했다. 아무리 기다려도 집은 나오지 않고, 갑자기 버스가 멈추고, 경찰이 자기를 잡으러 오고, 사람들이 모두 내리고, 결국 경찰에게 끌려가는 아이의 마음을 상상했다. **그 아이는 어떻게 됐을까?**

00:06

사람들이 빗자루와 대걸레와 깨진 컵과 콜라를 가리키며 대화를 나눴다. 매니저는 자신이 깨진 컵을 내버려둔 채 너무 오래 앉아 있다는 사실을 깨달았다. **종말이 오더라도 일단 깨진 유리는 치워야겠어요.** 매니저는 말한다. 과학자는 이렇게 대답하려고 했다. 종말이 어차피 언제 오는지 모른다면, 성경에 있는 예수의 말처럼 밤도적처럼 올 거라면, 결국 종말을 준비할 필요는 없을 겁니다. 그러나 말을 끝마치지 못했다. 과학자와 매니저는 느꼈다. 하늘을 향해 던진 공이 솟아오르다가 멈칫하는 지점을. 맥도날드의 다른 사람들도 세상 모든 사람도 동시에 그 순간을 느꼈다. 깨진 컵이 바닥에서 움직이는 순간을.

00:05

빅뱅이론은 우주가 특이점에서 대폭발을 거쳐 지금의 우주가 되었다는 이론이다. 빅뱅 직후의 우주를 설명하려면 자연계의 네 가지 힘인 전자기력, 강력, 중력, 약력을 통합하는 가상의 이론이 필요하다. 이 '모든 것의 이론'을 찾는다면 우주 탄생의 비밀을 알 수 있다.

00:04

바닥의 유리가 한곳으로 모였다. 매장 바닥을 흐르던 콜라도 깨끗이 분리되어 한 덩어리의 액체로 뭉쳐졌다. 액체가 공중에 멈춰 기다리는 동안 유리 조각들은 서로의 몸을 맞춰 하나의 컵이 되었다. 어느 순간 완전해진 컵 안으로 콜라와 얼음이 모이고, 잠시 멈칫한 유리컵은 허공을 향해 솟아올랐다. 테이블 위의 자리를 찾아 그곳에 멈췄으며, **바닥으로 떨어져 산산이 조각났던 유리컵이 온전한 상태로 돌아갔다.** 과학자는 매니저와의 대화를 중단하고 연구를 시작했다. 매니저는 빗자루와 대걸레를 들고 카운터로 돌아갔다. 유리컵이 깨지는 순간 만났으나, 이제는 만난 적 없는 사람이 되었다. 과학자는 볼펜을 들어 수첩에 대었다. 종이 위의 잉크는 볼펜 안으로 돌아갔고 글자를 쓴 종이가 깨끗한 흰 종이가 되었다. 수첩은 접혀 가방으로 돌아갔다. 과학자는 진행한 연구를 원점으로 되돌린 후 집으로 돌아갔다. 종이 위의 데이터도 칠레로 반송되었다. 종이는 표면의 검은색 글자들이 레이저 프린터의 토너로 돌아가면서 깨끗한 새 종이가 되었다. 과학자는 천천히 젊어졌고, 사별한 부인과 다시 만났으며, 부인과 같이 젊어지면서 인생을 거꾸로 다시 살아갔다.

00:03

매니저는 맥도날드 매장 매니저가 되자고 결정했다. 맥도날드는 시급이 좋지 않았으나 원한다면 정해진 프로그램을 이수한 후 정식 매니저가 될 수 있었기 때문이다. 매니저는 대학 생활 내내 과외를 비롯해 온갖 아르바이트에 매달렸으며 맥도날드 아르바이트도 그중 하나였다. 장학금을 받으며 대학에 다니기 위해 고등학교 3년 동안 열심히 공부했으나 원하는 대학에 진학하지 못했다. 집에서는 대학교 학비를 대줄 수 없다고 말했다. 그는 학비는 스스로 벌자고 결정하고 인문계 고등학교를 선택했다. 그는 중학교를 졸업한 다음 '초등학교'가 '국민학교'일 때 졸업했다. 그가 어렸을 때부터 아버지와 어머니는 맞벌이했고 부모님은 집에 있는 일이 적었다. 위로는 누나가 두 명, 형이 한 명 있었다. 그는 37년 전 서울에서 태어났다.

00:02

모든 것을 데이터로 바꿀 수 있으면 삶도 결국 데이터일 뿐이잖아요. 개인은 인생이라는 정보를 수집한 커다란 데이터가 되는 거죠. 삶의 기쁨도 슬픔도 인생이라는 데이터 속의 또 다른 데이터일 뿐이죠. 지금 내가 하는 말도, 바닥의 깨진 컵도, 컵이 깨지지 않았던 과거도, 데이터고요. 이 모든 데이터가 하나로 뭉쳐진 것을 상상해보세요. 그거야말로 세계의 총합인 셈이죠. 미래의 어느 시점에서는 거대한 데이터가 과거를 관조하고 있을 거예요. 자신을 만든 이전의 데이터를 바라보는 거죠. 신이 인간을 관조하듯이 말이죠. 모든 것이 설명 가능해질 거예요. 이해할 수 있을 거고요. 이해받을 수도 있고요. 데이터를 되돌려서 깨진 컵이 깨지지 않은 때로 되돌릴 수 있는 거잖아요. 모든 고통도 데이터 속에서 이유를 설명할 수 있는 거죠. 철학도 종교도 하지 못하는 설명을 인간에게 해줄 수 있을 거예요. 만약 세계가 정보로 통합된다면.

00:01

우주가 수축을 시작했다. 시간이 거꾸로 흘렀다. 역사가 거꾸로 반복되었다. 해가 서쪽에서 떠올라 동쪽으로 졌다. 죽은 사람들이 다시 살아났다. 사람들이 좋은 때를 골라 땅을 파보면 그곳에는 새것처럼 깨끗한 관이 있었다. 관을 열어보면 안에는 차가운 피부를 가졌지만 편안한 표정으로 누운 사람들이 있었다. 그들을 관에서 꺼내 병원 침대에 눕히면 다시 숨을 쉬기 시작했다. 침대에서 노인들은 젊어지고 건강해졌으며 충분히 건강을 회복하면 병원을 나왔다. 그들은 극장에서 영화를 보았고 점점 나이가 들어가는 남자와 젊어지는 여자의 이야기가 끝에서 처음으로 되돌아가는 과정을 보았다. 사람들은 영화를 결말부터 보고 어떻게 시작했는지를 감상하고 책을 뒤 페이지에서부터 펼쳐 맨 앞 페이지까지 읽었다. 영화와 책이 모사한 삶도 그랬다. 사람들은 이미 모두 태어나 있었고 그들은 천천히 어려진 다음 어머니의 배 속으로 돌아갔다. 도시는 새 건물이 가장 새것이 되었을 때 허물고 더 헌 건물을 지었으며 아스팔트 길이 흙길로 그리고 결국 숲이 되었다. 사람들은 도시를 떠나 숲으로 돌아갔고, 나무 위에 자리를 잡았다. 곧 사람들은 사라졌다. 공룡이 부활하고 다시 사라졌다. 그리고 오랜 시간이, 더 오랜 시간이, 많은 시간이 흐르자, 우주가 하나가 하나의 뜨겁고 밝고 작은 점이 되었다. 그리고,

00:00

모든 것이 아름답고 아무도 상처받지 않았다.

스파게티 소설

그날 하늘에는 회색 구름이 낮게 내려와 있었지만 비는 내리지 않았고, 바람이 거칠게 불었지만 춥지는 않았다. 카페에서 글을 쓰자는 마음에 가방을 메고 집을 나왔다가, 새로 개장한 카페를 봤다. 그리고 안으로 들어간 것이 실수였다. 위험한 장소일 줄은 몰랐다. 저녁 식사에 초대받아서 마법사에게 이상한 이야기를 들을 줄은 상상도 못 했다. 그곳의 주인은 잭이었다.

잭이라니, 민망한 이름이었지만 처음 들었을 때는 그러려니 했다. 요즘은 예명을 쓰는 사람이 많으니까. 아이돌도 쓰고 유튜버도 쓰고 트레이너도 쓰는데, 바리스타라고 쓰지 말란 법 없으니까. 잭이 자신의 이름을 왜 잭이라고 지었는지 설명할 때도 잠자코 듣기만 했다. 그가 '잭 인 더 박스'를 아느냐고 묻기에, 안다고 대답했더니 좋아했다. 상자를 열면 안에서 광대 인형이 튀어나오는 장난감을 '잭 인 더 박스'라고 한다. 나는 신기한 물건을 좋아해서 알고 있었다.

"그 잭에서 이름을 따왔죠."

주문을 받으면서 잭은 말했다.

유리창을 통해 보이는 카페 내부는 고상하면서도 편안한 분위기의 의자와 테이블이 갖춰져 있는 것이, 꼭 부잣집 서재 같은 분위기였다. 자주 가는 근방의 카페들은 시끄럽거나, 의자가 불편하거나, 커피가 맛없거나 하는 단점이 하나씩 있었다. 이곳은 괜찮지 않을까, 기대를 품고 안으로 들어갔다.

"새로운 인물이군요."

문을 열고 들어가자 나를 돌아보더니 잭이 말했다. 그때는 처음 만난 손님에게 건네는 말로는 괴상한 인사라는 걸 미처 깨닫지 못했다. 농담도 아니고 혼잣말도 아닌, 꼭 누군가에게 하는 말처럼 들렸다. 하지만 누구에게 한 말이었을까?

✳

이름은 잭이며 카페의 사장이고 바리스타이며 유일한

직원이라고, 그는 자신을 소개했다. 아직 카페 이름은 짓지 못해서 간판을 달지 못했다고도 설명했다. 깔끔한 얼굴에 완벽하게 다듬은 헤어스타일, 그리고 키가 무척 커서 내가 위를 올려다봐야 했다. 넓은 어깨에 잘 어울리는 와이셔츠를 입고 검은색 바지에 구두를 신고 폭이 좁은 검은색 넥타이까지 매고 있었다. 잘생긴데다 젊은 나이에 카페 주인이라니 부러웠다.

뭘 드시겠느냐는 잭의 말에야 나는 생각에서 빠져나왔고, 커피를 주문한 다음 자리에 앉았다. 카페에 있는 네 개의 테이블 중 문에서 가장 멀리 떨어진 구석에 앉았는데, 의자는 편안했고 테이블은 넓어 마음에 들었다. 조명도 적당히 어두웠다. 창밖에는 늘 보던 동네 풍경이 있었는데, 낯선 장소에서 내다보기 때문인지 마치 잘 아는 세상을 멀리 떨어진 곳에서 관찰하는 것 같았다. 창밖에서 바람이 불어 나뭇가지를 흔드는 동안에도, 카페의 공기는 조용했다. 나는 핸드폰의 메모 앱을 열어 글 쓸 준비를 했다. 오랫동안 새 이야기를 쓰지 못해서 새로운 아이디어가 필요했다. 아이디어를 정리하고 또 다른 아이디어를 적으면서 이야기를 구체화하려 애썼다.

잠시 후 불편한 느낌이 들기 시작했기 때문에 일에 집중하지 못했다. 불편한 이유는 잘 알고 있었다. 잭이 나를 지켜보고 있었다.

"글을 쓰세요?"

커피가 담긴 흰색 잔과 초콜릿 칩이 들어간 쿠키를 테이블에 내려놓으며 잭이 물었다. 쿠키는 처음 온 손님에게 드리는 서비스라고, 카페에 자주 와달라는 말도 덧붙였다. 서비스를 주면서 묻기에, 나는 소설을 쓴다고 솔직하게 대답했다. 그리고 어떤 글을 쓰느냐고 바로 잭이 이어서 묻기에 판타지 소설을 쓴다고 말했다.

"글 쓰는 분은 처음 만납니다."

잭은 기뻐했다. 판타지 소설을 좋아하며 잘 알고 있고 많이 읽는다고, 묻지도 않았는데 답했다. 대화가 싫진 않았다. 판타지 소설을 아는 사람을 만나서 반가운 마음도 있었다. 요즘엔 사람들이 소설을 잘 읽지 않으며 판타지 소설은 더하다.

"판타지는 이곳에 없는 이야기를 다루니까 좋아합니다."

잭은 이야기를 무척 좋아하지만 독특하게도 제목이나 작가는 기억하지 못하고 이야기 자체로 기억한다고 말했다. 이를테면, 잭은 두 개의 달이 뜨는 평행세계에 떨어진 여자가 나오는 소설을 좋아하지만, 제목이 뭔지 작가가 누군지는 기억이 안 난다고 말했다. 나는 그건 무라카미 하루키의 소설이라고 대답했다.

"저녁에 스파게티를 먹을 건데 오시겠어요?"

대화를 끝내고 카운터로 돌아가면서 잭이 말했다.

✳

저녁이 되자 다시 카페로 갔다. 주광색 조명 불빛이 카페의 갈색 가구와 회색 바닥, 작은 화분, 창문의 유리를 비췄다. 네 개의 테이블은 어딘가로 사라지고 큰 테이블 하나에 의자가 넷 놓였고, 나보다 먼저 도착한 손님들과 잭이 앉아 있었다. 잭이 나에게 손짓해서 자신의 옆에 앉으라고 했다. 그러니까 내가 앉을 자리도 이미 정해져 있었다.

나는 문을 오른쪽으로 두고 앉았고, 내 왼쪽으로는 잭이 앉아 있었다. 잭의 옆이자 내 맞은편에는 토끼 탈을 쓴 남자가 있었다. 그의 이름은 '토끼 남자'였다. 그리고 그 옆이자 내 오른쪽에는 나이 어린 소녀가 앉아 있었고, 소녀의 이름은 루비였다.

"새로운 인물, 소설가 님입니다."

잭이 나를 소개했다. 토끼 남자는 나를 슬쩍 바라본 다음 다시 시선을 돌렸고 그것이 그의 인사였다. 루비는 나를 돌아보지도 않고 고개를 숙인 채로 책만 읽고 있었다. 잭은 낮에 본 정장 차림이었고 토끼 남자도 잭과 비슷한 정장 차림이었다. 루비는 검은색 원피스를 입고 있었다. 나는 동네를 산책하러 나온 옷차림이었다. 그들이 내 낡은 후드티를 이상하게 여기지 않으면 하는 생각과, 뭐가 어떻게 된 일인지 모르겠다는 생각이 꼬리를 물고 이어졌다.

"재미있는 이야기를 들려주시면 됩니다."

나를 저녁 식사에 초대하면서 잭이 말했다.

✳

처음에는 안 된다고 거절했었다. 낯선 사람과 웃고 떠들면서 저녁을 먹는다니, 나처럼 소심한 성격인 사람이 그런 자리를 간다니 말도 안 된다. 그런데 왜 갔는지 모르겠다. 잭과의 대화가 재밌어서였던 것 같다. 잭은 자연스럽게 대화를 이끌어 가며, 커피를 마시는 나에게 손님을 모으려고 애쓰는 중이라고 했다. 그리고 저녁에 오면 어떻겠냐고 나를 초대했다.

"어쩌면 좋은 소설 소재를 얻으실지도 모르죠."

안 간다고 말했는데도 잭은 마음이 바뀌면 오라고, 좌석을 비워두겠다고 했다. 집으로 돌아와 어두운 방을 마주하자, 다시 카페에 가고 싶어졌다. 배가 무척 고팠는데 요리하려니 귀찮고 배달 음식도 지겨웠다. 어색함을 참아야 해도 스파게티를 얻어먹는 편이 낫지 않을까. 밥을 공짜로 주겠다는데 말이다. 카페에서 잭과 편하게 대화했으니 저녁 식사도 어색하지 않을지 모른다. 집에 불도 켜지 않고 멍하니 앉아 있다가, 다시 나와 카페로 왔다. 그런데 잭 말고도 낯선 사람이 둘 더 있었던 것이다.

다른 사람 생각을 왜 못 했을까? 그들을 봤을 때는 잘못 왔구나 싶었지만, 세 사람이 이미 나를 봤는데 돌아서 카페를 나올 배짱은 없었다. 어색함을 참으며 자리에 앉았다. 손님 둘은 나를 보기만 할 뿐, 인사도 하지 않았다. 카페는 낮과 달리 조명을 낮추고 초를 켰고, 테이블에도 초를 켜고, 좋은 식기가 있고 포크와 나이프와 냅킨도 있었다. 그리고 한가운데에 냄비가 있었다. 고개를 돌려 창밖을 보니 카페 안에서는 밖이 잘 보이지 않았다.

✳

다른 사람을 설명해야겠다. 잭은 첫 번째 사람을 토끼 남자라고 소개했다. 이름도 괴상했지만, 외모는 더 괴상했다. 잭처럼 검은색 정장 차림에, 구두를 신고 손에는 흰 장갑을 끼고 머리에 토끼 가면을 쓰고 있었다. 식사하러 온 사람이 밑도 끝도 없이 가면은 왜 쓰고 있단 말인가? 게다가 지나치게 섬세하고 정교한 토끼 가면이어서 소름이 끼쳤다. 가면 전체에 흰 털이 촘촘하게 박히고, 붉은 눈동자는 어떻게 장치를 했는지 시선을 따라 자연스럽게 움직였다. 말할 때마다 턱도 위아래로 움직였다. 가면은 토끼 남자의 머리 전체를 덮고 목으로 이어져 와이셔츠 칼라 아래 감춰져 있어서, 겉모습만으로는 토끼 가면을 쓴 게 아니라 정말 머리가 토끼인 남자라고 보는 편이 합리적일 것 같았다. 하지만 카페 조명이 어두우니까 내 착각일 수도 있었다. 착각이든 아니든 간에 토끼 가면을 쓴 남자와 같이 저녁 식사를 해야 한다는 사실은 변하지 않았다.

그 옆에 앉은 두 번째 사람도 이상하긴 마찬가지였다. 나이 어린 소녀였는데, 많아야 열여섯이나 됐을까, 검은 단발머리에 얼굴이 피부가 정말 하얗다 못해 창백했다. 검은 원피스를 입고 있었고, 가슴에 달고 있는 붉은 브로치가 눈에 확 띄었다. 그녀는 손에 든 책만 내려다보고 있었다. 내가 인사해도 대답하지 않고 잭이 말을 걸어도 고개를 들지 않고 건성으로 대답했다.

잭이 말했다.

"저, 토끼 남자 님, 루비 님, 소설가 님까지 오셨으니 이번에는 멋진 저녁이 되지 않을까 생각합니다. 그러면 이야기를 시작하겠습니다."

그리고 스파게티 뚜껑을 열었는데 안에는 아무것도 없었다. 다시 뚜껑을 닫은 다음, 잭이 이야기를 시작했다.

"이야기는 이렇게 시작합니다."

스파게티 냄비를 어디서 구했는지 궁금하실 겁니다. 토끼 남자 님과 루비 님은 이미 아시지만, 오늘 처음 오신 소설가 님을 위해서 설명해드리려 합니다. 오래전 세계를 돌아다니며 신기한 물건을 사 모으던 시절이 있었습니다. 젊고 무지했던 제가 거대한 세계를 알아가는 나름의 방식이었습니다. 아주 먼 곳도 위험한 곳도 가봤고, 그곳에서 신기한 물건을 사서 돌아왔습니다. 가장 강력한 저주 마법 주문이 담긴 마법서도 샀고, 유령을 부르는 마법 지팡이도, 악마가 쓰던 와인 잔도 구했습니다. 테이블 위에 있는 이 스파게티 냄비도 신기할 물건을 모으던 중 골동품 상점에서 구했습니다. 지금은 온 세상을 다 살 수 있을 만큼 많은 돈이 있지만, 그땐 나이도 어렸고 돈도 많지 않았습니다. 가게에서 단 한 개의 물건만 살 수 있을 돈만 있었습니다. 상점 주인에게 그 말을 했더니, 냄비를 권하더군요.

'저절로 스파게티가 생기는 냄비입니다.'

상점 주인의 말에 따르면, 위대한 마법사가 남긴 많은 보물 중 하나라고 했습니다. 아주 오랫동안 은둔한 채 살아오며 마법을 연구하던 마법사인데 어느 날 홀연히 사라졌다고 합니다. 어디로 갔는지는 아무도 모릅니다. 중요한 건 주인이 없어진 집에 곧 도둑들이 들이닥쳐 물건을 훔쳤다는 점입니다. 귀한 물건들은 그렇게 세계 각지로 흩어졌습니다. 스파게티 냄비도 흘러 흘러 상점까지 왔다고 했습니다.

저는 주인의 설명을 넋을 놓고 듣고 있었습니다. 냄비 옆에 새겨진 오래된 글자 때문이었습니다. 주인이 설명하기 전부터 어떤 냄비인지 글자를 읽고 이미 알고 있었습니다. 냄비에 새겨진 설명에 따르면, 그건 이야기를 들려주면 맛있는 스파게티를 대접하는 냄비였습니다.

　냄비의 사용법은 이렇습니다. 스파게티를 만들려면 평범한 식재료가 아닌 '이야기'가 필요합니다. 식탁에 앉은 사람들이 둘러앉아 재미있는 이야기를 들려주면, 맛있는 스파게티가 냄비 안에 가득 찬다고 상점 주인이 설명했습니다. 하지만 재미없는 이야기를 들려주면 스파게티가 생기지 않습니다.

　'그냥 이야기가 아니라, 재미있는 이야기여야 합니다.'

　정말로 스파게티가 생기는 냄비였던 겁니다. 말했던 것처럼 스파게티 냄비는 비싼 물건은 아니었습니다. 하지만 희귀한 물건이고 냄비에 얽힌 사연이 제 흥미를 당기기도 했습니다. 한편으로, 속임수는 아닐지 의문이 들었습니다. 마법을 이용한 속임수 정도는 저도 알아볼 수 있었습니다. 하지만 세상에는 수많은 사기꾼이 있으니 교묘한 함정이 있을지도 몰랐습니다. 냄비를 왜 팔려는 걸까요? 저라면 팔지 않았을 것 같았습니다. 위대한 마법사의 물건이고, 적어도 가지고 있는 동안은 평생 굶지는 않을 테니까요. 주인에게 물었더니 그도 처음엔 같은 생각이었지만 나중에는 마음이 바뀌었다며, 이렇게 말했죠.

　'재미없는 이야기를 하면 죽거든요.'

"끝입니다."

　토끼 남자는 조용히 허공을 올려다보았다. 루비는 여전히 책만 내려다보고 있었다. 잭은 말도 안 되는 이야기를 듣고 당황한 나를 관찰하는 것 같았다. 나는 테이블 중앙에 있는 냄비를 내려다보고 있었다. 검은색에 장식도 없는 투박한 냄비여서 별로 마법의 물건 같지 않았고, 그냥 오래되고 낡은 냄비로만 보였다. 냄비 옆면에 정말 읽지 못할 문자가 씌어 있긴 했다. 하지만 마법의 물건이라니 말도 안 된다고 생각했다.

그런데 잭이 뚜껑을 열자 분명 아무것도 없었던 안에 물이 있었다. 몸을 기울여 냄비를 가까이 보았더니, 분명 뜨거운 물이 가득했고 물에서 흘러나온 김이 얼굴에 닿았다.

잭이 말했다.

"말씀드린 것처럼 재미있는 이야기여야 합니다. 재미있을수록 스파게티는 맛있습니다. 재미가 없으면 손님이 죽습니다. 그리고 방금 첫 번째 이야기가 끝났습니다."

사람이 죽는다고? 처음에는 웃음이 나왔는데, 잭은 농담하는 표정이 아니었다. 하지만 사람이 죽는 마법의 냄비라니, 말도 안 되는 일이었다. 없던 물이 나타나긴 했지만, 그냥 뜨거운 물일 뿐이다. 마법이 아니라 마술일 수도 있지 않은가. 그런데 이런 마술이 있나? 마술이 아니라면 정말 마법인가? 세상에 마법이 존재하나?

나는 얼른 말했다.

"죽는다고요?"

"이야기가 재미가 없으면 손님이 죽습니다."

"누가 손님인가요?"

"소설가 님이죠."

내가 황당해하건 말건, 잭은 태연히 대답했다.

"재미있는 이야기를 하면 스파게티를 만들지만 재미가 없으면 손님이 죽는다, 이것이 상점 주인이 알려준 규칙입니다. 냄비에 뜨거운 물만 생긴 걸 보니, 제 이야기는 재미가 없었나 봅니다. 아직 세 번의 기회가 있으니까 기대해보죠. 토끼 남자 님과 루비 님과 소설가 님이 어떤 이야기를 하시느냐에 따라 맛있는 스파게티가 될지 아닐지 결정될 겁니다."

어이가 없었다. 재미없는 농담이라고 생각했고, 이런 장난에 초대하다니 불쾌하다고 말하고 싶었다. 하지만 냄비에는 뜨거운 물이 있었고, 잭도 토끼 남자도 장난치는 표정이 아니었다. 나는 얼른 물었다.

"마법으로 스파게티가 생기고 사람이 죽는다고요? 지금 세상에 마법이 존재한다고 말씀하시는 건가요? 농담이 아니고 진심이신가요?"

내가 묻자, 갑자기 루비가 고개를 들더니 나를 빤히 보았다.

"마법을 쓰지 않는 사람이구나."

그제야 루비의 얼굴을 제대로 볼 수 있었다. 대단한 미인이었는데, 얼굴은 예상했던 대로 십 대 소녀였지만, 표정은 건방진 어른의 것이었다. 그리고 다시 고개를 돌리고 책을 읽기 시작했다. 잭이나 토끼 남자는 별말 없었다.

이들은 어떤 사람들일까? 아니, 사람이긴 한가? 토끼 남자의 뒤편에는 장식장이 있었다. 낮에도 봤던 장식장의 많은 물건이 완전히 새롭게 보였다. 카페에서 보이는 흔한 커피 가는 기계, 주전자, 컵, 그림, 책 등의 장식품이 있었는데, 혹시 잭의 이야기 속에서 등장한 그 물건들일까?

나는 물었다.

"손님이 정말 죽습니까? 그런 일이 여러 번 있었나요? 죽는 모습을 직접 보셨나요?"

"여러 번 봤습니다."

잭이 고개를 끄덕이고 대답했다.

"그럴 땐 맛없는 스파게티가 나옵니다. 양이 너무 적을 때도 있고, 양념이 덜 들어갔다거나 이상한 고기가 들어간 적도 있습니다. 가끔은 스파게티라고 부르기 힘든 것일 때도 있었죠."

"사람 머리가 나왔을 때도 있었지."

토끼 남자가 말했다. 그도 처음 입을 열었다. 기괴한 토끼 가면에 어울리는 거칠고 낮은 목소리였다. 농담이었으면 했지만, 아무도 웃지 않았다. 가면을 쓰고 있으니 토끼 남자의 표정은 알 수 없었고, 잭도 루비도 표정이 바뀌지 않았다.

기가 막혔다. 화를 내고 일어나고 싶었고 그래야 했는데, 나는 도망치지 않았다. 이유가 뭔지는 아직도 모르겠다. 당장 나와서 집으로 왔어야 했는데 자리를 뜨지 않았다. 아마도 다음 이야기가 궁금해서 나가지 못했던 것 같다. 토끼 남자가 무슨 말을 할지, 루비는 뭐라고 할지, 다음은 어떤 일이 일어날지 호기심이 생겼기 때문이다.

"맛있는 스파게티를 만드는 이야기의 조건은 뭔가요?"

"당연히 재미죠."

"재미의 기준은 뭔가요?"

"역시 소설가답게 질문이 날카롭군."

루비가 빈정거리는 말투로 말했다. 책에서는 여전히 고개를 들지 않은 채였다.

잭이 말했다.

"정확한 기준은 모릅니다. 듣는 사람이 얼마나 흥미로워하느냐도 있겠죠. 즐겁거나, 슬프거나, 놀랍거나, 무섭거나 어쨌든 듣는 사람의 흥미를 끌어야겠죠. 하지만 정확한 기준은 모릅니다. 위대한 마법사가 냄비를 어떻게 설계했을까요? 마법사는 무엇이 재미있는 이야기라고 생각했을까요? 우리는 모릅니다. 대충 추측할 뿐이죠."

"그러면 스파게티가 가장 맛있었을 때는 어떤 이야기를 하셨나요?"

내 질문에 토끼 남자가 대답했다.

"딱히 맛있었던 적이 없었어."

그럼 왜 부른 거야? 어이가 없어서 헛웃음이 나왔다.

"도마뱀 남자의 이야기 기억나나?"

토끼 남자가 말하자 루비가 혐오스러운 듯한 신음을 냈다. 잭이 설명했는데, 지난번 도마뱀 남자가 와서 했던 이야기가 얼마나 재미없었는지, 차가운 물에 마늘만 둥둥 떠 있는 스파게티가 나와서 먹느라 고역이었다는 것이다.

"그래서 소설가 님을 초대한 겁니다."

잭이 말했다. 제대로 된 스파게티를 먹어본 적이 없어서, 소설가라면 재밌는 이야기를 들려주지 않을까 해서 불렀다고 했다.

"왜 굳이 사람을 죽여서까지 스파게티를 드시나요? 스파게티가 그렇게 맛있나요? 저는 왜 죽을 각오를 하고 이야기를 해야 하나요? 세 분 저녁 식사를 만들자고 목숨까지 걸어야 할 이유가 없잖아요."

"소설가 님도 스파게티를 드시면 알게 될 겁니다. 한번 먹어보면 영원히 잊지 못할 맛입니다."

잭이 말했다.

"그러니 저희도 최선을 다해 죽지 않도록 재밌는 이야기를 하겠습니다. 소설가 님도 재미있는 이야기를 부탁드립니다. 다음 토끼 남자 님 부탁드립니다."

토끼 남자가 이야기를 시작했다.

세상에서 가장 강력한 마법사가 되고 싶었던 젊은 마법사가 있었다. 놀라운 마법을 자유자재로 다룰 줄 아는, 살아 있는 다른 모든 마법사가 상대도 되지 않을 뿐 아니라 과거의 어떤 강력한 마법사와도 비교할 수 없는, 역사상 가장 강한 마법사가 되고 싶었다. 젊은 마법사는 고대의 마법책을 구해 주문을 배우고, 희귀한 재료로 약을 만들고, 마법 역사를 공부하며 가장 강한 마법을 찾아다녔다. 어느 날 젊은 마법사가 이전에는 본 적 없는 오래된 마법 역사책을 얻었는데, 책에는 그가 한 번도 들은 적 없는 이야기가 있었다. 오래전 위대한 마법사가 가장 강력한 마법 주문을 발견했다는 내용이었다. 위대한 마법사가 사라지면서 주문도 사라졌지만, 그 흔적을 옛이야기 속에서 찾을 수 있다는 주장을 담은 책이었다. 동료들은 그를 말렸다. 마법사를 현혹하는 지식을 담은 책을 주의하라고, 믿었다간 무슨 불행한 일을 당할지 모른다고 말했다. 하지만 젊은 마법사의 생각은 달랐다. 정말로 가장 강력한 마법 주문이 존재했을지도 모른다고 믿고, 마법에 관한 오래된 이야기책을 모으기 시작했다. 가장 오래된 이야기책을 갖고 있다는 사람을 만난 것도 그때였다. 책 주인은 가장 강력한 마법에 관한 이야기가 담긴 고서를 가지고 있었는데, 젊은 마법사가 찾던 바로 그 이야기였다. 하지만 책 주인은 젊은 마법사에게 책을 보여주지 않았다. 많은 마법사가 찾아와 책을 보여달라고 했고, 책을 읽은 마법사들이 강력한 마법을 찾아 떠났지만 아무도 무사히 돌아오지 않았다는 것이다. 더 이상의 희생을 막기 위해서라는 것이 책 주인의 이유였다. 아무리 설득해도 소용이 없자 결국, 젊은 마법사는 그를 죽이고 책을 빼앗았다. 책에는 젊은 마법사가 그동안 찾아온 이야기가 있었다. 한 마법사가 오래된 동굴에서 강력한 주문을 발견했고, 마법 주문을 사용해 위대한 마법사가 됐다는 이야기였다. 젊은 마법사는 이야기 속의 동굴을 찾아 길을 떠났다. 긴 여행 끝에 오래되고 어두운 동굴에 도착했을 때, 그곳이 이야기 속의 동굴이라고 젊은 마법사는 확신했다. 끝없이 길고 어두우며 미로같이 구불구불하고 여러 갈래로 갈라진 동굴을 포기하지 않고 끝까지 걸어갔다. 그리고 동굴 아주 깊은 곳 벽에서 이전에는 본 적 없는 주문을 찾았다. 젊은 마법사는 흥분에 휩싸여 주문을 읽기 시작했다. 그곳에는 과거 위대한 마법사가 써놓은 주문이 있었다. 위대한 마법사는 이렇게 써놓았다. '이곳에 가장 강력한 주문이 있다. 나는 이 주문을 나 이외에 아무도 알지 못하게 할 것이다. 이 글을 읽는 즉시 당신은 눈이 멀고 소리도 들리지 않고 목소리도 나오지 않을 것이다.' 순간 젊은 마법사의 눈이 보이지 않았다. 들리지도 않았고 목소리도 나오지 않았다. 동굴을 찾아 떠난 마법사들이 아무도 돌아오지 못한 이유였다. 젊은 마법사는 앞이 보이지 않고 아무것도 들리지 않는 채로 미로 같은 동굴에 그대로 갇히고 말았다.

토끼 남자의 이야기가 끝나자 스파게티 뚜껑을 열어 안을 확인했는데, 뜨거운 물에 작은 마늘만 두 개 들어 있었다. 잭이 말했다.

"재미없었나 봅니다. 이제 루비 님과 소설가 님의 이야기를 기대해야겠군요."

마늘 두 개라니, 이래서야 제대로 된 스파게티나 나올까? 내가 아무리 노력해봤자 이야기는 엉망이 될 것이다.

"어떤 이야기를 해야 할지 너무 막막한데요. 그냥 재미있는 이야기라면요. 그리고 지금 하시는 이야기들은 제가 알던 이야기와 달라서요. 특히 마법에 대해서는 전혀 모르니까요. 이야기를 생각해 오라고 부탁하지 그러셨어요. 그랬다면 진작 재미있는 이야기를…."

잭이 내 말을 가로막고 말했다.

"대충 규칙은 있습니다. 저와 토끼 남자 님의 이야기와 관련이 있는 이야기라면 스파게티가 더 맛있을 겁니다. 어울리는 재료를 넣어야 스파게티가 맛있듯이요. 떠오르는 이야기가 있으세요?"

잭이 말했을 때, 벽장에서 삐걱 소리가 들렸다. 분명히 벽장 문을 누군가가 미는 것 같은 소리였다. 바람 소리나 다른 소리라고 착각할 만한 소리는 아니었다. 아주 명확하게 문이 삐걱 소리를 냈기 때문이다. 누군가가 낮에 그 문을 열고 청소도구를 꺼내는 걸 봤기 때문에 그냥 보관함이라는 사실도 잘 알고 있었다. 그런데 안에 있는 누군가가 문을 열려는 것 같은 소리가 들렸다.

잭이 말했다.

"이제 루비 님의 차례입니다."

"내가 가장 좋아하는 이야기를 할게."

루비는 말했지만, 여전히 책에서 고개를 들지 않았다. 책을 읽는 건가? 아니면 책을 바라보기만 하면서 이야기를 하는 걸까?

유명한 이야기꾼이 있었다. 이야기꾼은 사람들에게 이야기를 들려주고 대가를 받으면서 살았다. 어느 날 이야기꾼의 목에 병이 걸려 목소리가 잘 나오지 않기 시작했다. 좋다는 약은 온갖 약을 다 써봐도 소용이 없고 목은 점점 나빠졌다. 고민 끝에 나이 많은 마법사를 찾아가 병을 고칠 수 없느냐고 물었다. 마법사는 목소리를 다시 살릴 방법은 없고, 대신 목소리를 항아리에 담아둘 수는 있다고 말했다. 항아리에 대고 이야기해두면 나중에 뚜껑을 열 때마다 이야기가 흘러나오는 마법의 항아리로 쓰면 된다는 것이다. 이야기꾼은 마법사에게 받은 마법의 항아리를 가지고 다시 일할 수 있었다. 문제는 어느 날 왕궁에서 열린 연회에서 그가 항아리를 열어놓았을 때였다. 이야기 속에서 비가 내리자 궁전 안에 비가 내리기 시작했다. 이야기 속에서 꽃이 피자 바닥에서 정말로 꽃이 피어났다. 항아리의 마법이 너무 강력해 이야기를 실제로 만든 것이다. 거기까지는 모두 즐거워했으나, 이야기 속에서 불이 나는 순간 진짜 연회장에 불이 나서 연회를 엉망으로 만들었다. 불은 이야기가 끝날 때까지 계속 옮겨붙었고 큰불이 되어 많은 집을 태웠다. 왕이 화를 내며 이야기꾼과 마법사를 잡아들이라 명령했다. 사실 이야기꾼은 아무 잘못이 없고 마법사의 마법 항아리가 문제였지만, 마법사는 이야기꾼의 잘못이라며 이야기꾼에게 뒤집어씌우고 도망쳤다. 이야기꾼은 자신의 잘못이 아니라고 항변하고 싶어도 목소리가 나오지 않아 말을 할 수 없었다. 사람들은 이야기꾼을 죽였다. 하지만 당연히 항아리의 마법은 그대로였다. 사람들이 마법사의 집에 찾아갔으나 마법사는 도망친 다음이었다. 그래서 마법사의 물건과 이야기꾼의 시신과 항아리를 모아 깊은 숲에 파묻고 아무도 들어가지 못하도록 했다. 세월이 흐르자, 이번에는 다른 소문이 퍼지기 시작했다. 밤이면 숲에서 바람을 타고 이야기가 울려 퍼진다는 것이다. 사람들은 절대로 숲 가까이 가지 말라고 경고했으나, 호기심 많은 사람이나 아직 소식을 듣지 못한 여행자가 숲 주변을 지나가다가 어디선가 들려오는 이야기에 이끌려 더 숲으로 들어갔고, 다시는 나오지 못했다.

그리고 이어진 루비의 마무리가 정말 황당했다.

"그래서 텅 빈 항아리는 항아리를 뒤집어 놓는 관습이 생겼고 지금도 그렇지."

무슨 소리인지 모를 말이었다. 나는 황당해서 되물었다.

"쓰지 않을 때는 항아리를 뒤집어 놓는다고요?"

"응."

"왜요?"

"먼지가 들어가지 않도록."

루비가 당연하지 않으냐는 듯이 말했다. 뭐가 당연하다
는 거야?

"뚜껑을 만들면 되잖아요."

"뚜껑은 냄비에나 달린 거죠." 이번에는 잭이 말했다.

"항아리에는 달면 안 됩니까?"

"그러면 항아리가 아니죠." 잭이 계속 주장했다.

"하지만 뚜껑이 없으면 항아리에 먼지가 들어가잖아요."

"뒤집어 놓는데 먼지가 왜 들어가?" 루비가 되물었다.

이쯤 되니 짜증이 나서 미칠 것 같았다. 그냥 뚜껑을 닫
으면 항아리를 똑바로 세워도 먼지가 안 들어간다고 말했
더니 루비가 비웃으며 말했다.

"그런 말은 처음 듣는걸."

더 물어보려는데, 잭이 냄비 뚜껑을 열더니 한숨을 쉬었
다. 물에는 마늘 두 개와 바질 한 잎이 둥둥 떠다니고 있었
다. 잭은 말했다.

"뚜껑 이야기는 그만하고, 이제 소설가 님의 이야기를 듣

고 싶군요. 아직 스파게티 재료가 한참 모자랍니다. 소설가 님이 정말 재밌는 이야기를 하셔야 할 텐데요."

"그 전에 한 가지 묻고 싶은 게 있습니다."

내 물음에, 잭이 뭐냐는 표정으로 나를 보았다. 나는 다 급했다. 내 차례가 되기 전에 되도록 정보를 더 알아야겠다 는 마음뿐이었다.

"스파게티가 맛있다는 설명만으로는 이해가 되지 않습 니다. 세상에는 스파게티 말고도 맛있는 음식이야 많습니 다. 그런데 왜 굳이 스파게티를 드시려고 하나요?"

그때 다시 벽장에서 삐그덕 소리가 들렸다. 이번에는 외 면할 수 없었는데, 문을 열고 도마뱀 유령이 튀어나왔기 때 문이다.

✳

벽장 문을 통과해서 초록색 빛을 내뿜는 반투명한 뭔가 가 튀어나왔다. 잭과 토끼 남자처럼 정장을 입은 남자인데 머리가 도마뱀이었다. 그러니까 그들이 말했던 '도마뱀 남 자'였다. 살아 있는 사람 같지는 않았다. 머리도 머리였지만 몸이 반투명한 데다 초록색 빛을 뿜고 있었기 때문이다. 도 마뱀 남자의 유령이 벽에서 걸어 나와 돌아다니다가 나에 게 다가오기 시작했다. 나는 놀라서 벌떡 일어나 문 쪽으로 물러났다. 잭과 토끼 남자는 전혀 놀라지 않았다. 루비는 고개도 들지 않았다. 계속 다가오던 도마뱀 유령이 내 자리를 차지하고 테이블에 앉았다. 그리고 입을 벌리고 멍하니 허공만 올려다보았다. 죽은 사람이 유령이 되어 멍청한 표정을 지을 수 있다면, 도마뱀 유령의 표정이 바로 그 표정이었다. 나는 아무 말도 못 하고, 엉거주춤 선 채로 유령과 세 사람을 돌아보았다.

책만 내려다보던 루비가 그제야 고개를 들더니 도마뱀 남자를 발견하고는 인상을 찌푸렸다.

"무슨 일이야? 너는 초대받지 않았잖아."

잭이 말했다. "이야기를 들려주려고 하나 봅니다."

"하지만 저번에도 했고 결국 죽었잖아."

루비의 말에, 잭이 잠시 눈치를 보면서 나를 보다가 다시 루비에게 고개를 돌렸다. 나는 멀뚱히 선 채로 잭의 말을 기다렸다.

잭이 말했다.

"꼭 하고 싶은 이야기가 있나 봅니다. 유령이니까 스파게티에는 아무 도움도 되지 않을 텐데, 그래도 들어보도록 하죠. 죽어서 유령이 돼서까지 와서 하고 싶은 이야기라면 재밌을지도 모르니까요."

나는 얼른 잭에게 물었다.

"저… 괜찮으시다면… 새로운 손님이 왔으니 저는 그냥

집에 가면 안 될까요? 자리도 모자라고 하니까⋯ 저는 그만 집으로⋯."

"그러지 않으셨으면 좋겠습니다."

잭이 무심하게 대답했다. 내가 뭐라고 대답할 틈도 없이 멍한 표정의 유령이 입을 열고 이야기를 시작했다. 목소리는 거칠고 발음은 웅얼거렸지만, 그럭저럭 알아들을 수 있었다.

　　부자에게서 보물을 훔쳐 도망친 도둑이 있었다. 도둑은 먼 마을로 도망쳐 어느 여관에 도착했다. 도둑은 가장 안전한 방을 달라고 한 다음 누가 자신을 찾아도 없다고 말하라고 했다. 여관 주인이 왜 그러냐고 묻자, 도둑은 강도들이 자기가 가진 물건을 빼앗으려고 쫓아오고 있다고 거짓말을 했다. 주인은 돈을 더 내면 그가 숨을 만한 조용한 장소를 알려주고, 도둑이 산적에게 잡혀서 죽었다는 헛소문을 내주겠다고 말했다. 그러면 강도도 돌아가지 않겠냐는 것이었다. 도둑은 승낙하고 여관 주인에게 돈을 건넸지만, 주인은 도둑이 가진 돈이 탐나서 그를 죽이고 보물을 전부 가로챘다. 그리고 시신을 계곡에 버린 다음, 계곡으로 간 여행자가 산적에게 죽었다고 거짓 소문을 퍼뜨렸다. 또한 여관 주인은 도둑에게서 빼앗은 보물을 계곡에 숨겨놓고, 사람들이 오지 않도록 계곡에 산적에게 죽은 여행자의 유령이 나타나며 유령을 만나면 죽는다는 소문을 퍼뜨렸다.

그의 뜻대로 마을 사람들은 물론 지나가던 여행자들도 계곡으로 가지 않았다. 얼마 후 마을에 도둑을 붙잡으러 온 부자가 도착했다. 도둑을 찾아 마을을 돌아다니며 수소문한 부자는 마을에 최근에 도착한 여행자가 산적에게 죽었다는 소문과, 계곡에 그의 유령이 떠돌아다닌다는 소문을 들었다. 부자는 여관에 들렀다가 여행자의 소문을 물었고, 여관 주인은 여행자가 부주의하게 계곡에 들어갔다가 산적에게 죽었으며, 시신을 자신이 발견했다고 말했다. 여관 주인의 말에 부자는 한숨을 쉬었다. 그리고 여행자가 사실은 도둑이며, 자신의 값진 보물을 훔쳐 달아났다고 말했다. 특히 보물 중에 소원을 들어주는 마법의 목걸이를 꼭 찾아야 한다고 말했다. 목걸이가 마법이 걸린 물건인 줄은 몰랐던 여관 주인은 그날 밤늦게 계곡으로 돌아가 보물을 묻어놓은 곳을 파헤쳤다. 그때 부자가 여관 주인을 붙잡았다. 부자는 이미 여관 주인이 도둑의 보물을 훔쳤다고 짐작하고 있었으며, 어디에 감췄는지 알아내려 거짓말로 함정을 팠던 것이다. 여관 주인은 부자를 피해 도망치다가 계곡에서 발을 헛디뎌 절벽 아래로 추락했다. 죽어가는 여관 주인 앞에 도둑의 유령이 나타났다. 여관 주인은 여행자의 유령을 만나면 죽는다는, 자신이 퍼뜨렸던 소문을 떠올렸다.

도마뱀 남자의 이야기가 끝났다. 여전히 멍청한 표정을 짓고 허공을 올려다보는 동안 카페 안에는 침묵만 맴돌았다.

"재미있는 이야기군요." 잭이 말했다. "하지만 초대받지 않은 손님의 이야기여서 스파게티 냄비에는 영향을 주지 못합니다."

나는 말했다.

"잠시 화장실 좀…."

이제 내 차례였으나 시간을 벌 방법이 그것밖에 떠오르지 않았다. 카페 화장실에 들어가 문을 닫고, 수도꼭지에 물을 틀어놓고 손과 얼굴을 씻었다. 찬물을 뒤집어쓴 거울 속의 내 얼굴을 보고 있으니 조금씩 상황이 이해가 갔다. 어떻게 받아들여야 할지 알 수는 없었지만, 무슨 일인지 파악은 했다. 이상한 사람 셋에게 재미있는 이야기를 해야 하며, 세상에는 마법이 존재하고, 나는 유령을 보았다.

상황을 해결할 방법은 뭐가 있을까? 도망치면 된다. 어려운 일도 아니다. 스파게티 때문에 죽고 싶지 않다고 화를 내고 떠나면 된다. 설마 붙잡지는 않겠지. 잭도 토끼 남자도 힘이 세 보이지만 내가 도망가면 막지는 못할 것이다…. 하지만 도마뱀 남자가 유령이 되어 나타났다. 자리를 떠나겠다는 말을 했다가 나도 그렇게 되지 않는다는 보장이 있을까?

밖에서 세 사람의 목소리가 들렸다. 처음에는 나에게 들리지 않도록 조용히 말하다가 감정이 격양됐는지 점점 언성이 높아졌고, 나중에는 카페가 울릴 정도로 목소리가 커졌다.

루비가 말했다.

"도마뱀 남자는 죽었잖아. 왜 또 찾아온 거야?"

"자꾸 부르니까 오겠죠."

잭이 대답하자 루비가 화를 냈다.

"한심하기는, 죽여버리고 싶어."

"이미 죽었습니다. 유령이잖아요." 잭이 대답했다.

"빨리 쫓아내라니까, 잭. 당신이 가장 마법을 잘하잖아. 뭐가 됐든 마법을 써봐. 제자리에 앉질 못하면 손님이 위험하잖아."

루비가 말했다. 그리고 중간중간 물건이 부서지는 소리와 함께 계속 루비가 소리쳤다. 아마도 루비가 도마뱀 남자의 유령을 향해 이것저것 집어 던지면서 하는 말 같았다.

"멍청한 도마뱀 같으니. 왜 네가 손님 자리에 앉는 거야? 재밌는 이야기를 하려면 네가 앉아 있었을 때 진즉 했어야지. 그러면 안 죽었을 거 아냐? 원래 있던 곳으로 돌아가."

그리고 잭의 목소리가 들렸지만 무슨 말인지 알아들을 수 없었다. 그다음 누군가가 우는 소리가 들렸는데, 도마뱀 남자 유령의 울음 같았다. 잠시 후 울음이 멈췄다.

"쫓아냈습니다."

잭이 말했다. 흥분을 가라앉혔는지 세 사람의 목소리 크기가 줄어들었다. 웅얼거리는 대화 사이로 가끔 소설가는 왜 빨리 안 나오는 거야, 라는 목소리가 들렸다.

겁에 질려서, 여기서 도망칠 방법이 없을까 두리번거리다가 거울을 봤을 때였다. 거울에 비친 표정이 그렇게 멍청해 보일 수가 없었다. 이럴 때가 아니었다. 정신 차리자. 화장실엔 빠져나갈 창문도 없고, 카페 문으로 나간다면 다들 내가 순순히 가도록 두지 않을 것이다. 겁먹을 때가 아니라, 상황을 정확히 알아야 할 때였다. 정말 재미있는 이야기를 하면 될까? 하지만 어떤 이야기가 스파게티 냄비가 좋아할지는 어떻게 알지? 도마뱀 남자의 이야기는 정말 재미가 없었을까?

어떻게 해야 살아남을 수 있을까?

✳

화장실에서 나왔더니 도마뱀 남자 유령은 없었다. 어떻게 쫓아냈는지 정말 쫓아낸 모양이었다. 유령에게 뺏겼던 내 자리는 비어 있었다.

잭이 말했다.

"앉으시죠."

나는 자리에 돌아가 앉았고, 잭이 요청하기 전에 먼저 이야기를 시작했다.

"옛날에 중국에는 이야기에 세상의 뜻이 숨어 있다고 생각한 학자들이 있었습니다. 학자들은 이야기로 세상을 설명하려고 시도했습니다. 중국을 돌아다니며 이야기를 듣고 기록하고 책으로 남겼다고 합니다."

잭도 토끼 남자도 별 반응이 없었고, 루비도 책에서 고개를 떼지 않았다.

"로마 시대에는 식객이라는 직업이 있었다고 합니다. 당시에는 저녁 식사가 상당히 중요한 행사여서, 귀족들은 유명한 사람을 초청하고 멋지게 대접해야 체면이 산다고 여겼습니다. 그래서 식사 시간에 분위기를 띄워 초대 손님을 즐겁게 할 입담 좋은 사람이 필요했습니다. 식객이 바로 이 일을 하는 사람들이었죠. 식객은 귀족 집 저녁 식사에서 재미있는 이야기로 사람들을 즐겁게 하고 저녁을 얻어먹은 다음 선물을 받아서 생활을 해결했다고 합니다."

루비가 고개를 들고 말했다.

"중국 사람들은 토끼 남자의 이야기 속 마법사와 비슷하네. 이야기에 사실이 있다고 믿었으니까. 그리고 식객이라는 직업은 지금 당신과 비슷하고."

그렇게 말하곤 다시 책으로 고개를 돌렸다.

나는 말했다.

"이야기를 시작하겠습니다."

옛날에 젊은 마법사가 있었습니다. 세상을 돌아다니며 가장 강한 마법을 찾아다니던 마법사였습니다. 많은 곳을 여행하며 오래된 마법책과 마법 도구와 훌륭한 마법사들의 물건을 사들였고, 우연히 찾아간 골동품 상점에서도 많은 물건을 샀습니다. 기뻐한 상점 주인은 마법사를 저녁 식사에 초대했습니다. 그리고 상점 주인은 마법사 앞에 오래된 스파게티 냄비를 꺼냈습니다. 위대한 마법사의 물건인데, 재미있는 이야기를 들려주면 스파게티를 만들어주는 냄비라고 주인은 설명했습니다. 수상하다고 생각한 젊은 마법사는, 함정이 있는 건 아니냐고 추궁했으나 주인은 그저 식사 시간을 즐겁게 만드는 장난감 같은 물건이라고 부인했습니다. 하지만 젊은 마법사는 주인의 속셈을 곧 알아챘습니다. 냄비 옆에 써진 경고문을 읽었기 때문입니다. 주인은 몰랐으나 젊은 마법사는 고대의 문자도 잘 알고 있었습니다. '스파게티 냄비는 스파게티를 주는 대신 손님을 죽인다'는 내용을 읽었습니다. 그리고 자신이 죽지 않으려면 주인을 죽이는 수밖에 없다는 사실도 알았습니다. 마법사는 상점 주인을 죽이고 냄비를 들고 도망쳤습니다.

"지금 무슨 이야기를 하는 거야?"
루비가 책에서 눈을 떼고 나를 보더니 물었다. 나는 신경쓰지 않고 이야기를 계속했다.

젊은 마법사는 스파게티 냄비의 원래 주인인 위대한 마법사를 조사했습니다. 그가 어떻게 위대한 마법사가 됐는지 알아내 자신도 위대한 마법사처럼 강해지고 싶었기 때문입니다.

위대한 마법사에 관한 기록은 거의 남아 있지 않았고, 진실인지 거짓인지 알 수 없는 이야기만 몇 편 있었습니다. 위대한 마법사는 우연히 동굴에서 발견한 고대의 마법 주문으로 강한 마법을 얻었다고 알려져 있었습니다. 위대한 마법사는 자신이 발견한 마법 주문을 다른 사람이 읽을 수 없도록 주문을 읽자마자 눈이 머는 마법 주문을 써놓았습니다. 그리고 마법을 사용해 여러 물건을 만들었습니다. 이야기를 들려주면 스파게티를 만들어주는 냄비도 그의 작품이었죠. 어느 날 이야기꾼이 찾아와 목소리를 살릴 방법이 없겠느냐고 물었을 때, 위대한 마법사는 최근에 만든 스파게티 냄비를 떠올리고, 같은 마법을 이용해 이야기를 담는 항아리를 만들었습니다. 하지만 예상치 못한 일이 벌어졌습니다. 항아리가 이야기를 현실로 만드는 항아리가 됐던 겁니다. 항아리를 본 왕은 다양한 가능성을 가진 마법이 걸려 있다고 판단하고 신하들에게 이야기꾼과 마법사를 붙잡으라고 명령했습니다. 이야기꾼은 잡혔지만, 마법사는 도망쳤죠.

하지만 어리석게도 위대한 마법사는 그의 돈을 탐낸 여관 주인에게 죽고 말았습니다. 여관 주인은 마법사를 죽이고 돈을 가로챈 다음 산적이 죽였다는 헛소문을 퍼뜨렸습니다. 하지만 마법사를 뒤쫓던 왕에게 범죄가 발각됐습니다. 왕은 여관 주인을 사형에 처하고 마법사의 돈과 보물을 차지했습니다. 하지만 왕도 오래 부귀영화를 누리진 못합니다. 마법사가 고대의 마법을 얻었던 동굴로 찾아갔다가 저주마법을 읽고 눈이 멀어 동굴에서 죽고 말았습니다. 그렇게 마법사도, 왕도, 이야기꾼도, 여관 주인도 죽고, 마법사의 물건들도 뿔뿔이 흩어졌습니다. 하지만 이야기는 남았습니다.

"뭐라고?"

토끼 남자가 물었다. 나는 여전히 신경 쓰지 않고 이야기를 이었다.

…이야기는 남았습니다. 젊은 마법사는 이 이야기들이 단순한 옛날이야기가 아니라 진실이라고 생각했습니다. 젊은 마법사는 상점 주인이 스파게티 냄비를 어디서 처음 얻었는지 알아내려 애썼습니다. 그리고 계속 냄비가 있던 장소를 거슬러 올라가 마침내 마법사가 죽은 계곡을 찾아냈습니다. 마법사의 시신은 모두 썩어 없어졌지만, 이야기의 배경이 어느 지역인지는 대충 좁힐 수 있었습니다. 마법사가 도망쳤다면, 그의 물건이 묻힌 숲도 근방의 지역일 것입니다. 물론 쉽지 않았습니다. 숲을 찾더라도, 어디에 이야기꾼과 마법사의 물건이 묻힌 곳이 있느냐는 문제가 남았죠. 마법사는 숲을 찾아낸 다음에도, 그곳에서 꽤 오랫동안 이야기가 들려오기를 기다리고 기다렸습니다. 마침내 이야기를 따라갔을 때, 그곳에서 이야기꾼의

유령을 만났고, 무덤도 보았습니다. 무덤 속에는 위대한 마법사의 물건이 있었지만, 가장 중요한 건 동굴의 위치가 적힌 이야기책이었습니다. 책에서 동굴의 위치를 알아낸 젊은 마법사는 강력한 마법 주문을 찾아 동굴 안으로 들어갔습니다. 그곳에서 오래된 주문을 찾아냈고, 미리 저주를 막는 주문을 준비해 간 덕분에 눈이 멀지 않았습니다. 그것이 젊은 마법사가 강력한 마법사가 된 이야기입니다.

"그리고 그 주문은 여전히 동굴에 있습니다."

나는 이야기를 끝냈다.

토끼 남자는 멍한 표정이었고 루비도 고개를 들어서 나를 보았다. 잭은 나를 보고 있지 않았다.

갑자기 토끼 남자가 자리에서 일어났다.

"잠시 가볼 곳이 생겨서…."

그러고는 인사도 없이 나갔는데, 루비도 벌떡 일어나더니 책을 품에 안고 토끼 남자의 뒤를 따라갔다. 둘은 청소 도구 함의 문을 열고 안으로 들어갔다. 닫힌 문 너머에서 계단을 내려가는 것 같은 소리가 들렸다.

잭이 말했다.

"재미있는 이야기였습니다."

✳

두 사람이 떠나고, 나와 잭만 마주 보고 앉아 있었다. 분위기가 더 서늘해졌다. 이상하게 누가 손을 대지도 않았는데 촛불이 더 어두워진 것 같고, 잭의 표정도 더 어두워 보였다. 나는 겁을 먹었다. 스파게티 냄비는 그대로 뚜껑이 닫힌 채였고 잭은 열어서 확인할 생각이 없는 것 같았다. 나도 딱히 냄비 뚜껑을 열 마음은 없었다.

잭이 말했다.

"훌륭한 상상력을 동원한 이야기였습니다. 그런데 상점 주인이 저를 속이려고 했다는 이야기는 어떻게 생각해내셨습니까?"

"잭 님이 이야기 속에서 '냄비가 스파게티를 만들었다'고 하셔서요."

잭이 더 자세한 설명을 원하는 표정으로 쳐다봐서, 나는 설명을 시작했다. 빨리 자리를 벗어났으면 하는 마음뿐이었고 더 앉아 있고 싶진 않았지만, 다른 한편으로 잭의 기분을 거스르고 싶지도 않았다.

"이야기에서는 상점 주인이 냄비에서 스파게티가 생기는 과정을 보여주지 않는데, 잭 님이 냄비를 보자마자 스파게티가 생겼다고 확실히 믿어서요. 물론 나중에 사실을 확인하고 이야기에서는 생략했을 수도 있지만, 혹시 스파게티가 냄비에서 만들어지는 모습을 직접 본 건 아닐까 상상했습니다. 그러려면 주인이 직접 초대하고 이야기를 들려주고 스파게티가 만들어지는 광경을 봐야겠죠. 지금 제가 초대받았듯이요."

"흥미롭군요."

잭이 말했고, 나는 설명을 계속했다.

"만약 주인이 초대했다면 당연히 순순히 스파게티를 주지 않고 함정을 팠겠죠. 이야기하다가 죽을지도 모른다는 말은 하지 않고, 그저 재밌는 이야기를 하면 스파게티가 생기는 냄비라는 말만 했겠죠. 하지만 잭 님은 속아 넘어가지 않으셨잖아요. 지금 멀쩡히 살아 있으니까요. 속지 않았다면 냄비 옆의 글자를 알았기 때문일 것 같았어요."

잭은 말했다.

"제가 냄비를 발견하고 다른 물건을 찾아갔다는 설명도 재미있었습니다."

"스파게티 냄비가 위대한 마법사의 물건이었다면, 다른 물건을 더 찾아볼 욕심이 생겼겠죠. 누구나 그렇지 않습니까. 젊고 어린 마법사였다면 더 그랬겠고요. 거기서 뒷이야기도 상상했어요."

"왕 역시 마법사의 물건을 찾아갔다는 이야기도 같은 판단에서 만들었나요?"

"제가 왕이라면 어떨까 생각했어요. 마법사의 항아리를

봤다면, 다른 용도로 쓸 수 없을까, 전쟁 무기라든가, 여러 가지 방법을 생각했을 것 같고, 마법을 얻으려고 했겠죠. 마법사를 잡으려 했을 것 같았습니다. 그리고 당연히 마법사의 물건을 얻은 다음에는 동굴의 주문이 있다는 사실도 알았을 거고, 찾아 나섰겠죠. 그리고 동굴에서 죽었을 거고요.”

잭은 고개를 끄덕이고 물었다.

“이야기들의 인물이 같은 사람이라는 상상은 어떻게 하셨죠?”

“굳이 왜 이 이야기를 했을까 생각했어요. 다른 이야기도 많은데 왜 저 이야기일까요? 어째서 이 세 이야기가 스파게티를 만들 만큼 재미있는 이야기일까? 힌트는 잭 님이 말씀하셨죠. 연관이 있는 이야기를 해야 재미있다고요. 그래서 혹시 세 이야기가 원래 하나의 이야기인데 잭, 토끼 남자, 루비 세 분이 나눠서 하지 않았을까 생각했습니다. 그리고 제가 결말을 말해야 하고요. 도마뱀 남자의 유령이 한 이야기가 결말에 해당하는 이야기였겠죠. 그래서 하나로 묶었습니다.”

“모두 훌륭한 상상이었습니다. 듣는 동안 재미있었고요. 하지만 사실 그런 사실들은 별로 중요하지 않습니다. 가장 중요한 질문은 따로 있습니다.”

잭이 말했다.

"스파게티 냄비의 진짜 규칙은 어떻게 알았죠?"

빨리 카페를 떠나고 싶었다. 잭이 화를 내거나 위험한 행동을 할까 봐 겁이 났다. 하지만 그만두고 집에 가겠다고 하면 가만두지 않을 것 같을 만큼 잭의 표정이 심각했다.

나는 설명했다.

"재미있는 이야기를 해서 스파게티를 먹는다는 목표라면 왜 새로운 손님이 필요할까요?"

내가 말했지만, 잭의 표정은 변화가 없었다. 나는 설명을 이었다.

"굳이 새로운 사람은 필요하지 않습니다. 스파게티 냄비가 좋아하는 이야기를 네 명의 사람이 계속 반복해도 되니까요. 잭 님은 같은 이야기를 하면 안 된다는 규칙은 말하지 않으셨죠. 그러면 왜 재미있는 이야기를 해줄 '새로운' 손님이 필요할까요?

도마뱀 남자의 유령을 보고 의심이 생겼습니다. 애초에 왜 도마뱀 남자가 죽었을까요? 이야기가 재미없어서? 그럴 수도 있죠. 하지만 왜 재미없는 이야기를 했을까요? 죽지 않는 재미있는 이야기를 나머지 세 분이 가르쳐줘도 됩니다. 그토록 오래 저녁 식사 모임을 했다면 스파게티가 나올 만한 재미있는 이야기도 이미 알고 계시겠죠. 굳이 누가 죽지 않고도 맛있는 스파게티를 먹을 수 있습니다. 그런데 도마뱀 남자는 왜 죽었을까요?

왜냐하면, 손님은 무조건 죽기 때문입니다.

재미있는 이야기를 하든 없는 이야기를 하든, 손님은 반드시 죽습니다. 그래서 새로운 손님이 필요한 겁니다. 도마뱀 남자가 죽었는데 굳이 돌아온 이유도 그것 때문이 아닐까 추측했습니다. 재밌는 이야기를 했는데도 죽었기 때문에, 그게 억울해서 다시 이야기하러 온 것이죠."

잭의 눈치를 살폈는데 별말 없이 나를 쳐다보기만 해서, 설명을 이었다.

"화장실에 있을 때 세 분이 도마뱀 유령을 쫓아내는 목소리를 들었습니다. 세 분은 제가 화장실에서 들을 수 있다는 걸 알면서도 목소리를 높여서 말씀하셨죠. 제가 우연히 들은 것처럼 정보를 흘리려고요. 도마뱀 남자에게 야단치는 말처럼 하면서 정보를 알려주셨죠. 자리에서 일어나면 안 된다, 유령의 이야기는 재미있으니 만약 했다면 죽지 않았을 것이다. 하지만 저번에 재미없는 이야기를 해서 죽었다, 이런 정보를 제가 엿듣도록 했죠.

그래서 저는 상황을 처음부터 되짚어봤습니다. 저는 세 분이 저에게 스파게티를 만들 만한 재미있는 이야기라는 정보를 슬쩍 흘렸다고 생각했습니다. 지금 유령의 이야기가 재밌는 이야기니까 제가 그걸 그대로 반복하도록요. 하지만 그건 함정이죠. 세 분은 제가 정해진 재미있는 이야기를 하고 죽기를 기다리고 있었습니다.

다만 한 가지 이상한 건, 어째서 도마뱀 남자가 죽어서 유령이 된 다음에도 와서 이야기를 가르쳐줬는지는 모르겠습니다. 유령마저도 세 분과 한팀이어서 짜고 한 거든가, 아니면 잭 님이 첫 번째 이야기에서 유령을 부르는 마법을 알고 있다고 하셨으니, 그 마법을 쓰셨을지도 모르죠."

잭은 조용히 내 이야기를 듣다가 되물었다.

"어떻게 아셨습니까?"

"뭘요?"

"마법을 깨는 방법요. 죽지 않는 방법. 손님이지만 함정에 빠지지 않는 방법을."

"글쎄요, 그건 저도… 어쩌다 맞혔는지… 모험했는데 성공했고…."

잭이 웃기 시작했다. 표정도 소리도, 웅얼대는 나를 향한 비웃음이었다.

"겸손하시군요. 확실히 방법을 알고 정확히 성공하셨는데 모르는 척하시는군요. 저는 속지 않으니까, 제대로 설명하세요."

나는 점점 더 겁이 났다. 약점을 들킨 사람은 잭인데도, 이상하게 내가 겁이 났다. 속임수를 꿰뚫고 살아남았는데도 여전히 공포가 사라지지 않았다.

✳

나는 말했다.

"제가 아는 건, '살아남는 방법이 확실히 있다'는 겁니다. 왜냐하면, 잭 님이 살아 있으니까요. 어떤 방법인지는 모르지만, 상점 주인에게 속지 않으셨죠. 하지만 방법이 뭔지는 모릅니다. 저는 마법 글자를 모르니까요. 짐작할 수밖에 없죠. 하지만 방법은 분명히 있습니다. 방법이 뭘까요?

그때 루비 님의 말이 생각났습니다. 도마뱀 남자의 유령이 제 자리에 앉았다고 화를 내셨죠. 그리고 제가 자리에 앉아야 한다고 다시 강조했습니다. 그때 생각했습니다. 저녁 식사에 초대돼서 규칙을 들은 손님 중에는, 분명 화를 내는 손님도 있었을 겁니다. 재미없는 이야기를 하면 죽는다니 장난이냐, 하면서 화를 내고 가려는 사람도 있었을 겁니다. 하지만 세 분은 모두 제가 화를 내고 나갈까 봐 걱정하지는 않으시는 것 같더군요. 당연히 손님이 도망치지 못하도록 뭔가 마법이 걸려 있었을 겁니다. 저는 제가 일어나면 죽기 때문이 아닐까 추측했습니다. 재미없는 이야기를 해도 죽고, 이야기하지 않고 떠나려고 해도 죽는다는 게 제 추측이었습니다. 그래서 반대로 생각했습니다. 그럼 주인이 일어나면 어떻게 될까요? 손님처럼 주인도 죽을까요? 만약 그렇다면 주인에게 이 식사는 너무 큰 모험입니다. 목숨을 걸면서까지 스파게티를 먹는 모험을 하려고 할까요? 제가 세 분이라면 그 정도 모험까지는 하지 않았을 것 같습니다. 그 래서 이렇게 생각했습니다. 주인이 일어나면 식사가 그냥 취소되는 것이 아닐까요? 세 분의 여유 있는 태도는 이 규 칙에서 나오는 게 아닐까, 주인은 어쨌든 죽지 않기 때문이 아닐까, 생각했습니다.

저녁 식사를 처음부터 되짚어 보면 이렇습니다. 세 분은 손님에게 재미있는 이야기를 하지 않으면 죽는다는 규칙은 알려줘야 합니다. 손님이 반드시 재미있는 이야기를 해야 하니까요. 게다가 자리도 지켜야 합니다. 재미있는 이야기 를 하도록 도마뱀 유령이 와서 이야기를 알려줍니다. 하지 만 재미있는 이야기는 주인도 해야 합니다. 주인이 재미없 는 이야기를 하면 스파게티는 생기지 않겠죠. 그런데 이야 기를 하지 않으면 어떻게 될까요? 죽지 않는다면, 어떤 일 이 일어날까요? 아무 일도 일어나지 않을까요? 그렇다면 잭 님은 상점 주인을 어떻게 이기셨을까요? 만약, 주인이 자리에서 일어나면 죽지 않고, 단지 스파게티 냄비의 마법 이 취소된다면 어떨까요? 손님은 자리에서 일어나면 죽지 만, 주인이 이야기하지 않고 자리에서 일어날 때는 마법이 성립하지 않는 겁니다. 잭 님이 쓰신 방법도 그거겠죠. 상 점 주인을 일어나게 하셨고, 마법을 취소한 다음 상점 주인 에게서 냄비를 빼앗았을 겁니다. 그게 함정을 빠져나오는 방법이라고 생각했습니다."

잭이 피식 웃더니 고개를 흔들었다.

"제가 언제 손님이 자리를 떠나면 죽는 마법이 있다고 했습니까?"

"그럼 저는 그냥 떠날 수 있던 건가요?"

내가 놀라서 되묻자 잭이 웃었다.

"아뇨, 도망치면 토끼 남자 님이 소설가 님을 죽였을 겁니다."

사람이 죽는다는 말을 왜 웃으면서 말하는지 이해가 가지 않았다. 나는 태연한 척했지만, 아마 잭의 눈에는 정말 멍청한 표정을 짓고 있는 것으로 보였을 것이다. 잭은 한동안 웃더니 말했다.

"소설가 님의 추측이 맞습니다. 토끼 남자 님과 루비 님이 일어났으니 식사는 무효가 됐고, 소설가 님은 죽지 않습니다. 두 사람을 일어나게 한 방법도 재미있었습니다."

카페는 조용해서, 잭에게는 내 심장이 뛰는 소리와 침 삼키는 소리까지 들리겠다 싶었다. 나는 천천히 말했다.

"방법이 그것밖에 없었습니다. 세 분을 일어나게 해야 하지만, 저는 마법을 할 줄 모릅니다. 다른 힘도 없고요. 단지 이야기 외에는 가지고 있는 카드가 없었습니다. 이야기만으로 세 분 중 누구라도 자리에서 일어나게 해야 합니다.

세 분의 이야기에는 공통점이 있습니다. 강력한 마법에

대한 집착이죠. 그게 왜 재미있는 이야기인지 의문이었습니다. 재미가 없는 건 아니지만, 저는 재미있었으니까요. 하지만 어째서 강력한 마법에 관한 이야기가 재미있는 이야기여야 했을까요? 세 분이 강력한 마법에 매료됐다는 건 확실하죠. 그런데 이미 강력한 마법사 아닌가요? 적어도 위대한 마법사의 주문을 알고 있는 잭 님은 그렇습니다. 그런데 왜 강한 마법에 집착하실까요? 토끼 남자와 루비는 그렇지 않기 때문일까요?

거기에서 생각을 더 밀고 나갔습니다. 세 분은 스파게티를 왜 꼭 먹으려고 할까요? 단지 정말로 맛있어서? 그것보다 더 매력적인 뭔가가 있다고 가정하면 들어맞습니다. 이를테면 강한 마법을 주는 스파게티라면 어떨까요? 그래서 강한 마법에 집착하는 거라면? 그래서 세 분의 이야기 모두 강력한 마법에 관한 이야기인 건 아닐까요? 세 분을 자리에서 일어나게 하려면 위대한 마법에 관한 이야기여야 한다고 생각했습니다. 스파게티에서 마법을 얻듯이, 마법을 얻을 수 있는 이야기여야 하는 셈이죠. 그 정도는 돼야 자리에서 일어날 겁니다. 그래서 네 개의 이야기를 엮어 새로운 이야기를 만들어냈습니다. 이야기 속에 위대한 마법을 얻을 수 있는 힌트가 있다는 이야기를요. 잭 님은 가지고 있지만, 토끼 남자와 루비는 가지고 있지 않은 고대의 위대한 마법을 얻을 방법이 이야기 속에 있다는 이야기를 하자. 그러면 누군가는 자리에서 일어날 거라고 생각했습니다. 강력한 마법을 얻을 방법을 제시하면, 잭 님이 감추고 있거나 혹은 잭 님도 모르고 있던 방법을 끄집어내면 토끼 남자와 루비가 일어날지도 모른다고 생각했습니다. 하지만 통할 줄은 정말 몰랐습니다. 이야기가 정말 엉터리라고만 생각했는데 그렇지 않고 두 분이 정말 믿을 줄은…."

"사실, 이야기는 처음부터 끝까지 엉터리였습니다."

잭이 말했다.

"네?" 나는 되물었다.

"완전히 엉터리였습니다. 말도 안 되는 이야기였죠. 생각해보세요, 토끼 남자 님의 이야기요. 이야기 속에서 책 주인이 이상하지 않던가요?"

무슨 말인지 이해가 가지 않아서 가만히 있자, 잭이 말했다.

"책이 있다고 말하지만 정작 보여주진 않고, 위대한 마법이 어딘가 있다고 말하지만 어딘지는 말하지 않는 이야기꾼 말입니다. 이상하지 않나요? 애초에 말할 생각이 없었으면 책이 있느니 하는 말을 하지 말았어야죠."

그거야 귀한 책이니까 남에게 함부로 보여주지 않을 거라고 생각했는데, 잭이 말을 이었다.

"처음부터 책 같은 건 없다고 하면 어떨까요? 위대한 마법 같은 것도 없고 그저 사기꾼이라면요. 젊은 마법사에게 위대한 마법이 있다면서 동굴을 알려주고, 사실은 마법이 아닌 저주를 써놓고, 동굴에 가둬놓는 강도였다면 이야기가 더 잘 설명되지 않나요? 어두컴컴한 동굴로 들어가봤자 고대의 마법 주문 같은 건 애초부터 없었죠. 단지 강도가 써 놓은 저주만 있었을 뿐입니다. 사기꾼은 시력을 잃은 젊은 마법사들을 동굴에 가두고 많은 물건을 빼앗았겠죠. 스파게티 냄비, 이야기를 담는 항아리, 그리고 저기 있는 물건들도⋯." 잭이 손을 뻗어 카페 진열장의 여러 오래된 물건을 가리켰다. "위대한 마법사의 물건이 아니라 강도가 빼앗은 물건일 뿐이었습니다. 고대의 마법 주문 같은 건 없었습니다. 저도, 그리고 토끼 남자 님과 루비 님도 이 사실을 잘 알고 있습니다."

＊

나는 잠시 말이 나오지 않았다. 이야기가 엉터리라면, 왜 토끼 남자와 루비가 일어나서 카페를 나갔나? 두 사람은 위대한 마법을 찾아간 것 아닌가? 애초에 내 이야기가 엉터리고 위대한 마법이 없다는 걸 알았다면 두 사람이 속을 이유가 없었다.

"그게 중요합니다."

잭이 말했다.

"소설가 님의 이야기가 옳고 그르고는 문제가 아닙니다. 토끼 남자 님과 루비 님이 정말로 위대한 마법이 있다고 믿도록 만들면 됩니다. 자신들이 끝없이 반복해온 이야기 속에 그동안 몰랐던 진실이 있다고 믿게 만드는 것, 그래서 위대한 마법을 찾겠다는 욕심에 사로잡혀서 스파게티고 뭐고 내팽개치고 떠나게 만들면 충분합니다. 이야기가 옳고 그르냐는 중요하지 않습니다. 듣는 사람을 움직이게 하면 되는 겁니다. 그리고 소설가 님은 성공했습니다. 단지 이야기만을 가지고, 일어나지 않을 일을 일어나도록 만들었습니다. 존재하지 않던 무언가를 새로 만들었습니다. 훌륭한 이야기였습니다. 저는 토끼 남자 님과 루비 님이 너무 멀리 가지 않도록 말리러 가야겠습니다."

잭은 자리에서 일어났다. 나는 그가 떠나기 전에 얼른 물었다.

"도대체 무슨 스파게티인데 목숨까지 걸어야 했습니까?"

"한번 먹으면 영원히 잊지 못한다고 제가 말했잖습니까."

잭이 같은 말을 반복했을 때, 그 말에 힌트가 있을까? 영원히 잊지 못할 맛이라….

"스파게티를 먹으면 영원히 살 수 있습니까?"

나는 말을 하면서도 깜짝 놀랐다. 뭔가 좋은 작용을 하니까 영원히 산다는 점은 짐작도 못 했다. 잭이 대답했다.

"하지만 스파게티 말고 다른 건 먹지 못합니다."

226

잭은 그렇게 말하고는 벽장 문을 열고 그 너머로 가버렸다. 카페에는 나 혼자 남았다. 어두운 조명만 켜진 조용한 곳에 커다란 냄비를 앞에 두고 앉아 있었다.

더 이상 무서운 분위기는 없었다. 그저 조용한 좋은 카페였다. 부잣집 응접실 같고 서재 같고 식당 같은 곳이었다. 스파게티 냄비에서 맛있는 냄새가 나기 시작했다. 사람 배고프게 만드는 냄새였기 때문에, 냄비 뚜껑을 열었다. 안에는 토마토소스 스파게티가 있었다. 내키는 대로 스파게티를 접시에 담아 천천히 먹었다. 잭의 말대로 상당히 맛있었다. 먹는 동안 가끔 유리창으로 카페 밖 풍경을 보았다. 날이 어둡고 조명이 유리창에 반사되어 스파게티를 먹는 내 모습만 보일 뿐, 밖은 잘 보이지 않았다.

너의 변신

◇ 2010년 《계간 문학동네》 겨울호 (통권 65호) 발표

◇ 2011년 《젊은작가상 수상작품집》 수록, 제2회 젊은작가상 우수상 수상

◇ 2014년 한국국제교류재단 계간지 《Koreana》 겨울호에
　영어번역본 〈Your Metamorphosis〉 수록

너 까다로운 서류 절차 때문에 입장에 시간이 오래 걸렸다. 특별법이 적용되는 건물이니 뭐가 달라도 달랐다. 나는 담담한 기분이었다. 처음 이메일을 받았을 때만 해도 너를 찾아가지 않을 줄 알았다. 연구소에 들어갈 용기가 나지 않았다. 민원실에서 기다리는 동안에도 차라리 허가가 나지 않기를, 그래서 너를 만나지 않아도 되기를 원했다. 솔직히 말하자면 그랬다. 하얀 가운 입은 남자가 다가와 손을 내밀었다. "오래 기다리셨죠." 그의 가슴에는 '안내' 명찰이 달려 있었다. 우리는 악수를 했다. 평범한 사람이었다. 머리가 두 개이지도 팔이 여섯 개이지도 않았다. 언뜻 본 눈동자가 밝은 갈색이었지만 그것도 민원실의 지나치게 밝은 조명 때문에 내가 착각했을 뿐, 다시 보니 정상적인 검은색이었다. 아니다, '평범한'이나 '정상적인' 같은 표현이 요즘 세상에서도 의미가 있나?

　실험실로 들어가는 동안 본 광경을 말하진 않겠다. 건물에 사는 다른 사람들까지 신경 쓰고 싶진 않다. 실험실은 가운데에 작은 수영장이 있는 방이었다. 수영장은 직육면체가 아니라 반구형이어서, 바닥을 파내 만든 아주 커다란 그릇 같았다. 그 위로 두꺼운 유리를 덮어놓았고, 삑삑삑삑 소리를 주기적으로 내는 기계들이 수영장 주변에 즐비했다. 수영장 안에 네가 있었다. 실험실은 밝았는데, 조명 때문이 아니었다. 수영장 안의 너와 다른 사람들의 몸에서 나오는 빛 때문이었다.

팔이 네 개 달린 사람 "표시된 선을 따라서만 걸어 다니세요. 다른 곳은 밟지 마시고요. 방금 바닥에 소독약을 뿌렸습니다."

　팔이 네 개 달린 청소부가 우리에게 주의를 주었다.

첫 번째 징후 "섹스하고 나서 우는 남자 별로지?" 첫 성교 후에 너는 눈물을 흘렸다. 너의 항문에 삽입한 내 성기와 내가 손으로 쥐고 있는 너의 성기에서 막 사정이 끝난 다음이었다. 벌써 울음을 터뜨릴 표정이어서, 이 자식이 징징대면 어쩌나, 안 그래도 걱정하던 중이었다. 너는 고개를 돌리고 눈물을 닦았다. 많은 시간이 지난 지금에도 나는 첫 번째 징후를 찾으려 노력했다. 이를테면, 자살하는 사람은 자살 시도 이전에 주변에 암시를 남긴다고 하니까. 네가 자살을 한 것은 아니지만, 상황이 이 지경이 된 데는 분명한 이유가 있을 것이다. 네가 갖다 붙인 엉터리 이유 말고 진짜 이유가. 그래서 네가 눈물을 흘리는 순간을 되새기는 것이다.

"눈물 날 만큼 좋아?"

나는 미리 생각해둔 말을 꺼냈으나 농담은 통하지 않았다. 더 달래야겠다는 판단으로, 나는 너를 꽉 끌어안고 말했다. 아주 좋았어, 왜 울고 그래, 민망하게, 앞으로도 계속 같이 자고 싶은데 그때마다 울 거야? 그제야 너는 눈물을 멈췄다. 우리는 서로의 몸을 쓰다듬었다. 그러나 이후로도 우리가 옷을 벗고 누우면, 너는 같은 질문을 반복했다.

"너는 왜 나를 좋아하니?"

질문에 담긴 진짜 뜻은 이렇다. 얼굴도 못생기고 몸에 근육도 없는 나하고 너는 왜 성교를 하니? 그러면 나는 되묻곤 했다.

"왜 좋아하면 안 되는데?"

너는 내 가는 눈과 오뚝한 코가 아름답다고 했다. 검고 매끈한 피부와 넓은 어깨와 군살 없는 허리와 긴 다리가 좋다고 했다. 너는 너의 몸이, 운동과 다이어트를 반복해도 결국 빼지 못한 뱃살과, 좁은 어깨, 큰 엉덩이, 짧고 휜 다리가 싫다고 했다. 나는 싫지 않았다. 너는 돈을 많이 버는 직업을 가지고 있다. 나는 너만큼 많이 벌진 못하지만 안정적인 직업을 가지고 있다. 우리의 관계가 멋지지 않나? 네 질문을 이해 못 하는 건 아니었다. 너는 동성애자들이 다 그렇다고 말하고 싶었을 것이다. 외모에 집착하고 멋진 육체를 가진 남자와의 근사한 성교만을 추구한다고 말이다. 하지만 우리의 관계는 다른 동성애자들의 관계와 달랐고, 나는 달라서 좋았으나, 너는 달라서 싫었던 모양이었다.

어쩌면 나는 나 역시 나만의 방식으로 너에게 집착하고 있으니 그걸로 됐다고 설명했어야 했다. 그러나 나는 적극적으로 너를 설득하지 않았다. 나는 우는 너를 걱정했지만 정작 네가 우는 이유에는 관심이 없었던 것 같다. 혹시 그것이 문제였나, 나는 가끔 의심했다.

확실한 첫 번째 징후 "저 기술이 상용화되면 대단한 일이 일어날 거야." 그것이 내가 확실하게 기억하는 첫 번째 징후였다. 너는 텔레비전을 가리키고 있었다. 화면 속 아나운서는 새로 개발된 이식수술을 뉴스로 전했다. 부작용이 없는 신체 일부를 인공적으로 합성하는 이 기술이 기증을 기다리는 많은 환자에게 큰 희망을 가져다줄 것이라고 설명했다. 너도 설명을 덧붙였다. "이식수술에는 몇 가지 난제가 있는데 이식 가능한 부위의 수급 문제도 그렇고 면역력 저항도 그렇고….” 유전자 처리된 신체를 사용하면 복잡한 문제들이 해결되면서 훨씬 폭넓은 이식 수술이 가능하다는 것이다.

좋은 소식이지만, 나는 자료화면이 마냥 징그러울 뿐이었다. 뉴스에서 등에 사람 귀를 붙인 돼지가 꿀꿀대며 돌아다니는 모습을 소개했다. 유전자를 조작해 돼지의 몸에서 사람 귀가 자라도록 설계했으며 그 귀를 사람 몸에 붙인다는 것이다. 하지만 실험실 한쪽에 마련된 축사에서 먹이를 먹는 돼지는, 내가 보기엔 사람 귀가 붙은 괴물일 뿐이었다. 그때 나는 본능적인 혐오를 감추지 못했다. “징그럽게 왜 이런 걸 보고 있어.” “사람 몸이 다 징그럽지.” 너는 대답했다. “예전에 교통사고로 귀를 잃은 사람을 본 적 있어. 긴 머리카락으로 귀를 가리고 있더라고. 그런 사람들에게 이건 대단한 소식이잖아.”

“그 사람이 돼지 등에 붙은 귀를 원할 거라고?”

“그렇지, 누가 귀를 선뜻 줄 리가 없잖아. 그리고 부작용도 없어.”

실험실에서 만들어낸 장기는, 자신에게 맞는 장기가 나타나기만을 애타게 기다리는 수많은 환자를 구원해줄 것이다. 하지만 멀쩡한 귀를 가진 우리가 이 소식에 기뻐해야 할 이유가 뭘까. 나는 너의 귀를 흘낏 보며 그런 생각을 했다.

뉴스가 끝나자 나는 야구경기로 채널을 바꿨고 너는 텔레비전 앞에서 자리를 떴다. 지금 돌이켜보니, 뉴스를 설명하던 너의 표정과 목소리가 평소와 다르게 상당히 흥분되어 있었다. 그 사실을 나는 너무 늦게 알아차렸다.

다큐멘터리 텔레비전과 관련된 또 다른 기억이 있다. 너는 케이블의 다큐멘터리 채널을 들여다보고 있었다. 무심코 같이 텔레비전을 보던 나는 경악을 금치 못했다. "아니, 이게 뭐야?" 나는 소름이 돋은 팔을 문지르며 물었다. 영국에서 만든 다큐멘터리인데, P라는 이름의 남자가 의사에게 상담을 받고 있었다. 남자가 말했다. "의사 선생님, 저는 양쪽 다리를 자르고 싶습니다."

다리를 자른다고?

"신체의 일부를 제거하고 싶어하는 사람이야."

너는 설명했다. 멀쩡한 다리를 잘라? 왜? 변태인가? 내 의문을 예상했다는 듯이, 의사가 설명했다. "저도 처음에는 놀랐습니다." 신체를 훼손하거나 훼손된 신체를 보면서 성욕을 느끼는 증후군이 있긴 했다. 하지만 남자는 그들과 다르다고 의사는 말했다. 쾌감 때문에 몸을 훼손하려는 것이 아니었다. 단지, 어렸을 때부터 자신의 다리를, 정확히는 양쪽 무릎 밑부분부터는 자기 몸이 아닌 것으로 인식했다고 한다. 혹이나 종양처럼 신체에 있어서는 안 되는 부분이 무릎 밑에 붙어 있다고 여겼다는 것이다. 남자는 다리를 가리키며 선언했다. "이건 내 몸이 아니에요."

"트랜스젠더와 비슷한 개념이야."

네 목소리가 갑자기 끼어들어서, 나는 텔레비전에서 시선을 옮겨 너를 보았다. 트랜스젠더라면 나도 잘 알고 있다. 남자에서 여자로, 여자에서 남자로 성전환수술을 하는 사람들.

"맞아, 트랜스젠더는 머릿속의 자신과 실제 몸이 가진 성별의 불일치를 느끼잖아. 그래서 자신이 되고 싶은 성별이 되기 위해 성기를 제거하는 거고. 성기를 제거하면서 성적 쾌감을 느끼는 변태인 건 아니잖아. 저 남자도 마찬가지야. 그냥 자신이 느끼는 완전한 몸은, 양쪽 다리가 없는 몸인 거지."

정확한 통계는 없으나 P와 같은 고민을 하는 사람이 영국에만도 몇천 명이 넘을 것으로 추산된다고 했다. 하지만 멀쩡한 신체를 잘라내는 수술은 법적으로 금지되어 있기 때문에 P가 원하는 몸을 갖기 위한 길은 험난했다. 몇 년이 지난 후의 일이지만, P는 결국 다리를 제거했다. P 같은 사람을 위한 수술이 제한적으로 허용되는 법이 생기고, 이들을 위한 연구소와 병원이 결합한 형태의 특수한 시설이 몇몇 국가에 설립되었다. 더 많은 시간이 흐른 후에는, 몇만 명의 사람이 이 시설에서 수술을 받고 정신 속의 몸과 실제 몸을 일치시키는 데 성공했다. 그들 중에는 너도 있었다.

필요 없는 가구　"처음 휠체어를 타던 날 얼마나 기뻤는지 몰라요." P는 말했다. 그는 어렸을 때부터 두 개의 다리를 자신의 몸으로 인정하지 않은 채 살아왔고, 최근 수술로 다리를 제거하는 데 성공했다. 이제 휠체어를 타고 다녀야 하지만 P의 표정은 한없이 밝았다. 기자는 질문했다. "그럼 제거한 두 다리는 어떻게 됐습니까?"

"필요한 사람이 가져갔겠죠."

마치 필요 없는 가구를 내다 버린 사람처럼 P는 대답했다.

셀러브리티　"양악수술이 뭐냐면." 옆자리에 앉은 두 여인이 열심히 대화했다. 우리는 카페에서 커피를 마시며 잡담을 나누고 있었고, 다른 손님들도 그랬다. "위턱인 상악하고 아래턱 하악을 잘라내서 다시 맞추는 거야. 그러면 입이 나왔거나 주걱턱인 사람은 입이 들어가면서 얼굴 전체가 작아져. 내 친구가 양악수술로 돌출입을 넣었거든. 입이 들어가긴 했는데 대신 광대뼈가 튀어나와 보이더라. 그러니까 밸런스를 생각해서 얼굴을 전체적으로 고쳐야 해. 아는 후배는 성형수술 잘돼서 인생 역전했어." "나도 고치고 싶다." "내 말이." 힐끗 돌아본 그녀들은 매우 아름답고 흠잡을 곳 없는 얼굴이었는 데도, 그런 말을 했다.

"내가 인생 역전하려면 어디를 고쳐야 할까?"

네가 말했다. 나는 고칠 필요 없다고 대답하려 했지만, 너의 질문은 질문이 아니라 하고 싶은 말을 질문 형식으로 시작한 것뿐이었다. 이어지는 너의 소망은 길고 복잡했다. 콧대를 높였으면 좋겠어. 콧방울도 좁히고. 광대뼈는 괜찮은 거 같아. 턱은 사각이니까 깎아야겠지? 나는 얼굴 전체가 큰 편이잖아. 머리도 크지. 양쪽으로 짱구야. 머리 크기를 줄이는 수술이 있으면 좋을 텐데. 어깨도 넓으면 좋겠어. 나는 왜 어깨가 좁을까? 목도 팔다리도 짧고. 다리는 진짜 왜 이렇게 짧지? 다리 늘이는 수술도 있어. 다리뼈를 잘라서 늘인 다음 다시 붙이는 건데, 키가 5센티미터쯤 커진대. 배랑 허리의 살도 빼고 싶어. 지방흡입수술도 좋지만 요즘은 초음파로도 제거가 가능하대. 초음파를 배랑 허리에 쏘면 지방이 알아서 분해돼서 소변으로 나온대.

"그렇게 다 고치고 나면 너는 뭐가 남아?"

"다음 세상에서 새로 태어날 수 있다면 나는 조시 하트넷으로 태어나고 싶어." 그것 역시 대답이 아니라 그냥 네가 하고 싶은 말이었다. "인류는 아름다움을 추구해왔어. 그리스 신화 속의 신과 21세기의 셀러브리티는 같은 거야. 아름답고 동경과 질투의 대상이 되고 영원히 살지. 나도 그런 욕망이 있는 거야."

"연예인들은 영원히 살지 않잖아."

"이미지는 영원히 남지. 마릴린 먼로나 제임스 딘이나 히스 레저처럼. 꼭 배우나 가수에만 국한된 게 아니야. 케네디나 체 게바라를 봐."

너는 아름다움에 관심이 많아서 아름다운 사람들에 대한 관심도 많았다. 배우, 가수, 모델, 운동선수, 혹은 평범하지만 아름다운 몸을 가진 사람들, 이를테면 '훈남'들, 목욕탕이나 샤워실에서 네가 알몸을 훔쳐보는 근육질의 남자들, 그리고 포르노 배우들. 너는 그들 이야기를 하는 것을 즐겼다. 옆자리의 여자가 말했다. "양악수술은 진짜 위험한 수술이야. 하다가 죽을 수도 있어. 기억 안 나? 전에 연예인 누가 턱수술하다가 죽을 뻔한 거."

나는 너에게 말했다.

"죽을 위험을 무릅쓰고라도 연예인 같은 몸을 가지고 싶은 거야?"

"연예인이 아니라 셀러브리티라니까. 요즘은 연예인이라는 단어 안 써."

원반 던지는 남자 나는 원반 던지는 남자 조각상 앞에 있었다. 너와 헤어지고 1년쯤 지났을 때, 나는 홀로 그리스 조각상 전시에 갔다. 고대 올림픽에서는 선수들이 알몸으로 경기에 참가했다고 한다. 지금 내가 보고 있는 조각상의 모델을 그때는 경기장에서 직접 볼 수 있었을 것이다. 경기장한가운데에서 원반을 들고 있는 그는 완전한 나체였다. 완벽하게 다듬어진 근육질 몸은 신의 몸처럼 아름다웠다. 잘 발달된 허벅지 근육 사이로 성기가 드러났다가, 그가 원반을 던지려 허리를 숙이고 몸을 비트는 순간 살짝 흔들렸다. 나는 조각상의 성기를 더 자세히 보려고 고개를 치켜들었는데, 경기장의 그리스인들도 그랬을 것 같았다. 조각가는 관중이 그를 바라보는 시선을 재현하려 했으며 지금 조각상을 바라보는 내 시선도 조각가의 의도를 따라가고 있을 테니까. 수많은 사람의 시선을 받는 기분이 어떨까 상상하다가, 나는 너를 떠올렸다. 너 역시 욕망의 대상이 되고 싶었나 보다. 그리스의 원반 던지는 남자처럼, 21세기의 조시 하트넷처럼, 뭇 사람의 욕망 섞인 시선을 받는 아름다운 사람이고 싶었던 것이다.

"안녕하세요? 오늘 〈세상에 이런 일이〉에서는 연예인처럼 성형수술한 분들의 모임에 찾아왔습니다. 배우 공유 씨와 닮게 수술한 남자회원들과 김고은 씨와 닮게 수술한 여자회원들이 모여서 드라마 〈도깨비〉를 재연하고 있는데요. 어머나, 얼굴이 공유, 김고은 씨와 똑같네요? 시청자 여러분, 진짜 공유, 김고은 씨와 닮게 수술한 이 회원분들을 구별할 수 있으세요? 저는 누가 누군지를 모르겠어요."

보톡스 원래 아담S연구소가 이식수술 개발에 애쓴 이유는 노화방지 때문이었다. 인공적으로 생산한 장기로 노화된 신체를 자유롭게 교체해 인간의 수명을 연장시키려는 것이 목표였다. 나는 의학에 대해 전혀 모르지만, 나이를 먹으면 장기뿐 아니라 뇌도 늙지 않나? 그렇다면 그들은 이미 두뇌를 새것으로 교체할 방법까지 연구하고 있었을까? 게다가 수명 연장을 위한 기술이 성형수술 열풍과 만난 것이 이상해 보였다. 전혀 다른 욕망이 이상한 곳에서 충돌했기 때문이었다.

너는 당연하다고 말했다.

"성형수술이 젊고 아름다워지려는 욕망에서 비롯된 거잖아. 예를 들어서 보톡스도 근육의 과도한 수축을 푸는 시술에 쓰였어. 주름 없애는 성형수술 목적으로 사용된 이후에는 보톡스 시술 건수가 해마다 백 퍼센트씩 늘어났어. 이식수술 시장이 해마다 백 퍼센트씩 늘어난다고 상상해봐. 지금이야 낯선 일이지만 당장 몇 년만 지나면 사람들 생각이 완전히 달라질걸."

"하지만 이식수술과 보톡스는 다르잖아."

"그런 인식이 바뀐다니까."

너는 포럼에서 받아 온 책자를 잔뜩 펼쳐놓았다. 내가 잘 모르는 어려운 영어로 쓰인 책들이었다. 개소식을 앞둔 연구소에서 개최한 포럼에 꽤 많은 사람이 모였고, 너도 그중

한 명이었다. 돼지 등에서 귀가 솟아나게 하는 기술은 어느새 상당한 수준으로 발전했으며 일부 실용화를 앞두고 있었다. 문제는 이 기술을 가장 빠르게 받아들인 나라가 너와 내가 사는 나라라는 것이었다.

"우리나라 성형수술 시장이 얼마나 큰데. 압구정에 가봐, 두 건물 건너 하나가 성형외과야. 나도 포럼에 못 들어갈 뻔했어. 미리 신청한 사람은 먼저 입장 가능해서 간신히 들어간 거야."

신청? 그렇다면 너는 지금 연구소에서 성형수술을 하고 싶다는 건가? 나와 상의도 없이?

"신체개조수술을 실행하려면 윤리적인 문제가 아직 남아 있지. 인체실험이 어디까지 허용될 것인가 하는. 그래서 관련된 법 개정을 추진 중이래."

"외모보다는 내면의 아름다움에 귀를 기울여야 한다고 말하는 사람은 없어?"

"너도 이 여자 만나보면 생각이 달라질걸."

책자 표지에는 아름다운 여인의 사진이 실려 있었다. 안젤리나 졸리인 줄 알았는데, 자세히 보니 아니었다. 그녀는 본명보다 별칭 '이브A'로 훨씬 더 유명했다. 이브A는 어렸을 때 개에게 얼굴을 물려 코와 입술이 완전히 망가진 채 평생을 살아오다가 이식수술을 받고 완전한 얼굴을 갖게 되었다고 했다. 아니, 완전한 얼굴을 넘어선 아름다운 얼굴이었다. 그녀는 안젤리나 졸리보다 더 아름다웠다. 이런 성형수술이 가능하다고? 사람 얼굴이 완전히 바뀌는 수술이 부작용도 없이 이뤄진다고?

"너 이브A 몰라? 인터넷에서 한참 화제였는데. 너는 성형수술에 관심이 없으니까 모르겠구나. 이 여자도 포럼에 왔어. 내가 직접 봤다니까."

그날 저녁 내내 나는 인터넷을 검색하고 연구소와 관련된 방대한 양의 기사들에 깜짝 놀랐다. 개중에는 포럼에 만여 명의 관람객이 몰려서 북새통을 이뤘다는 뉴스도 있었다. 너는 포럼에 들어갈 수 있도록 선택받은 몇백 명 중의 한 명이었던 것이다. 연구소는 아담S와 이브A라는 별칭이 붙은 두 남녀의 신체개조수술을 성공적으로 마쳤으며 새로운 신청자를 기다리고 있었다.

너는 말했다.

"뽑힌 사람들은 이소연처럼 되는 거지."

"이소연이 누구야?"

"우리나라 최초의 우주인이잖아. 너는 뭐 아는 게 없냐?"

'신체를 개조한 축구선수들의 프로리그 개막 앞두고 종교단체의 강력한 반발 예상' "저는 이것을 스포츠의 혁명이라 칭하고 싶습니다." 축구협회 회장은 전한다. "최초로 신체를 개조한 아담S의 탄생 이래 15년이 지났고 신체개조는 더 이상 신기한 일이 아닙니다. 이미 미국에서는 다리 네 개 달린 풋볼선수들의 프로리그가 큰 인기를 끌고 있으며 일본에서는 팔이 여섯 개 달린 프로레슬러가 등장해….”

'신체개조수술 병원, 통칭 '아담S연구소' 설립 기술 발전을 위한 기금 정부에서 지원받아 지원자는 이미 오천여 명을 돌파했고 이 열풍은 당분간 지속될 것으로 전문가들은….

프랑켄슈타인 우리는 연구소에서 만난 미국인 의사와 악수했다. 평범한 외국인 아저씨처럼 생겼는데, 너는 그를 천재 의사 선생님이라고 칭했다. 그가 신체개조수술의 기반을 다졌기 때문이었다. 너는 원래 영어를 잘했고, 나는 더듬더듬 말하고 듣는 정도의 수준이었다. 너와 의사의 대화에는 어려운 의학용어가 많아 나는 거의 알아듣지 못했다. 폐쇄적인 공간인 연구소에서 통역 서비스를 요구하기도 어려웠다. 그곳에는 외국인들과 허가를 받은 몇몇 한국인들만 오가고 있었는데, 너는 이미 연구소 의사들과 구면이었다. 나는 그들을 처음 만났으며 그들에게 나는 너의 '가까운 친구'일 뿐이었고, 소외된 느낌이 들어서 나는 다소 화가 났다.
　그리고 나는 기절초풍할 만한 말을 들었다.
　“피험자의 팔 말인데요.” 의사가 나에게 말했다. “피험자께서 발육이 부진한 왼쪽 팔을 수술할 예정인데, 어떻게 생각하십니까?"

네 왼팔이 오른팔보다 3센티미터가 짧고 왼손이 오른손보다 작다는 사실을 몰랐다. 팔의 엑스레이 사진을 보니 확연히 드러났다. 믿기지 않는 일이었다. 왜 몰랐을까? 팔은 다리와 달라서 어느 쪽이 짧고 긴지 알기 어렵다. 내 왼팔이 오른팔보다 몇 센티미터 짧다고 해도 내가 알았을까. 하지만 한 손이 다른 손보다 작은 건 알 만도 했다. 나는 그 손을 수백 번 잡았고 너는 그 손으로 내 몸을 수백 번 쓰다듬었다. 그런데 나는 몰랐다. 왜?

"태어날 때부터 이랬어. 왼팔이 오른팔보다 짧고 두 팔 모두 힘이 약해. 그동안 부끄러워서 이야기 안 했어."

부끄럽다니, 뭐가? 그 사실을 몰랐던 나를 부끄럽게 한 건 문제가 안 되느냐고 따지려는데, 네가 먼저 말을 꺼냈다.

"내 수술에 너도 동의할 거지?"

"왼팔을 자르고 새 팔을 달겠다는 거야?"

"그러진 않고, 뼈와 근육을 이식해서 길이를 조절하고 신경을 연결할 거야. 괜찮지?"

나는 대답하지 않았다.

"왜? 돈 때문에 그래? 돈은 충분히 있어. 너한테 손 벌리지 않을 거야."

"지금 돈이 문제야?"

우리의 말다툼이 무엇 때문인지를 눈치챘는지, 의사가

대화에 끼어들었다.

"우리는 피험자를 프랑켄슈타인으로 만들려는 게 아닙니다. 안심하세요."

너와 의사가 웃음을 터뜨리고, 나는 어이가 없어서 웃어야 할지 울어야 할지 모를 지경이었다.

"프랑켄슈타인은 괴물이 아니에요." 우리도 모르는 사이에 사무실에 다른 남자가 들어와서 말을 걸었다. 중년의 외국인이 우리에게 말했다. "소설 《프랑켄슈타인》에서 프랑켄슈타인은 괴물이 아니라 괴물을 만든 박사의 이름이에요. 많은 사람이 잘못 알고 있는 상식 중 하나죠."

그는 너와, 그리고 의사와 가까운 사람이었다. 세 사람은 너의 팔을 두고 의견을 주고받고, 나는 한 발짝 떨어져 그 광경을 지켜보았다. 그의 이름은 기억나지 않으나 얼굴과 별명은 알고 있었다. 그때는 아니었지만 이제 그는 전 세계적인 유명인사다. 그의 별명은 아담S이며, 오른쪽 팔 밑에 새로운 팔을 하나 더 다는 신체개조로 유명해졌다.

고통 우리는 연구소 근처로 이사했다. 피험자의 거주지가 연구소 부근이 아니면 수술 허가가 나지 않는 법 때문이었다. 우리는 갑작스럽게 집을 팔고 이사했다. 아이러니하게도, 이득을 본 것은 오히려 나였다. 연구소가 직장 근처여서 출퇴근 시간이 짧아졌으니까. 너는 직장과도 거리가 멀어지고 수술에 들어가면 길게 휴가를 내야 해서, 아예 일을 그만둘까 고민했다. 나는 그러지 말라고 설득했다. 우리의 삶이 다른 방향으로 흘러가는 상황에 필사적으로 저항했다. 수술 안 하면 안 돼? 팔이 긴지 짧은지 누가 신경을 써? 네 애인인 나도 잘 몰랐잖아. 하지만 너는 완고했다. 우리는 사이가 점점 나빠졌고, 어느새 너는 말이 통하지 않는 사람이 되어 있었다. 집에는 이삿짐이 정리되지 않은 채 쌓여만 갔다.

"다리 수술하기로 결정했어."

너는 일방적으로 선언했다. 팔을 고친다더니 웬 다리? 나는 황당해서 말이 나오지 않았지만, 싸우려면 말을 해야 했다.

"팔이 아니라? 다리는 갑자기 왜?"

"길이를 늘일 거야. 키 커지고 싶어서. 손가락 신경은 아무래도 연결이 어려워서, 손이랑 팔을 고치는 수술은 아직 시기상조래."

"그럼 안 고치면 되잖아."

"수술 끝나면 너랑 나랑 키 똑같아진다."

너는 웃었다. 그리고 나와 함께 연구소에 가서 입원 일정을 상의하자고 말했다. 내가 꽥 소리를 지르려는데, 갑자기 걸려온 전화가 우리의 대화를 막았다.

너는 전화를 받더니 표정이 일그러졌다.

"당신들 말에는 관심 없어… 듣기 싫다니까… 부작용이 있든 말든 당신들이 알 게 뭐야, 내가 수술을 받겠다는데… 종교 없어! 없다고! 당신이 못생긴 사람의 고통을 알아?"

너는 전화를 끊고, 전화선을 뽑아버렸다.

"둘 다 핸드폰 있으니까 집 전화 받을 필요 없지? 종교단체에서 이식수술에 관심이 많아. 인간을 대상으로 한 실험이 자기들 교리와 어긋난다나. 핸드폰으로만 걸더니 어떻게 집 전화번호까지 알아냈지? 아무튼, 앞으로는 전화 받지 말자."

그 순간 나는 우리 관계가 돌이킬 수 없는 결말로 달려가고 있음을 희미하게 인지했다. 하지만 어디서부터 잘못됐는지, 누구에게 책임이 있는지는 깨닫지 못했다. 나는 네 왼손만 멍하니 보았다.

포르노 동거 초기에 있었던 일이다. 내가 너의 노트북에서 포르노를 찾아냈을 때, 너는 당황해서 아무 말도 못 했다. 감춰둔 성적 판타지를 타인에게 들키는 건 아무리 애인에게라도, 혹은 애인이기 때문에 더, 부끄러운 일이었다. 보여주지 않으려는 너를 억지로 밀치고 포르노 동영상 파일을 클릭했다. 네가 어떤 포르노를 좋아할까 궁금했다. 아름다운 몸에 집착하니까 아름다운 얼굴과 몸을 가진 젊은 청년들의 포르노가 있을 줄 알았다. 그런데 아니었다. 대부분 SM 성행위를 다룬 동영상들이었고 상당히 가학적이었다. 그랬기 때문에 너는 당황했던 것이다. 나는 놀랐지만, 속마음을 감추고 유쾌한 척 가장하며 너를 놀렸다.

"너는 때리는 게 좋아, 맞는 게 좋아? 말해봐, 내가 한번 해줄 테니."

너는 얼굴이 빨개졌다. 내가 같이 보고 싶다고 조르자 그제야 머뭇머뭇 내 옆에 앉아 파일 하나를 열었다. 수위가 낮은 동영상이니까 내가 봐도 충격받지 않을 거라면서. 나는 태연한 척, 부모님 몰래 친구 집에 모여서 함께 에로영화를 보는 중학생처럼 괜히 신이 난 척하며, 낄낄 웃었다. 하지만 네 표현에 따르면 '가벼운' SM 포르노를, 나는 쉽게 받아들이지 못했다. 한 남자가 다른 남자를 오르가슴에 도달할 때까지 성기를 묶고 때리고 발로 밟는 내용이었는데, 상대방에게 굴욕과 고통을 주면서 쾌감을 얻는다니, 그리고 너 역시 그런 방식의 쾌감에 집착하다니, 이해가 가지 않았다.

"남자 오십 명이 남자 한 명을 차례대로 강간하는 동영상도 있는데, 그런 걸 보면 네가 놀라겠지?" 네가 말했다. "이건 SM은 아닌데 신기해서 가지고 있었거든. 볼래? 역겨울지도 모르지만 신기하니까 한번 봐."

네가 마지막으로 보여준 포르노에서는 여성의 성기가 달린 남자와, 남성의 성기가 달린 여자가 성교를 했다. 그러니까 남성으로 성전환했지만 남성 성기는 달지 않은 여자와,

여성으로 성전환했지만 남성 성기는 제거하지 않은 남자의 성교였다. 여성의 몸에 달린 페니스에서 정액이 흘러나와, 남성의 몸에 달린 음부에 흘러내렸다. 세상에 이런 포르노도 있구나, 나는 어이가 없어서 웃었다.

"나는 너처럼 성 정체성이 확실하지 않나 봐."

그건 내 웃음에 대한 너의 대답이었다. 내가 괴상하게 받아들이는 포르노에서 흥분을 느끼는 자신이 부끄러웠던 모양이었다.

"확실하지 않다는 게 뭐야? 여자가 되고 싶다는 뜻이야? 게이가 여성스러운 건 흔한 일이야. 나도 여자 같은 구석이 있잖아."

"나는 남자도 여자도 아닌 거 같아. 그렇다고 양성을 다 갖고 싶은 것도 아니고, 중성이 되고 싶은 것도 아니고, 잘 모르겠어. 여자가 되면 재밌겠다는 생각은 가끔 하는데 그렇다고 남자가 싫은 건 아니야."

"그러면 일단 고추부터 떼고 보자."

나는 갑자기 너의 성기를 움켜쥐었고 너는 웃음을 터뜨렸다. 너도 나도 포르노 덕분에 성기가 단단히 발기되어 있었고, 나는 이왕 이렇게 된 거 한번 하자고 너를 달래서 침대에 눕혔다. 전희 중간에 나는 너에게 SM을 해보고 싶으면 말하라고, 한번 해보자고 제안했다. 상황을 가볍게 받아들이는 척 행동하는 것이 파트너에 대한 배려라고 나는 판단했던 것이다. 너는 고개를 저었다. SM을 해보고 싶은 건 아니고 그냥 지켜보는 게 좋다고 말했다. 너는 나중에 노트북에서 포르노를 전부 지웠다. 내가 그 후 노트북을 뒤진 적이 없음에도 불구하고 너는 그곳에 성적 판타지를 숨겨놓지 않았다.

다리 다리 수술이 마무리될 때쯤 너의 예상이 들어맞았다. 이식수술을 바라보는 사회적 인식이 많이 바뀐 것이다. 더는 집으로 항의 전화가 걸려오지 않았다. 어느 날 집 전화가 울렸을 때도, 그건 종교단체가 아니라 너의 전화였다. 연구소에서 들려오는 너의 목소리는 그 어느 때보다도 흥분되어 있고 자신감에 차 있었다. 심지어 면회시간을 정해놓고는 나보고 알아서 찾아오라고 했다. 너는 한 번도 약속을 주도적으로 정한 적이 없는 수줍음 많은 사람이었다. 그런 네가 전화를 끊으면서 말했다. "제시간에 꼭 와야 해. 안 오면 혼난다. 깜짝 놀랄 거야. 날 못 알아볼지도 몰라."

나는 정말로 깜짝 놀랐다. 병실에는 나보다 더 키가 큰 남자가 서 있었다. 너는 나를 포옹한 다음 다시 휠체어에 앉았다. 의사가 너의 환자복을 걷어 양쪽 허벅지의 수술 자국을 살피는 동안 너는 나에게 설명했다.

"대수술이었어. 근육과 뼈를 교체하고 신경을 연결했어. 혈관 몇 개는 플라스틱으로 만든 인공혈관이야. 다리가 길어지면서 비율을 맞추기 위해 엉덩이랑 허리랑 척추까지 수술했어. 하지만 다 끝났지. 이제는 물리치료만 받으면 걸을 수 있어."

그건 내가 원하던 설명이 아니었다. 너는 나와 키가 비슷해질 거라고 하지 않았나? 하지만 나보다 더 컸다.

"기왕 늘이는 거 더 키웠어. 이제 나도 한국 남자 평균보다 커. 심지어 너보다도 크고."

"수술이 다 끝나고 완전히 회복되려면 2년쯤 걸립니다."

의사가 말했다. 나는 의사의 얼굴을 보면서 이름 대신 프랑켄슈타인이라는 단어를 떠올렸다. 이제 그는 놀라운 의학기술을 완성해낸 의사로 평가받으며 뉴스에 자주 등장하는 유명인사였다. 그래서 나는 그의 얼굴이 낯익었지만, 실제로는 그를 두 번 만났을 뿐이었다.

"수술이 끝난 게 아닌가요?"

"본인이 원하는 다른 수술 일정이 남아 있으니, 한동안은 병원에 입원해 있다가 경과가 좋아지면 그때부터 통원치료를 해야죠."

"손 이식수술이 끝날 때까지는 여기 있고 싶어. 그사이 다른 부분도 고치고."

너는 말했다. 다른 수술? 다른 어느 부위? 아, 제발 얼굴만은.

"앞으로도 면회 올 거지?"

내가 대답을 못 하는 동안, 의사는 너에게 몇 가지 주의 사항을 설명하고 병실을 떠났다. 네가 다시 휠체어에서 일어나 나를 안았다. "환자복 갈아입을 건데 도와줘." 코 아래 있던 네 머리가 이제는 내 머리 위에 있었다.

네가 바지를 벗자 수술이 끝난 하체가 그대로 드러났다. 아직 군데군데 흉이 남아 있는 다리를 보고 두려움을 느꼈지만, 한편으로 다리를 만져보고 싶은 충동도 들었다. 근육이 정말 달라졌기 때문이었다. 굵고 단단한 허벅지는 언뜻 보기에도 강인할 것 같았다. 내가 너의 하체에 시선이 묶여 있는 동안, 너는 너의 성기를 가리키며 농담을 건넸다.

"다리가 아니라 이거나 먼저 늘이지, 라고 생각하는 중인가?"

나는 웃었다. 너의 농담이 재밌어서가 아니라 네가 기분 좋아하는 모습 때문이었다. 너의 낙천적인 표정을 나는 오랜만에 본 것이다. 성형수술이란 게 나쁘지만은 않구나, 나는 생각했다.

별것도 아닌데 하지만 너의 수술은 나쁜 결과를 초래했다. 너 때문이 아니라 나 때문에. 네가 입원해 있는 긴 시간 동안 나는 외로움도 성욕도 참지 못했고 결국 바람을 피웠다. 게이바를 들락거렸고 그곳에서 만난 몇 남자와 잤다. 괴로워하던 나는 너에게 전화로 그 사실을 알렸다가, 뜻밖에도 내가 상처를 받았다.

"나 지금 몸 안 좋으니까 나중에 이야기하자."

너의 대답에서, 네가 나의 외도보다도 네 수술 일정에 더 집중하는 것 같은 인상을 받았다. 우습게도 나는 너의 태도에 크게 실망했다. 사고를 쳐놓고는 정작 내가 삐쳤다고 할까. 우리는 한동안 연락하지 않으면서 마음을 정리한 다음 한 달 후 통화하기로 약속했다.

하지만 결국 둘 다 서로에게 연락하지 않았다.

그 후 나는 매일같이 게이바를 들락거리며 술을 마시고 모르는 남자들과 성교를 했다. 그 와중에 이런 일이 있었다. 어느 날 바에 갔더니 바텐더가 바뀌어 있었다. 바의 분위기도 바뀌었는데, 멀끔하게 생긴 바텐더가 왜인지 웃통을 벗고 근육질 상체를 드러낸 채 손님에게 술을 팔았다. 손님 중에는 남자보다 여자가 더 많았다. 조용히 술 마실 곳을 찾아왔던 나는 뭔가 기분이 좋지 않았다. 눈앞을 오가는 바텐더의 몸은 보기 좋았다. 특히, 매끈하게 길고 근육은 적당히 두꺼운 팔이 괜찮았다. "운동 열심히 하나 봐요." 내 말에 바텐더는 빙긋 웃었다.

"한번 만져봐도 돼요?"

바텐더는 다시 웃었지만, 난처함을 숨기려는 가짜 웃음이었다. "어딜 만지실 건데요?"

나는 손가락으로 팔을 가리켰다.

"공짜로는 안 되는데."

바텐더는 농담으로 넘기려 했지만, 나는 그가 들으라는 듯이 크게 코웃음을 쳤다. 주제에 튕기기는. 내가 만들어내는 분위기가 주변 사람들을 불편하게 하는 것을 알고, 나는 더 불편하게 행동했다.

"그냥 만져만 보자니까, 왜 이래? 게이하고 몸 닿는 게 싫어? 그럼 장사를 하지 말든가."

눈치 보던 바텐더가 팔을 내밀었다. 서비스니까 앞으로 자주 오세요, 그는 능청스럽게 말했지만, 나는 그의 왼팔을 낚아챘다. 단단한 이두박근이 나에게 잡히기 싫다는 듯이 꿈틀 움직였는데, 두꺼운 근육이 움직이는 모습이 꽤 아름다웠다.

"별것도 아니네." 술값을 계산하면서 바텐더에게 말했다. "별것도 아니면서 뭘 그렇게 비싸게 굴어?"

과학 네가 그립다. 너의 몸이 그립다. 특히 체취가 그립다. 처음 너를 안았을 때 향수나 땀과는 다른 미묘한 향들이 섞인 싸한 체취가 났다. 네 체취가 마음에 든다고 털어놓자 너는 신이 나서 말했다. "인간은 다른 면역체계를 가진 인간의 체취에 호감을 느낀대. 다른 면역체계를 가진 사람과 만나서 아이를 낳으면 아이는 양쪽의 면역체계를 다 가진 더 건강한 아이가 되잖아. 진화가 인간의 기호를 결정한 거지. 네가 나를 좋아하는 이유도 내 면역체계 때문이야. 면역체계가 우리의 사랑을 결정한 거야." 하지만 나는 과학에는 아무 관심 없었다. 그걸 알아서 뭐하나? 너는 체취를 남기고 떠났고, 나는 이불에 코를 박고 숨을 들이쉴 뿐이다.

'최초의 신체 접합수술 성공 한 쌍의 연인, 뇌와 장기와 골반을 접합하는 수술을 통해 한 명으로 사는 생활 선택해' "영원히 헤어지기 싫어서 그랬습니다." 두 사람은 이유를 밝혔다. "우리는 서로를 한 몸처럼 사랑합니다. 두 명으로 태어났지만 한 명으로 죽고 싶습니다." 두 사람은 두 개의 주민등록증을 병합해 한 개의 주민등록증으로 만들어달라 동사무소에 신청 중이며….

반지 잠이 오지 않는 밤이면 너와의 과거를 떠올렸다. 같이 보낸 날들, 함께한 많은 일들. 섹스, 동거, 싸움, 즐거웠던 일, 섭섭했던 일 등등. 그리고 프러포즈. 나는 너에게 커플링을 주며 프러포즈했고 동거를 제안했다. 커플링이라니 무슨 유치한 짓이냐고 두고두고 놀림거리가 됐지만, 사랑은 유치할수록 좋다고 나는 믿었다. 내가 반지를 끼워주려 너의 왼손을 잡았을 때, 너는 움찔 놀랐다. 그때는 네가 수줍어서 그런 줄 알았다. 왼손을 잡히고 놀라던 너의 반응을 돌이켜보는 지금에야, 나는 진짜 이유를 깨달았다.

영정사진 "영화배우 Q씨가 오늘 자택에서 사망했습니다. 생전에 연기파 배우로 이름을 알린 Q씨는, 스무 개의 얼굴을 준비해놓고 배역에 따라 얼굴을 바꿔 이식한 배우로 유명합니다. 장례식에는 스무 개의 얼굴로 찍은 영정사진이 모두 놓일…."

'죄수와 감옥을 연결하는 법안 추진 중으로 알려져' 중범죄자의 탈옥을 막기 위해 죄수의 신체와 감옥을 직접 연결하는 법안이 추진 중인 것으로 알려져 논란이 예상되는 가운데….

괴물 길을 걷다 보면 행인들이 괴물로 보였다. 그들은 이상하게 뒤엉킨 단백질 덩어리였다. 덩어리는 덩어리를 비틀며 움직였다. 거울을 보면 내 몸이 징그러웠다. 피부도, 털도, 핏줄도, 당연하게 내 몸을 구성하는 것들이 징그러웠다. 갈라진 피부 사이로 돌출된 안구가 축축하고 매끄러운 상태를 유지하면서 이리저리 움직이고, 그 위로 액체가 고여 피부로 흘러내리는 모습이 말할 수 없이 징그러웠다.

누구세요? "누구세요?" 직장으로 네가 찾아왔을 때 내가 한 말이었다. 너의 얼굴엔 승자의 미소가 있었다. "나야, 네 친구." 네 애인이라고는 말하지 못했다. 직장동료들이 보고 있었으니까. 그리고 이제는 연인도 친구도 아니었다. 우리는 헤어졌다.

그동안 가끔 연락은 했다. 너는 연구소 내부에 거주지를 구하고 짐을 옮겼다. 자잘한 문제 때문에 이메일로 몇 번 연락했으나 가재도구를 챙기러 집으로 찾아온 건 이삿짐센터 직원이지 네가 아니었다. 그나마 오가던 연락은 이후 점점 뜸해졌다. 나에게 2년은 굉장히 긴 시간이었다.

하지만 너에게는 아니었던 것 같았다.

"못 알아보겠지?"

못 알아보는 정도가 아니라 완전히 다른 사람이었다. 목소리까지 바뀌었더라면 전혀 눈치채지 못했을 것이다. 확실히 수술이 성공적이었다. 잠깐 나가서 이야기하자며 너는 내 팔을 잡았는데, 내가 만져본 적 없는 왼손이 너에게 달려 있었다.

"우리 아직 완전히 헤어진 거 아니다."

자판기 커피를 놓고 앉아서 너는 말했다. 그렇다. 아직 집에는 너의 짐이 남아 있고 같이 만들어둔 정기예금도 있고, 결정적으로 같이 산 집을 아직 정리 못 했으니까.

"그런 문제 말고 감정적인 거."

"어떤 감정?"

나도 모르게 큰 소리로 되물었는데, 내 말투가 기분 나빴는지 너는 입을 다물었다.

우리는 잠시 침묵했다. 오랜만에 만난 옛 연인 사이에서 대화가 쉽게 흘러갈 리 없었다.

"예전에 주민센터에서 일할 때," 나는 말을 꺼냈다. "주민등록증을 재발급받으러 오는 사람 중에 간혹 얼굴이 너무 다른 여자들이 있었어. 내가 당황해서 이전 주민등록증 사진이랑 얼굴을 번갈아 보고 있으면, 많이 바뀌었죠, 라고 당당하게 웃으면서 말했어. 그때 생각난다."

"나도 민증 바꿔야 해. 그리고 보여주고 싶은 게 많아. 집으로 갈까?"

하지만 나는 직장에서 일하는 중이었다.

"먼저 가서 기다리고 있을게."

너는 집에서 물건을 챙기며 나를 기다렸다. 그날 저녁 침실에서 다시 마주한 우리는 참으로 이상하게 재회했다. 너는 완전히 변했다. 내가 바라보는 너의 얼굴은 정말 아름다웠다. 네가 어떤 외모를 갖고 싶었고 어떤 욕망의 대상이 되고 싶었는지 이제는 알 수 있었다. 너는 탐미적인 아름다움을 갖춘 모델 같기도 했고, 거친 용모의 운동선수 같기도 했다. 네 얼굴 위로 희미하게 내 모습이 엿보였지만, 너는 나보다 훨씬 아름다웠다. 너무 멋져서 꼭 그럴싸한 가면을 쓴 것도 같았다.

"다른 것도 보여줄게."

너는 팬티만 남기고 옷을 벗었다. 그리고 내 앞에 앉아 어깨를 쭉 폈다. 천천히, 자세히 몸을 관찰하라는 듯이.

"다 바꿨어."

옷 속에는 완벽한 몸이 숨어 있었다. 단단한 등과 어깨와 가슴이, 군살 없는 배와 허리가, 날씬한 다리가 있었다. 가장 놀라운 건 아무 흠 없이 희고 매끈한 피부였다. 너의 피부를 쓰다듬고 있는 내 손의 얼룩덜룩한 피부와 비교될 정도였다. 황금 같고 대리석 같았다. 불완전함이 있어야 아름다움이 완성된다는 말은 너의 몸 앞에서 의미가 없었다.

나는 너의 손을 잡았는데, 크고 두툼한, 네가 그토록 갖고 싶어 했던 멋진 손이었다.

"어때?"

어떠냐고 왜 묻지? 내 평가에 따라 너의 외모가 달라지나? 혹시 너를 두고 바람을 피운 나에 대한 복수로 몸을 고쳐나가기라도 했나? 하지만 너의 자신만만한 표정을 보면 그렇진 않은 것 같았다. 단지 너의 변신에 찬사를 보내줄 관중이 필요했을 뿐이었다.

너는 속옷을 내리기 전에 이렇게 말했다.

"보고 놀라지 마라."

"놀라긴 왜 놀라? 그래 봤자 만날 보던 게 달려 있겠지."

"아니, 네가 못 보던 게 달려 있어."

네가 속옷을 내리는 동작이 낯익었다. 함께 사는 동안 매일같이 봤던 동작이었다. 하지만 나체는 정말 너의 말대로 달랐다. 네 다리 사이에 못 보던 것이 달려 있었다. 남성의 성기가 없고, 여성의 성기가 있었다.

"내가 원했던 몸이야."

너는 말했다. 이유는 모르겠는데 내 성 정체성을 깨달았던 그 순간부터 여성의 성기를 갖고 싶었어. 페니스가 싫은 건 아니야. 이걸로 느끼는 오르가슴이 좋으니까. 하지만 다른 남자의 페니스를 몸 안에 받아들일 때는 항문이 아니라 질로 받아들이고 싶었어. 남자의 몸에 여성의 성기를 갖는다는 생각을 받아들이느라 애를 먹었어. 겁이 났지. 음경과 고환이 없어지면 후회하지 않을까 하고. 하지만 지금은 여성의 성기가 더 좋아. 처음에는 나도 보는 게 무서웠는데….

"나도 무서워."

나는 여성의 성기를 실제로 본 적이 없었다. 너는 있다고 했다. 아직 자신의 성 정체성을 잘 모를 때 여자와 몇 번 성교했다고 했다. 하지만 나는 그렇지 않았다. 나는 너처럼 정체성이 확실한 사람이 아니었어, 너는 말했다. 내가 바이섹슈얼인가도 고민했지. 그런데 그게 아니라, 나는 남성과 여성을 모두 갖고 싶었던 거였어. 질로 오르가슴을 느껴보니까 내가 정말로 원하던 거라는 걸 알았어. 나는 음경의 쾌감보다는 클리토리스가 주는 쾌감이 좋고 사정보다는 페니스를 안에 받아들이는 쾌감이 더 좋아. 침대에 앉은 너는 다리를 벌리고는, 내 손가락과 너의 음부를 번갈아 가리켰다.

"손가락 여기에 넣어봐."

"왜?"

"재밌잖아."

무슨 재미?

"우리 한 번만 하자. 나랑 해보고 싶지 않아? 네가 해줬으면 좋겠어. 그래서 오늘 너를 찾아온 거야. 너에게 보여주고 싶고 느끼게 해주고 싶었어. 항문으로 할 때보다 훨씬 편해. 콘돔 쓸 필요 없어. 걱정하지 마. 나는 성병 없어. 너는 있어? 너도 없으면 그냥 하자. 왜? 그래도 하기 싫어? 내가 임신이라도 할까 봐 겁나?

"이해하려고 하면 할수록 너는 더 멀리 달아나는구나."

내 말에, 너는 고개를 갸웃했다.

"무슨 말투가 그래? 다 필요 없고, 마지막으로 한 번 하자. 헤어지기 전에 마지막으로 한 번 하고 헤어지자고 그랬잖아."

"언제?"

"우리 동거 시작할 때 약속했잖아. 그것도 네가 제안했지, 내가 한 말 아니다."

도대체 내가 언제?

성교 나는 너의 질 안에 성기를 삽입했다. 내 밑에 네가 있고 우리는 얼굴을 마주 보고 있었다. 예전에 사랑을 나누던 때와 다르지 않은데 달랐다. 네가 나를 안는 방식은 같았지만, 손이 다르고 팔이 달랐다. 눈을 감으면 예전과 똑같이 움직이는 네가 있지만, 눈을 뜨면 모르는 얼굴이었다. 나는 서툴게 삽입하고 어색하게 움직였다가, 평소 하던 대로 하라고 네가 불평해서, 긴장을 풀려고 노력했다. 물론 잘되지 않았다. 처음 성교를 했을 때와 비슷한 느낌이었다. 실제로 처음 하는 것과 다르지 않았다. 여성의 성기는 처음 느껴보니까. 그래도 내가 오르가슴에 도달하기 전 네가 오르가슴을 느끼게는 만들어서, 우리는 같이 절정에서 내려왔다.

나는 눈물을 흘렸다.

"그렇게 좋아?"

네가 농담을 건넸다. 눈물이 멈추지 않아서 나는 몸을 돌리고 눈물을 닦았다. 너는 말했다.

"섹스하고 나서 우는 남자 별로인데."

화가 났다. 왜 이런 일을 겪어야 하지? 너는 결국 원하는 걸 가졌겠지만, 내가 원한 건 아니었다. 내가 뭘 느낀 건지, 뭐와 성교한 건지 모르겠고 마냥 혼란스러웠다. 옷을 챙겨 입는데 바닥에 네가 벗어놓은 옷가지가 있었다. 좋은 옷인데도, 저것이 네 아름다운 몸을 가리고 있다고 생각하니 옷가지가 참으로 초라해 보였다.

너는 여전히 옷을 입지 않은 채 누워서 나체를 과시했다.

"연구소에서 새 약품을 발명했는데, 뭐라고 설명해야 하지, 일종의 방부제야. 몸에서 떼어낸 신체를 얼리는 것보다도 훨씬 안전하게 보관할 수 있는 약품이거든. 예를 들어서 팔을 잘라 방부제에 담가놨다가 나중에 원할 때 다시 붙일 수 있어. 대단하지? 내 페니스도 버리지 않고 놔뒀거든. 붙이고 싶으면 다시 붙일 수 있어. 네 생각은 어때? 다시 붙일까?"

이제 네가 무슨 말을 하건 신경 쓰고 싶지 않았다. 단지 울음을 멈추려고만 노력했다.

너는 나를 달랬다.

"연구소에 있는 동안 누가 먼저 상처를 줬는지를 생각해 봤는데, 결국 내 잘못이더라. 바람을 피운 건 너지만 너를 혼자 둔 건 나니까. 수술도 너는 원하지 않았는데 내가 고집을 부린 거고. 하지만 이렇게 될 걸 미리 알았다고 해도 내가 수술을 포기하진 않았을 거야. 결국, 이건 그냥 이렇게 될 일이었던 것 같아."

그 말을 듣고 눈물이 멈췄다. 우리는 이제 우리 관계가 완전히 끝났음을 깨달았던 것 같다. 너는 옷을 천천히 챙겨 입더니 작별인사를 했다. 주머니에서 반지를 꺼내 침대에 놓은 것이다. 손을 바꿨더니 반지가 맞질 않았어, 라는 말과 함께.

완벽한 몸을 가진 너는, 변신한 사람들로 북적이는 세상으로 걸어나갔다.

'국립동물원 돌고래 쇼에 진짜 돌고래 대신 돌고래의 몸에 뇌를 이식한 사람을 고용하기로' 곰과 코끼리 쇼에 이어 돌고래 쇼에도 내려진 이번 결정은 동물보호 차원에서 시행된 조치로 알려지고 있으며….

냉장고 "저희 회사의 제품이 최고임을 소비자에게 알리고 싶었습니다." R냉장고 회사의 사장은 말했다. "제 두뇌는 냉장칸 뒤에 이식되어 있습니다. 목소리는 문의 키패드를 통해 울리고요. 제가 냉장고로 직접 살아본 결과 저희 냉장고가 가장 뛰어납니다. 일단 타사의 제품보다 절전 기능이 월등하고…."

'바비인형 수집광 남성, 몸을 바비인형으로 교체'

아담S "아담S가 머리를 잘 썼지. 신체개조 허가법안을 통과시키기 위해 전략적으로 행동했잖아. 처음에 오른팔 밑에 다른 팔을 하나 더 달고 나타났을 때는 완전 괴물 악마 취급받았는데 지금은 선구자처럼 여겨지잖아. 개조가 쓸모 있음을 증명하려고 그가 벌인 일들을 생각해보면 참 대단해. 공장에 취직하고 토크쇼에 출연해서 자신은 행복하다고 말하고, 세 개의 팔로 칵테일 만드는 모습까지 보여주고 말이야. 결정적인 건 그가 공장에서 다른 노동자보다 더 많은 임금을 받았다는 거야. 팔이 하나 더 있으니까 일을 더 많이 할 수 있고 그래서 경제적으로 더 윤택하게 살 수 있다는 걸 입증했으니까, 자본주의 사회에선 그보다 더한 미덕도 없는 거지. 얼굴만 예쁘게 고쳤던 이브A와는 차원이 다른 설득력이지. 아담S 때문에 이제는 신체개조에 대한 인식이 완전히 달라졌잖아. 유럽에서는 요즘 안구를 바꾸는 게 유행이래. 눈동자 색이 다른 여분의 눈알을 준비했다가 기분 내킬 때마다 바꿔 끼는 거. 그리고 내가 아는 사람 중에도 다리를 하나 더 단 사람이 있는데….”

변신 몇 년이 지나고 너에게서 안부 이메일이 날아왔다. 그동안의 생활을 설명한 이메일이었다. 너는 새로운 몸을 가지고 많은 일을 했다고 털어놓았다. 멋진 남자도 사귀고 이상한 남자도 사귀고 난잡한 섹스도 하고 버림도 받고 버리기도 하고, 나름 보람찬 삶이었다고 표현했다. 그 와중에 돈이 떨어진 것이 문제였다. 연구소의 의사가 거액의 대가를 약속하면서 너에게 새로운 실험을 제안했다. 돈을 떠나서도 너에겐 흥미로운 실험으로 느껴졌고, 그래서 참가했는데, 실험에는 주변 사람이 실험결과를 보고 어떤 느낌을 받았는가에 대한 설문도 포함되어 있다고 말했다. 그러니까 나에게 도움을 청하는 메일이었다. 왜 전화로 말하지 않았는지 대충 짐작이 갔다.

너는 이메일에서 '몸을 버렸'으며, 그런데 '더 좋다'고 표현했다. 더 이상 설명은 없었다. 몸을 버린 상태가 어떤 건지는 내 눈으로 확인하고 받아들여야 했다. 그건 설문조사의 일부분이었다.

그리고, 실험실에 들어간 내 눈앞에 몸을 버린 너의 모습이 있었다. 너 말고도 신체를 버린 20여 명의 사람이 수영장 안에 있었다. 안내원이 설명해주지 않았으면 믿지 않았을 광경이었다. 빛나는 액체가 20리터쯤 담긴 플라스틱 봉지 수십 개가 뒤엉켜 있었다. 마치 그릇에 가득 담겨 꿈틀대는 애벌레들 같았다. 안내원은 절대로 찢어지지 않는 얇은 플라스틱 안에 유기물질이 봉합되어 있다고 설명했다. 마치 세포막처럼 산소와 영양분을 안으로 받아들이고 노폐물은 밖으로 배출하는 플라스틱 봉지 안에, 액체상태의 사람이 담긴 것이었다. 이를테면 그들은 아주 커다란 세포인 셈이었다. "안에 담긴 액체는 약한 전류를 발생시키고 감지하면서 이를 통해 사고하고 외부에서 자극을 느끼고 서로 의사소통합니다." 두뇌의 뇌세포가 전류를 통해 사고를 이뤄내듯이 액체도 극소량의 전류를 가지고 사고한다고 했다. 소화기관도 뼈도 근육도 없는 이런 신체가 하나의 인격체로 살 수 있는지, 몸을 버린 채로도 자아를 유지할 수 있는지를 실험 중이라고 말했다. 그리고 그건 당연하게도, 프랑켄슈타인 의사의 발명품이었다.

플라스틱 안에 담긴 액체는 투명했지만, 전류가 흐를 때마다 빛이 났다.

　"피험자들은 대부분 오르가슴을 느끼고 있을 겁니다. 인간이 궁극적으로 추구하는 쾌감이죠. 먹지도 자지도 않으니 하루 종일 오르가슴만 추구하는 겁니다. 이를테면 이들은 그룹 섹스 중인 거죠. 외부로부터 충격이 있을까 봐 강화유리로 덮어 보호 중인데, 중간중간 구멍이 있습니다. 그곳을 통해 친구분을 만져보시겠어요?"

　안내원은 나를 끌고 수영장 가장자리로 다가갔다. 그는 옆에 놓인 컴퓨터로 너의 위치를 확인하더니, 구멍 바로 왼쪽에 있는 덩어리가 너라고 설명했다.

　나는 안내원이 준 장갑을 끼고 구멍에 손을 넣어 너를 쓰다듬었다. 서늘하고 부드러웠다. 내가 손을 대자 약하게 떨리는 것 같았는데 확실하지는 않았다.

　"제가 만지는 것을 친구도 느낍니까?"

　"네, 하지만 우리가 피부로 느끼는 자극과는 다르죠."

　안내원이 주머니에서 설문지를 꺼내 나와의 면담을 시작했다. 질문에 대답하고 나면 너와 나에게 꽤 큰 돈이 지급될 예정이었다. 나는 너에게 무슨 일이 있었는지 묻고 싶었다. 완벽한 몸을 추구하던 네가 왜 몸을 버렸는지, 왜 나와 의사소통할 수도 없는 몸이 되었는지 알고 싶었다. 그리고 안내원에게, 이해하려고 하면 할수록 네가 더 멀리 달아

난다고 대답하고 싶었다.

하지만 그런 말을 꺼냈다가 이상한 핀잔이나 듣지 않을
까 두려웠다.

"안내원님도 이렇게 바꿔보고 싶으세요?" 나는 그에게
질문했다. "먹지도 자지도 않아도 되고, 다른 걱정할 필요
도 없고, 영원히 오르가슴만 느끼잖아요. 이 사람들이 부럽
진 않으세요?"

"저는 아무 생각 없는데요."

안내원은 대답했다.

팔이 네 개 달린 청소부 "계속 계실 건가요?" 팔이 네 개
달린 청소부가 우리를 향해 소리쳤다. "소독약을 한 번 더
뿌려야 하는데 지금 뿌릴까요? 계속 계실 거면 내일 하죠."

천국에도
초콜릿이 있을까

◇ 2018년 앤솔로지 《파인 다이닝》(은행나무)에 〈배웅〉이라는 제목으로 수록

어느 초가을 밤, 요한은 친구 베드로에게 마을을 떠나 도시로 가겠다고 말했다. 깜짝 놀란 베드로는 한참 동안 요한과 대화한 다음, 집으로 돌아가 아내 사라와 상의했다. 그러고는 곧바로 마을의 큰 어른인 마리아를 찾아가 이 사실을 알렸다.

"병이 깊어서 더는 힘들 것 같다고… 거동할 수 있을 때 도시로 가겠답니다…. 저보고 배웅해달라고…."

더듬더듬 말하는 베드로의 표정도, 듣는 마리아의 표정도 어두웠다. 백발에 얼굴에는 주름이 가득한 할머니 마리아는 오래된 책상 서랍을 열어 담배 파이프를 꺼내 불을 붙였다. 창밖에서는 해가 져갔지만, 마리아의 집 옆 공터에서는 여전히 아이들이 뛰어놀고 있었다.

마리아는 말했다.

"병이 그렇게 심해? 자네 눈에도 그래 보여?"

"요한이 몇 달 동안 몸이 좋지 않았고 일도 못 했잖아요."

"일 못 하는 게 미안해서 도시로 가겠다면 그런 생각하지 말라고 해."

"그런 건 아니라고 요한도 말했습니다."

마리아는 담배 연기를 한숨처럼 길게 내뱉고 말했다.

"혹시 그 일 때문일까? 6년 전, 하늘에서 별이 일제히 빛나던 날 말이야. 요한이 그 후로 이런저런 말을 하고 다녔잖아. 요즘은 안 하지만."

"글쎄요…."

요한이 뭐라고 했었는지 베드로는 기억이 잘 나지 않았다. 그때 요한이 많은 말을 하고 다녔지만 흘려들었던 것이다. 베드로가 요한이 내일 바로 떠날 계획이라고 말하자 마리아는 말도 안 된다고 거절했다.

"모레 가라고 해. 내일은 배웅해야지. 마을 사람들에게 작별인사도 안 하고 가겠다는 거야?"

"오늘 저녁 바로 떠난다는 걸 간신히 말려서 내일로 미룬 건데, 모레 가라면 들을까요?"

"무조건 미뤄. 내가 자동차를 모레 부를 거라고 말하면 요한도 어쩌겠어. 차는 모레 아침에 온다고 말해. 자네도 배웅

안 해주겠다고 버텨."

그래서 베드로는 요한에게 돌아가 마리아의 결정을 전달했고, 투덜대는 요한을 달랬다. 베드로와 사라는 집집마다 돌아다니며 다음 날 요한을 도시로 배웅한다고 알렸다. 소식을 들은 사람들은 그때부터 음식을 준비했다.

✳

다음 날 저녁, 평소보다 일찍 일을 마친 사람들이 요한의 집에 모였다. 하나둘 사람들이 도착하고, 좁은 요한의 집에 더 들어갈 곳이 없자 정원에 의자를 놓고 앉았다. 사람들은 가져온 음식을 조용히 나눠 먹고 술을 마셨다. 아이들은 집과 정원을 뛰어다녔다.

요한은 모여든 사람들에게 말했다.

"곧 죽을 사람 뭐 하러 보러 왔어?"

"다들 슬퍼하는데 그런 말 하지 마."

베드로는 말했다. 사람들은 차례대로 요한에게 다가가 작별인사를 했다. 요한은 원래도 말이 많지 않은 편이었지만, 이제는 기운이 없어서 긴 대화를 힘들어했다. 사람들은 확실히 요한의 얼굴색이 좋지 않고 살도 많이 빠졌다고 말했다. 그렇지만 꼭 벌써 갈 필요는 없잖아, 수군거리는 사람도 있었다. 베드로는 요한 근처를 맴돌면서 누가 말실수를 하지 않나, 노심초사하며 지켜보았다. 베드로의 두 딸 히아 친타와 아나스타시아는 아빠와 엄마의 뒤를 졸래졸래 따라 다니면서 이것저것 물어보았다. 요한이 아이들을 물끄러미 바라보았다. 베드로는 요한이 결혼하지 않았고, 부모는 이 미 돌아가셨고, 형제자매도 없으며, 가까운 친구도 자신밖 에 없다는 사실이 슬펐다.

밤이 깊어오자 몇몇 사람들이 집으로 돌아가고 평소 요 한과 왕래가 잦던 사람들만 남았다. 정원에 앉아 있는 사람 은 없었다. 어른들은 가져온 술을 마시기 시작했다.

"도시로 가면 천국은 못 가는 거 알지?"

술에 취한 안토니오가 떠들었다. 왜 서두르는 거냐고 돌 려서 물어보는 것도 아니었다. 천국에 갈 마음이 있는지 없 는지 딱 잘라서 묻고 있었다. 들고 있던 술병을 흔들면서 물어봤기 때문에 더 위압적으로 보였다. 사람들은 입을 다 물고 눈치만 보았다. 소파에 기대듯이 앉은 요한은 별다른 말이 없었다.

"갈지 말지 결정하는 건 개인의 선택이야, 안토니오." 요 한의 옆에 있던 마리아가 말했다. "남이 참견할 일이 아니 라고."

"서로 참견할 게 아니면 왜 이 마을이 있습니까? 같이 힘 을 모아 천국에 가려고 모여 있는 거 아닙니까? 협력할 마 음이 아니었다면 애초에 마을에 들어오지 말든가."

안토니오의 말에 마리아가 웃었다.

"안토니오, 너는 네가 결정해서 들어왔냐? 그냥 네 부모가 너를 여기서 낳은 거지. 젊은 사람들은 다 똑같잖아."

"내 의지로 온 건 아니지만 도시로 안 가기로 선택했고 그 선택을 바꾸지 않았습니다."

"'아직' 바꾸지 않은 거지. 지금이야 젊고 곧 아이도 태어나니까 그렇겠지만, 너도 나이 들면 생각이 달라질걸."

"우리 아버지도 암에 걸렸지만 돌아가실 때까지 생각을 바꾸지 않았어요."

"그거야 네 아버지 이야기고. 그렇다고 요한도 아픈 거 참으면서 죽을 날만 기다려야 해? 우리가 무슨 고통 참기 대회 하려고 마을에 모인 줄 알아? 마음을 바꾸고 싶으면 바꾸는 거야."

"사람이 한 명이라도 더 있어야 마을이 돌아가죠."

안토니오의 부인 마르가리타가 대화에 끼어들었다. 마리아는 퉁명스럽게 말했다.

"도대체 무슨 소리야, 요한이야 어차피 죽으러 가는 건데. 마을에 있으나 도시로 가나 죽는 건 똑같아."

"아, 그렇죠."

만삭의 마르가리타는 부푼 배를 쓰다듬으며 말했다.

베드로는 안토니오를 빨리 집으로 돌려보내야겠다고 생각했다. 그때 요한이 일어나서 부엌으로 들어가더니 한동안 나오지 않았고, 어색한 자리를 피하려 그랬다고 생각한 사람들은 일제히 수군거리기 시작했다. 그리고 부엌에서 달콤한 냄새가 퍼졌다.

"이게 무슨 냄새야?"

안토니오가 떠들었다. 베드로는 냄새를 맡자마자 깨달 았다. 어렸을 때의 일이 기억난 것이다.

"초콜릿…."

베드로는 부엌으로 들어갔다. 마침 요한이 초콜릿을 냄 비에 넣어서 녹이고 있었다. 그것이 달콤한 냄새의 원인이 었다. 베드로는 눈으로 보고 있으면서도 믿기지 않았다.

베드로는 요한에게 물었다.

"뭐 하는 거야?"

"초콜릿 만들잖아."

"도대체 왜?"

"손님에게 주려고."

"아니… 도대체 왜?"

"식사했으니 디저트를 먹어야지."

요한은 냉장고로 다가가 안에서 커다란 쟁반을 꺼내서 베드로에게 건넸다.

"이건 아이들에게 주려고 미리 만든 거야. 지금 만드는 건 어른들 거고. 돌아갈 때 몇 개씩 쥐여줘야지."

쟁반에는 반구 모양의 검은색 초콜릿 위에 고양이, 토끼,

곰을 흰 초콜릿으로 그린 초콜릿 조각이 나란히 있었다. 요한은 만드는 과정을 하나하나 설명했다.

"잘 봐둬. 초콜릿을 중탕으로 녹이면서 천천히 젓는 거야. 다 녹으면 짤주머니에 넣은 다음 동그랗게 짜고, 냉장고에서 1시간 정도 식혀. 그 위에 흰 초콜릿과 검은 초콜릿으로 동물을 그리는 거야."

앉아 있는 것도 힘들어하는 요한이 남은 힘을 쥐어짜서 초콜릿을 만드는 모습을 보니, 베드로는 답답하기도 하고 슬프기도 했다. 요한은 술병에서 술을 따라 초콜릿 안에 몇 수저 넣은 다음 다시 천천히 저었다.

"어른들 초콜릿에는 럼을 넣었으니까 아이들은 주면 안 돼. 아이들 거는 아무것도 넣지 않았어. 과일이 있으면 좋을 텐데. 견과류를 넣을까도 생각했는데 알레르기가 있는 아이도 있으니까. 어른들 초콜릿은 틀에 넣어서 굳힌 다음에 칼로 네모나게 잘라서 코코아 가루를 묻힐 거야."

"재료는 어디서 났어?"

"알아서 뭐 하게? 맛이나 봐."

요한은 초콜릿을 가리켰지만, 베드로는 고개를 흔들었다. 다들 모여 있는 앞에 초콜릿을 내놓으면 사람들이 펄쩍 뛰리라는 생각에 겁이 나서 쟁반만 내려다보았다. 요한은 보란 듯이 베드로에게서 쟁반을 받아 거실로 나갔다. 그리고 마을 사람들이 가져온 요리 사이에 초콜릿을 내려놓았다. 검소한 나무 그릇에 담은 고기와 채소 사이에서, 빛나는 금속 쟁반 위의 초콜릿은 확실히 눈에 띄었다.

"초콜릿인가?"

마리아가 물었고, 요한은 그렇다고 대답했다. 아나스타시아는 아빠에게 달려와 물었다.

"초콜릿이 뭐야?"

"맛있는 거야." 베드로는 대답했다.

"그래?" 얼마나 맛있다는 걸까, 아나스타시아는 고민하더니 물었다. "포도만큼 맛있어?"

"더 맛있지."

"진짜?"

아나스타시아는 잔뜩 기대에 부푼 얼굴이었지만, 거실의 어른들은 초콜릿 쟁반을 두고 무슨 괴물이라도 보는 것 같은 표정을 짓고 있었다. 가장 먼저 안토니오가 화를 냈다.

"도시 음식은 금지잖아!"

"먹기 싫으면 먹지 마."

요한이 대답하자 안토니오는 말했다.

"초콜릿 먹을 사람 아무도 없어."

"그건 네 생각이고."

요한은 퉁명스럽게 말했다. 히아친타와 아나스타시아는 쟁반으로 다가가 초콜릿을 내려다보았다. 둘 다 귀여운 모양을 한 물건들을 한창 좋아할 때였다. 마을의 다른 아이들은 다가가지 않았는데, 어른들의 불편한 기분을 느끼는 것 같았다.

"먹어봐."

요한은 히아친타와 아나스타시아에게 말했다. 베드로는 두 딸이 자신을 보는 것을 깨닫고, 사라를 돌아보았다. 사라는 뭐 어떠냐는 표정이었다. 그래, 뭐 어떤가. 베드로는 아이들을 향해 고개를 끄덕였다. 히아친타는 토끼를, 아나스타시아는 고양이 모양 초콜릿을 집어서는 가져와 베드로와 사라에게 보여줬다. 예쁜 초콜릿이었다. 요한의 부모님이 요리를 잘했지. 어렸을 때 요한의 집에 자주 놀러 왔던 베드로는 잘 알고 있었다.

아나스타시아가 초콜릿을 반으로 잘라 하나는 자신의 작은 입에 넣고 나머지를 베드로에게 건넸다.

"아빠 거."

베드로는 자신도 모르게 초콜릿 조각을 받아 입에 넣었다. 단맛, 쓴맛 그리고 다른 맛들. 초콜릿의 향. 혀에 달라붙는 감촉. 정말 오랜만에 느끼는 감각이었다. 20년도 전에 요한의 어머니가 줬던 그 초콜릿 맛 그대로였다.

베드로의 행복한 회상은 술 취한 안토니오의 고함에 깨졌다.

"도시 음식을 나눠주는 의도가 뭐야? 그렇게 도시가 좋아? 사람들보고 같이 도시로 가자는 거야? 마을 사람들 모두 컴퓨터의 힘을 빌리지 않고 천국에 가기로 한 거 몰라? 우리를 천국에서 만나기 싫어?"

"너를 만나기 싫어서 천국에 안 가는 거야. 알아?"

요한은 대답했다.

"겁쟁이."

안토니오는 쏘아붙이고는 마르가리타와 함께 집을 떠났다. 그가 문을 열고 닫는 순간 바깥 공기와 함께 나무와 흙의 냄새가 들어왔다가, 다시 초콜릿 냄새가 진해졌다. 베드로는 안토니오가 요한을 정말 걱정하기 때문에 화를 냈음을 잘 알았다. 안토니오는 오늘 가장 좋은 포도주와 육포를 가지고 왔다.

"요한을 천국에서 못 만날까 걱정되나 봐."

마리아가 말했다. 똑같은 생각을 하던 베드로는 괜히 생각을 들킨 것 같아 놀랐다. 맛있다며 좋아하는 아나스타시아를 보더니, 다른 아이들도 용기를 내서 쟁반으로 다가와 초콜릿을 하나씩 집었다. 초콜릿을 받아 가는 어른은 없었다.

베드로는 다음 날 요한과 함께 도시로 가려면 요한의 집에서 자는 편이 낫겠다고 사라에게 말했다. 그는 아이들을 집에 데려다주고 바로 오겠다고 요한에게 말하고, 히아친타의 손을 잡고 아나스타시아는 품에 안아서 집으로 왔다. 어두운 밤길을 걸어오는 동안에도 입안에서는 초콜릿 맛이 계속 맴돌았다.

*

    다음 날 아침, 베드로는 소파에 앉아 자동차가 도착하길 기다렸다. 창밖에는 천천히 해가 뜨고 있었다. 요한은 방에서 잠들어 있었다. 거실은 베드로가 밤새 대충 치웠는데, 초콜릿을 담은 쟁반은 어째야 좋을지 몰라 테이블에 그대로 두었다. 저건 누가 다 먹는담. 베드로는 생각했다.

    침실 문이 열리고 요한이 나왔다. 요한은 베드로에게 물었다.

    "차 왔어?"

    "아직. 언제쯤 올까?"

    "그렇게 나를 빨리 보내고 싶어?"

    요한이 농담했다. 요한의 말을 듣고 보니 자동차가 늦게 올까 봐 걱정할 일이 아니었다. 차는 늦게 올수록 좋은 것이다.

    "식사해야지."

    어제 남은 음식으로 아침을 먹겠느냐고 베드로는 물었지만 요한은 먹고 싶지 않다고 말했다. 사실 베드로도 먹고 싶지 않았다. 요한이 말했다.

    "버스 타본 적 없지?"

    "버스?"

    "자동차 말이야."

"없어."

"나는 어머니와 함께 탄 적 있어."

"그거야 잘 알지."

요한의 아버지가 도시에 가기로 했을 때 요한은 어머니와 함께 배웅을 갔었다. 요한의 어머니는 도시로 가지 않았다. 그 반대로 행동할 줄 예상했던 마을 사람들은 이상한 일이라고 한동안 수군거렸다. 그러나 몇 년 후에 다들 잊어버렸다. 요한의 결정도 다들 잊겠지, 베드로는 생각했다.

그들은 마을 어귀로 나가 버스를 기다렸다. 다른 사람은 없었다. 다들 아직 집에서 나오지 않을 시간이었다. 그리고 작별인사는 어제 다 했으니까. 마리아가 나오지 않을까 싶었지만 결국 그녀도 나오지 않았다. 곧 멀리서 커다란 흰색 차가 다가왔다. 베드로는 차 움직이는 소리가 요란하다고 들었는데 직접 보니 거의 소리가 나지 않았다. 차는 그들 바로 앞에서 멈췄다. 요한이 먼저 탔고 베드로가 뒤를 따랐다. 차 안에는 아무도 없었다. 그들은 맨 앞자리에 나란히 앉았고, 요한은 말했다.

"도시로."

버스가 저절로 출발했다. 베드로는 긴장되어서 괜히 차 안을 계속 둘러보았다. 요한은 버스 운전석의 움직이는 핸들을 가리키며 말했다.

"저걸로 방향을 조절하는 거야."

요한은 베드로에게 운전석에 앉고 싶지 않으냐고 물었다. 베드로는 되물었다.

"왜?"

"차 조종하고 싶지 않아?"

"전혀."

차를 조종하다니 베드로는 상상할 수도 없는 일이었다. 버스는 도시를 향해 달렸다. 요한은 베드로의 어깨에 머리를 기댄 채 잠이 들었고, 긴장해서 창밖의 경치를 살펴보던 베드로도 곧 잠이 들었다.

✳

도시에 도착하자 버스가 멈췄다. 시동이 완전히 꺼진 다음 문이 열렸고, 베드로와 요한도 잠에서 깼다.

"내려야지."

요한이 중얼거리고는 천천히 일어났다. 베드로도 요한의 뒤를 따라 버스에서 내렸다. 두 사람이 내리자 버스 문이 닫히고 더 이상 움직이지 않았다. 요한은 도시를 둘러보며 기지개를 켜더니 한동안 말이 없었다.

베드로는 어색한 분위기를 깨보려고 괜히 이런저런 말을 했다.

"차를 타고 이동하는데 상당히 피곤하네. 가만히 앉아만 있었는데 왜 이리 몸이 뻐근하지? 머리도 어지럽고, 계속 졸리고."

"긴장해서 그래."

요한이 대답했다. 베드로는 말했다.

"병원이 어디야? 근방에는 안 보이는데? 차가 바로 앞에 내려다주는 줄 알았는데, 우리가 찾아가야 해? 많이 걸어야 하나? 너 걸을 수 있어?"

"택시를 타면 돼."

"택시?"

"차 말이야."

"택시 탈 줄 알아? 아니, 차는 안 보이는데 어디에 가야 차가 있어? 택시는 사람이 직접 조종하는 거야? 아니면 저절로…."

"서둘 거 없잖아."

요한은 말하고 천천히 걷기 시작했다. 그렇다, 서둘 것 없다. 병원을 빨리 못 가서 안달할 필요 없는 것이다. 요한은 말했다.

"도시에 가면 가보고 싶은 곳 없어?"

"도시에서?"

전혀 없었다. 도시는 가기는커녕 입에 올려도 안 되는 곳이라고 어렸을 때부터 배웠다. 그는 평생 올 일이 없을 줄로만 알았다. 요한이 도시로 가겠다고 할 줄 전혀 몰랐던 것이다. 도시에는 목이 아플 정도로 고개를 꺾으며 올려다봐야 꼭대기가 겨우 보이는 건물로 가득했고 직선으로 뻗은 도로는 시야에 다 들어오지 않을 만큼 길고 넓었다. 아무리 둘러봐도 숲과 산이 전혀 보이지 않는 경치 자체가 낯설어서, 베드로는 겁이 났다. 하지만 요한은 겁내지 않았다. 그는 도로를 물끄러미 바라보다가 지나가던 차를 향해 손을 뻗었다. 차가 멈추더니 그들을 향해 다가와서 베드로는 흠칫 놀랐는데, 요한은 멈춘 차의 문을 열고 탔다. 베드로도 엉거주춤 옆 좌석에 앉았다.

"한강으로."

요한이 말하자 차는 저절로 움직였다. 도로와 인도에는 차와 로봇이 가끔 보였을 뿐 사람은 없었다. 차는 곧 강변에 도착했고, 둘은 내렸다. 요한이 기다려달라고 말하자 차는 떠나지 않고 그대로 있었다. 로봇 몇 대가 다가와서는 그들을 지켜보다가 곧 떠났다.

"신경 쓰지 마."

요한이 말했다. 베드로는 로봇이 그들을 해치지 않을 걸 알면서도 긴장을 풀 수 없었다. 로봇이 어디에서 와서 왜 그들을 지켜보고 어디로 가는 건지도 계속 생각했다.

"강이 정말 넓다."

요한은 말했다. 새 우는 소리가 간간이 들리고, 가끔 강 주변에 들짐승이 지나갔다. 멀리서 사슴 한 마리가 요한과 베드로를 바라보다가 다시 천천히 풀을 뜯었다. 요한은 이따금 기침을 했다. 베드로는 무슨 말을 해야 좋을지 고민했다. 친구를 보내면서 하고 싶은 말을 어제부터 계속 생각했지만, 머릿속에서 잘 정리되지 않았다. 어릴 때 같이 놀던 추억, 자라면서 서로에게 감정적으로 의지했던 기억들, 어른이 된 후 힘들 때 도움을 주고받았던 일들이 떠올랐다. 그런 것을 모두 말해주고 싶었다.

가장 해주고 싶은 말은 천국에서 다시 만날 날을 기다린다는 것이었다.

요한은 말했다.

"혹시 사람이 보이지 않을까 했더니 없네."

"사람?"

"아무래도 누구든 서울에 오면 한강은 반드시 올 거라고 생각해서."

"왜?"

"글쎄, 내가 이렇게 왔듯이 다른 사람들도 오지 않을까? 한강은 서울에서 가장 특별한 곳이니까."

"왜 사람을 찾는 거야? 도시 사람들은 모두 컴퓨터 속으로 떠났잖아."

"사람이 어딘가 있을 것 같아서. 우리처럼 떠나지 않은 사람들도 있을 테니까. 다른 사람을 찾아 가끔 도시를 오지 않을까. 아니면 도시에서 여전히 살고 있을지도 모르고."

"내 생각에는 안 그런데. 우리처럼 천국에 가려는 사람들이라면 모를까, 종교가 없는 사람들은 고독을 견디지 못하고 오래전에 컴퓨터 속으로 떠났을 거야."

그렇겠지, 요한은 중얼거리더니 베드로를 돌아보았다.

"마트에 가보자."

"마트가 뭐야?"

"물건이 쌓여 있는 곳."

요한은 일어나더니 자동차에 손짓했다. 차는 시동을 걸고 그들에게 다가왔다. 요한은 베드로의 팔을 붙잡고 차로 끌고 가며 말했다.

"도시에서는 물건을 사려면 돈을 내는 건 알지? 마트가 그걸 하는 곳이야. 물건이 산더미처럼 쌓여 있어. 온갖 이상한 것들이 다 있어. 신기해."

하지만 나는 돈이 없는데, 베드로는 생각했다. 그리고 곡식을 저장하는 창고라면 마을에도 있었다. 열쇠를 마리아가 관리했다. 요한이 가장 가까운 대형 마트로 가달라고 말하자 자동차는 다시 저절로 움직였다.

✳

두 사람이 들어가자 깜깜한 마트에 불이 저절로 켜지면서 몇몇 로봇이 작동을 시작했다. 갑자기 멀리서 사람 목소리가 요한과 베드로에게 친절하게 인사를 건넸는데, 사람이 아니라 컴퓨터의 목소리라고 요한은 설명했다. 베드로는 마트의 어마어마한 규모에 놀랐다. 벽마다 수많은 물건이 차곡차곡 쌓여 있고 벽 너머에 물건이 쌓인 또 다른 벽이, 그리고 그 너머에 또 벽이 있었다. 정말 많다, 베드로는 반복해서 중얼거렸다. 요한은 베드로를 데리고 전자제품, 주방용품, 자동차용품 코너를 지나 가공식품 코너에 도착했다.

"이쪽부터는 전부 먹을 거야. 이건 통조림, 이건 과자, 이건 시리얼, 과일이나 채소는 없고… 여기 견과류는 있네."

요한이 말했고, 베드로는 시리얼 상자로 다가갔다가 겁이 나서 들어보지는 못하고 슬쩍 쓰다듬어보았다. 먼지가 약간 쌓여 있었다. 요한이 중얼거렸다.

"유통기한이 안 지난 것들도 많네."

"유통기한이 뭐야?"

"만든 지 얼마 안 됐다는 거야."

최근에 만들었다니, 누군가가 주기적으로 물건을 가지고 간다는 걸까? 생각에 잠겨 있던 베드로는 요한의 말에 깜짝 놀랐다.

"히아친타와 아나스타시아에게 줄 것 가져가."

"큰일 날 소리."

"왜?"

"왜라니… 도시 물건은 쓰면 안 되잖아. 게다가 아이들에게 먹인다니…. 도시 음식은 몸에도 나쁘고…. 아무튼 도시 물건을 쓰지 않으려고 마을에 모여 있는 거잖아."

"뭐 어때. 아나스타시아가 초콜릿을 좋아하던데. 생일에 초콜릿 만들어줘. 우리 어머니가 그랬던 것처럼."

요한의 생일에 먹은 초콜릿의 맛은 베드로도 알고 있었다.

"아직도 기억나."

베드로도 요한에게 다가가 같이 진열장의 초콜릿들을 내려다보았다.

그는 여덟 살 때의 일을 떠올렸다. 요한의 생일이었다. 그때는 요한의 부모님도, 베드로의 부모님도 아직 살아 있었다. 요한은 숲에서 혼자 놀던 베드로에게 찾아와서 자신의 집으로 같이 가자고 말했다. 베드로는 영문도 모르고 요한을 따라갔다. 요한의 어머니가 그들을 기다리고 있었다. 집에는 처음 맡아본 달콤한 냄새가 맴돌았다. 요한의 어머니는 생크림과 과일로 장식한 초콜릿을 그들에게 주었는데, 절대로 먹어서는 안 되는 도시 음식이었지만 정말 맛있어 보였다. 마을의 누구에게도 말하지 않겠다고 약속한 다음 요한과 베드로는 초콜릿을 나눠 먹었다. 베드로는 이후로 한동안 죄책감에 시달리면서 용서해달라고, 잘못을 뉘우칠 테니 죽은 다음 천국에 보내달라고 밤마다 잠들기 전에 신에게 기도했다. 마을 사람 누구에게도 말하지 않겠다는 약속은 끝까지 지켰다.

"초콜릿은 유통기한이 기니까 잘 냉동 보관하면 아나스타시아나 히아친타의 생일에 케이크를 해줄 수 있어."

요한은 말했다. 베드로가 자신도 사라도 초콜릿을 만들 줄 모른다고 하자 요한이 다시 말했다.

"어제 내가 하는 거 봤잖아."

그리고 꼭 생일이 아니라 다른 때에라도 초콜릿으로 과자나 케이크를 만들 수도 있다. 하지만 초콜릿을 보관하려면 냉장고가 필요한데 베드로의 집에는 없었다. 냉장고는 안토니오 집에 있다. 술을 한 병 들고 가서 안토니오에게 냉장고를 써도 되겠냐고 부탁해볼까. 아니면 요한의 냉장고를 달라고 마리아에게 말할까. 그런데 냉장고를 들이겠다면 사라가 찬성하려나.

복잡한 일은 나중에 생각하기로 하고, 베드로는 바닥에 주저앉아 초콜릿 상자를 하나 뜯었다. 빨간색과 노란색 흰색의 예쁜 은박지에 싸인 작은 초콜릿이 가득 있었다. 하나를 꺼내 먹었다. 요한도 베드로의 옆에 앉아 같이 초콜릿을 먹으며 말했다.

"도시로 간다고 할 때 네가 화를 낼 줄 알았어."

"내가 왜?"

"막상 아파서 죽을 때 되니까 겁이 나서 컴퓨터로 영혼을 백업하느냐고 비난할 줄 알았지. 겁쟁이라고 놀릴 줄 알

왔어. 아니면 지금이라도 늦지 않았으니 하느님을 받아들이라고 할 줄 알았지."

"내가 왜 그러겠어. 비난할 마음 없어. 하지만 왜 생각이 바뀌었는지는 궁금해."

요한은 말이 없었고, 베드로는 천천히 말했다.

"우리 부모 세대에… 의학과 과학이 발전하면서 사람들이 뇌의 정보를 컴퓨터에 저장하는 방법을 알아냈잖아. 많은 사람이 영원히 살기 위해 육체를 버린 다음 정신을 컴퓨터로 옮겼어. 그러지 않기로 한 사람들만 남았지. 우리처럼."

베드로의 부모는 컴퓨터 속에서 영원히 살면 죽어서 천국에 갈 수 없다는 이유로 컴퓨터에 정신을 백업하지 않았다. 마을 사람들 역시 같은 이유로 서울을 떠나 강원도에 마을을 만들고 살아가는 사람들이었다. 요한은 약간 달랐는데, 아버지 프란체스코는 똑같이 종교 때문이었지만 어머니는 컴퓨터 안에서 살고 싶지 않다는 개인적인 신념 때문에 남은 사람이었다. 소수지만 그런 선택을 한 사람들이 있었다. 그녀는 홀로 서울에 머물 수 없다고 판단해, 가치관은 다르지만 같은 결정을 내린 사람들이 모인 마을로 들어온 것이다. 마을 사람들은 사람이 한 명이라도 더 있는 편이 좋다는 이유로 요한의 어머니를 받아들였다. 그래서 그녀는 세례명이 없었고 프란체스코와 결혼한 다음에도 종교를 믿진 않았다. 요한은 태어났을 때 세례명을 받았다. 어른이 된 후에는 더 이상 종교를 믿지 않았지만, 어머니처럼 도시로 가지 않는다는 신념을 지켰고, 세례명은 이름으로 사용했다. 요한의 어머니는 죽을 때까지 도시로 가지 않고 마을에 살았다. 이상하게도 요한의 아버지 프란체스코는 세상을 떠나기 전 도시로 가서 컴퓨터에 정신을 백업했다.

그리고 어머니처럼 컴퓨터 안에서 살지 않겠다는 신념을 지켜온 요한이 어째서인지 죽기 전에 마음을 바꿔 도시로 온 것이다.

베드로는 말했다.

"따지려는 건 아니야. 그냥 알고 싶어서. 우리 어렸을 때는 친했는데 요즘엔 별로 대화가 없었잖아. 그래서 무슨 생각을 하는지 모르니까 궁금해서 그래."

"어린 시절에 재밌었지." 요한은 웃었다. "둘이서 매일 숲을 뛰어다녔잖아."

"맞아. 네가 책도 빌려주고."

베드로가 말했다. 요한의 집에는 책이 많았다. 특히 베드로의 부모가 읽지 못하게 하는 무기나 과학에 대한 책들이 많았다. 베드로가 집에서 창밖을 내다보고 있으면 검은색 반바지에 검은색 티셔츠를 입고 손에는 책을 몇 권 든 요한이 집으로 다가와 손을 흔들곤 했다. 둘은 마을 옆의 숲 개울가에서 책을 읽거나 나무 사이를 뛰어다니며 놀았다. 베드로가 약속도 없이 개울가로 찾아가도, 혼자 책을 읽고 있던 요한은 그를 반갑게 맞았다. 사춘기 때까지는 친했지만 어른이 되면서 천천히 멀어졌다.

"컴퓨터 안에는 아무도 없을 거야." 요한은 불쑥 말했다. "사람들은 컴퓨터를 떠나서 어딘가 다른 곳으로 간 것 같아."

"밤하늘이 환하게 빛나던 날 말하는 거야?"

베드로는 되물었다.

6년 전 저녁이었다. 안토니오가 다급히 문을 두들기더니 베드로와 사라에게 하늘을 보라고 말했다. 밖에서는 마을 사람들이 모여 밤하늘을 올려다보고 있었다. 밤하늘의 모든 별이 금성보다도 더 환하게 빛나는 광경을 보고 베드로는 입을 다물지 못했다. 모든 별이 차이 없이 똑같이 밝게 빛나다가 3시간 후에야 별빛이 줄어들었는데, 그날 이후로 다시 같은 일이 일어나지 않았다.

요한이 말했다.

"밤하늘의 별이 동시에 환하게 빛나는 일은 자연적으로 일어나지 않아. 그러니까 인공적인 현상이라는 건데, 나는 누군가가 우리에게 보낸 메시지라고 생각해. 문제는 누가 왜 보냈느냐는 거지. 나는 사람들이 컴퓨터를 떠나 우주로 갔다는 신호를 우리에게 보냈다고 생각해. 어떻게 했는지는 모르지만, 사람들이 컴퓨터 안에서 발전을 거듭하다가 결국 육체 없이도 자유롭게 다니는 방법을 알아낸 거야. 별

빛이 그 신호였고. 나는 그걸 확인해보려고 컴퓨터로 들어가는 거야."

베드로에게는 이해하기 어려운 말들이었다. 컴퓨터 안의 영혼들이 떠났다니, 어떻게 영혼이 컴퓨터 밖으로 나올 수 있지? 그리고 나왔다면 어디로 갔을까?

"그럼 사람들은 천국으로 갔을까? 컴퓨터 안에서 영생하는 삶은 가짜임을 깨닫고 천국으로 가려고 한 걸까? 하느님이 컴퓨터에 있던 영혼들을 용서하고 받아들였을까? 진심으로 회개했다면 그랬을 텐데."

"그럴지도 몰라. 아닐지도 모르고."

요한은 베드로를 홀로 남겨두고 어디론가 갔다가, 잠시 후 와인 병 두 개와 병따개를 가지고 돌아왔다. 솜씨 좋게 와인을 딴 요한이 병을 건넸고 베드로는 받아서 약간만 마셨다. 술에 취한 채로 마을에 돌아가고 싶진 않았다. 와인을 반병 마시고 난 다음 요한은 말했다.

"사실, 그날 밤 아버지를 숲에서 봤어."

"별이 빛나던 밤 말이야?"

"그날 밤 집 밖으로 나왔을 때 숲의 나무 사이에 아버지가 서 있었어. 분명히 봤어. 아버지도 나를 봤고. 우리 눈이 마주친 다음 아버지는 잠시 후 나무 사이로 사라졌어. 내가 숲으로 가서 확인했지만, 거기엔 아무도 없었어."

요한은 그런 말을 한 적 없었다. 베드로의 놀란 표정이 재미있었는지 한동안 웃더니, 요한은 말했다.

"너희 아버지도 봤어."

"우리 아버지도?"

"응. 어린 소년의 모습이었어. 빨간 반바지를 입고 계셨어."

"맞아, 아버지 어렸을 때 빨간 반바지 입고 다녔어. 우리 집에 아버지 어렸을 적 사진이 있거든. 테이블 위에… 뭐야, 나 놀린 거잖아."

요한은 웃었다. 술에 취한 덕인지 얼굴이 붉어져서 잠시 뺨에 생기가 돌고 건강하게 보였다. 베드로는 물었다.

"아버지를 정말 봤어?"

"나도 믿어지진 않아. 몸이 아파서 헛것을 봤는지도 몰라. 내가 잠깐 미쳤는지도 모르고. 하지만 내가 이해할 수 없는 뭔가가 숲에 있었어. 그건 분명해."

"프란체스코가 천국에서 잠시 왔다 가신 건지도 몰라. 네 수호천사가 되려고 말이야. 하느님이 잠시 천국의 문을 열어주신 걸 거야."

요한은 고개를 끄덕이고 말했다.

"컴퓨터에 들어가서 확인한 다음, 너를 만나러 돌아올게."

"언제든지 찾아와도 돼."

"고마워."

요한이 와인을 한 병 더 가져다달라고 해서, 베드로는 요한을 두고 주류 코너로 갔다. 그곳에서 잠시 각양각색의 술

병을 둘러보다가 돌아왔을 때 요한이 정신을 잃고 쓰러져 있었다.

✳

병원 침대에 누운 요한에게 로봇이 물었다

두뇌의 데이터를 컴퓨터에 전송하시겠습니까?

"그래."

데이터 전송 이후 남은 신체는 어떻게 처리하시겠습니까?

"화장해줘."

결정은 되돌릴 수 없습니다. 신중히 생각하십시오.

"어차피 살날 얼마 남지 않았어."

요한은 대답했다. 로봇은 말했다.

두뇌 정보 전송, 안락사, 신체 소각 처리에는 40여 분이 소요됩니다.

로봇은 대답했고, 허공에 떠 있던 침대가 벽을 향해 움직였다. 베드로는 침대를 따라 걸었다. 벽 일부분이 문처럼 열렸다. 요한이 누워 있는 침대가 그 안으로 들어가면 요한의 머릿속 모든 것은 데이터로 바뀌어 컴퓨터에 저장되고 몸은 소각처리 된다. 이제 요한은 재로 변할 것이다. 40분이면 끝난다. 베드로는 가지 말라고 매달리고 싶었다. 로봇에게 병을 치료해달라고 말하고 병원에서 건강을 회복한 후 마을로 돌아가자고 말하고 싶었다.

베드로가 요한의 손을 붙잡고 말을 걸려 하자, 요한이 먼저 말했다.

"무슨 생각 하는지 알아."

베드로는 대답했다.

"치료받고 마을로 돌아가자. 조금 더 머물러도 아무도 뭐라고 안 할 거야. 너는 너무 젊어. 히아친타와 아나스타시아가 크는 거 보고 싶지 않아? 적어도 마리아 님을 보내고 떠나야지. 컴퓨터에는 그다음에 들어가도 되잖아."

"병을 앓으면서 인생을 바라보는 관점이 많이 달라졌어. 죽음은 삶이 끝나는 것이 아니라 삶의 일부분이야. 삶을 완성하는 과정인 거지. 한 사람이 사라지는 게 아니라 조금 희미해지는 것뿐이야."

"그렇다고 서둘러서 삶을 완성할 필요는 없잖아."

"우리는 천국에서 다시 만날 거야. 안 그래, 베드로?"

요한은 말했다. 베드로는 더 할 말이 없었다.

"베드로, 내 재를 어머니 무덤 옆에 묻어주겠어?"

"응."

"나 때문에 우는 사람은 없었으면 좋겠어."

"응."

침대가 멈추고 로봇이 다가와 요한에게 주사를 놓았다.

마취제입니다. 곧 잠이 드실 겁니다. 마취를 완료하면 전

송을 시작합니다. 몸에 힘을 빼고 편안한 마음으로 60부터 1까지 거꾸로 세세요.

요한은 숫자를 세는 대신 베드로에게 말했다.

"사실 너무 아파서 포기하는 것도 있어. 몸이 너무 아파. 정말 아파. 너한테 말은 안 했는데, 그동안 마리아 님이 진통제를 줬어. 하지만 병이 깊어지니까 진통제도 소용이 없었어."

베드로와 맞잡은 요한의 손의 힘이 약해지면서 말도 느려지더니, 요한의 눈이 천천히 감겼다.

"베드로… 나는… 분명히 봤어… 아버지가…."

요한은 베드로의 손을 놓았다. 베드로가 다시 잡으려 했지만 침대는 문안으로 끌려 들어갔고 바로 문이 닫혔다. 40분 후, 요한은 흰색 플라스틱 통 속에 담긴 재로 변해 돌아왔다. 베드로는 플라스틱 통과 마트에서 가져온 초콜릿을 품에 안고 병원을 나왔다.

✳

베드로는 플라스틱 통과 초콜릿 상자를 안은 채 버스 유리창 밖을 바라보았다. 도시에서 마을로 돌아오는 동안, 그는 멍하니 창밖의 경치만 보았다. 마을로 들어오는 입구에서 그는 버스를 세워달라고 말했다. 운전하는 사람이 없는

데도 버스는 그의 말을 알아듣고 멈췄다. 그가 내리자, 버스는 방향을 돌려 도시로 돌아갔다.

　베드로는 플라스틱 통과 초콜릿을 들고 마을 옆의 숲으로 다가갔다. 어렸을 때 요한과 같이 놀던 공터에 도착해, 안이 비어 있는 적당한 나무를 골라 초콜릿 상자를 숨겼다. 일단 그곳에 뒀다가 냉장고가 생기면 초콜릿을 꺼내 옮길 생각이었다. 초콜릿을 숨긴 나무를 잊어버리지 않으려고 나뭇가지를 꺾어 표시하던 베드로는, 등 뒤에서 인기척을 느꼈다. 뒤를 돌아보니 소년이 있었다.

　검은색 티셔츠와 바지를 입고 손에는 책을 들고 있는 소년이었다. 소년은 잠시 베드로를 바라보다가 옆에 있는 소년을 돌아보았다. 빨간색 반바지를 입은 소년이 어느새 그 옆에 있었다. 두 소년은 나란히 서서 잠시 베드로를 바라보다, 몸을 돌려 뛰기 시작했고 나무 사이로 사라졌다.

　한동안 그곳에 서 있던 베드로는 유골함을 들고 천천히 집으로 돌아갔다.

투명 고양이는
짱이었다

분명 아무도 없는 집에 누군가 있는 것 같은 기분이 이어졌다. 처음에는 내가 신경이 날카롭나 보다 생각했다. 몇 달째 잠을 제대로 못 자고 기분이 우울하고 식사도 못 하고 있긴 했다. 하지만 뭔가 이상했다. 집에 분명 나 말고도 누가 있다. 귀신? 나 몰래 숨어 있는 도둑? 아니면 다른 뭔가? 참다못한 나는 밤에 자다가 벌떡 일어나 외쳤다.

"거기 누구야?"

분명 방문 근처에서 뭔가가 얼쩡거리고 있었지만, 대답이 없었다. 나는 소리쳤다.

"거기 있는 거 다 알아. 밤에 부스럭거리면서 움직이는 소리도 나고 가끔 물건도 떨어뜨리잖아. 냉장고에 있는 음

식은 왜 먹는 거야? 남의 음식을 먹고 싶으면 허락을 맡고
먹든가. 너는 정체가 뭐야? 투명인간이야?"

"투명 고양이야."

누군가가 대답했다.

"뭐? 고양이? 고양이가 어떻게 말을 해?"

"고양이가 어떻게 투명할까?"

이게 무슨 이상한 대답이람, 처음엔 황당했는데 생각해
보니 웃긴 대답이었다. 그렇다. 고양이가 투명하다면 말도
할 줄 알겠지. 하지만 정말로 고양이인지 확인이 필요했다.

"어디 있어?"

여기 있어, 문 쪽에서 대답이 돌아왔다. 투명해서 안 보
였기 때문에, 조심조심 다가가서 바닥을 더듬었다. 따뜻한
물건이 잡혀서 흠칫 놀랐다가 손을 뻗어 천천히 그것을 끌
어안았다. 부드럽고 긴 털이 팔에 닿아서 나는 그것을 쓰
다듬었다.

"침대에서 자도 돼?"

고양이가 물었다. 뭐, 고양이니까 괜찮겠지. 나는 고양이
알레르기도 없었다. 그리고 춥고 긴 겨울밤이었다. 나는 따
뜻한 고양이를 침대에 데리고 가 안고 누웠다.

"겨울에는 남의 집에 몰래 숨어서 보내. 밖은 추우니까
말이야. 잠시 네 집에 머물러도 괜찮겠어?"

막 잠이 들려는 참에 고양이가 물었고, 나는 그러라고 대

답했다. 따뜻한 고양이 덕분이었는지 정말 오랜만에 깊이 잠이 들었다. 늦잠을 자다가 고양이가 청소하는 소리에야 잠을 깼을 정도였다.

눈을 비비고 방을 돌아보니 물건이 이리저리 움직이고, 쓰레기가 저절로 비닐봉지 속으로 들어가고, 허공에서 걸레가 날아다녔다.

투명 고양이가 말했다.

"이제야 일어났어? 집이 엉망이라 청소하고 있어. 청소를 얼마나 안 한 거야? 설거지할 거니까 수세미하고 퐁퐁도 새로 사. 냉장고에 먹을 것도 없더라. 물티슈도 없지? 휴지도 거의 다 떨어졌고. 내가 필요한 물건 불러줄 테니까 마트에서 장 봐와."

"하지만 돈 없는걸."

그때 허공에서 돈다발이 뚝 떨어져서 깜짝 놀랐다. 오만 원, 만 원, 오천 원, 천 원 등등 다양한 지폐가 고무줄에 한 다발로 묶여 있었는데 언뜻 봐도 꽤 많은 액수였다.

"그 돈으로 사 와."

"돈이 있는데 왜 남의 집에 숨어 사는 거야?"

"투명한 고양이가 집을 어떻게 구하겠어."

고양이는 대답했다. 청소하는 동안 빨리 장 봐 오라고 독촉해서, 억지로 기운을 내서 몸을 일으켰다. 오랜만의 외출이었다. 마트에는 사람이 많아서 다시 집으로 돌아오고 싶었지만, 고양이의 잔소리를 생각하고 용기를 냈다. 고양이가 정해준 대로 물건을 사고 게다가 돈도 두둑이 있으니 물건 사는 재미도 있었다. 없는 돈에 장을 보려면 고민에 고민을 거듭하다가 정신이 나가서 그냥 집으로 돌아왔을 것이다. 힘들게 물건을 사서 장바구니를 들고 집으로 돌아왔고, 저녁 내내 기운이 없어서 누워만 있었다. 고양이는 별말 하지 않고 청소를 마친 다음 식사를 준비했다.

투명 고양이와 밥상에 앉아 늦은 점심을 먹는데 고양이가 텔레비전을 틀어보라고 말했다.

"집에 텔레비전 없어."

"그럼 저건 뭐야?"

고양이가 뭔가를 가리키며 말했다. 하지만 고양이는 투명하니까 뭘 가리키는지 알 수 없었다. 고양이는 젓가락을 들어 다시 가리켰다.

"컴퓨터 모니터야. 텔레비전 방송 안 나와."

"컴퓨터나 핸드폰 같은 기계는 아무리 봐도 잘 모르겠어."

고양이는 말했다. 고양이는 저녁도 차려줬고, 다음 날 아침, 점심도, 저녁도 차려줬다. 그렇게 투명한 고양이와 나의 동거가 시작되었다.

집안일은 고양이가 다 했다. 청소, 빨래, 설거지, 기타 잡일 전부. 나는 그냥 침대에 누워만 지냈다. 쓰레기를 버리거나 외출할 일이 있을 때 가끔 나가는 정도였다. 그렇게 빈둥

대면서 고양이가 챙겨주는 밥을 먹고 푹 자다가 보니 조금씩 기분이 나아지는 느낌이었다. 고양이가 아침이면 바로 커튼을 걷어서 집에 햇빛이 들어오게 했는데, 그 때문에 햇볕을 많이 쬐어서 그런 것도 같았다.

＊

내가 고양이에게 신세만 진 건 아니었다. 도움이 되는 일도 했다. 고양이에게 컴퓨터 쓰는 법을 가르친 것이다. 고양이는 타자 치는 법과 문서 작성하는 방법을 배우더니, 곧 문서 작성 프로그램에 작은 발로 키보드를 하나하나 누르면서 글을 쓰기 시작했다. 고양이는 자신의 삶을 기록한 자서전을 쓴다고 했다. 나에게도 보여줬는데, 《투명 고양이는 짱이었다》라는 제목의, 자기가 얼마나 위대한가를 칭송하는, 투명 고양이의 허무맹랑한 모험을 기록한 이야기였다. 정말 어이가 없었다.

"이게 뭐야, 다 자기 자랑이잖아."

"내가 짱인데 어떻게 자랑을 안 해."

고양이는 말했다. 그건 맞는 말이었다. 정말 투명 고양이는 요리 솜씨도 청소 기술도 최고였다. 덕분에 나는 천천히 체력도 회복하고 의욕이 생기면서 가끔 고양이와 함께 산책을 할 여유까지 낼 수 있었다. 밖에 나가는 게 내키지 않다가도 고양이와 함께 간다고 생각하면 안심이 되었다.

눈이 내리면 같이 나가서 눈을 구경했고 주말 저녁에 길을 걸으며 지나다니는 행인도 구경했다. 즐거운 날들이었다. 크리스마스에는 같이 파티도 했다. 고양이가 멋진 요리를 하고 내가 인터넷으로 디저트와 치즈와 와인도 주문해서 즐겁게 먹고 마셨다. 가끔은 극장도 같이 갔다. 새해에는 텔레비전에서 제야의 종소리도 같이 들었다.

✳

겨울이 끝나고 봄이 왔을 때, 나는 외출해서 친구들을 만날 용기를 냈다. 모임에 나오라고 연락 올 때마다 거절했는데, 이제는 나가도 괜찮지 않을까 싶었다. 고양이가 물었다.

"마음이 변했나 봐?"

"봄이 왔으니까."

정말 오랜만의 외출이라는 걸 고양이도 알고 있었다. 고양이가 화장품과 옷과 신발을 사주고 미용실에 갈 돈도 준다고 해서 나는 신이 났다.

"정말?"

인터넷 쇼핑하면서 정말 사도 되느냐고 계속 캐물어도, 고양이는 모두 사라고 흔쾌히 허락했다.

"봄이 왔으니까 말이지."

고양이는 대답했다. 인터넷 쇼핑은 재미있었다. 사실 외출보다 더 재미있었던 것 같다. 막상 미용실에 다녀오고 옷을 입고 화장도 하고 새 신발도 신고 나가려고 하니 힘들었다.

길에 나오자 사람도 많고 시끄러웠다. 친구들은 내가 전혀 가본 적 없는 낯선 곳으로 약속 장소를 잡았는데, 그래서 괜히 기가 죽었다. 입구에서 들어갈까 말까 망설이다가, 용기를 내서 안으로 들어갔다.

"그래도 고양이가 비싼 돈 들여서 옷 사줬는데…."

친구들은 정말 오랜만이라며 반가워했다. 얼굴이 좋아졌다는 말, 옷도 신발도 잘 어울린다는 말, 화장이 멋지다는 칭찬도 아낌없이 했다. 그 말들에 기계적으로 대답하다가 조금씩 대화에 적응했다. 친구들은 그동안 어디 있었느냐고 반복해서 캐물었다.

"집에만 있었어."

"왜 집에만 있었어?"

친구의 말에 나는 생각에 잠겼다. 그러게, 왜 그랬을까? 외출이 힘들었다. 밖에 나간다는 생각만 해도 힘들어서 침대에 누워만 있었다. 겨울 동안 나만 힘든 건 아니었다. 결혼한 친구는 결혼한 친구대로, 회사에 다니는 친구는 또 그 친구대로, 직장을 구하는 중인 친구는 그 친구대로 힘들었다. 연애해서 힘들고, 연애 못 해서 힘들고, 다들 힘들었다. 친구들도 나처럼 투명 고양이가 있으면 좋을 텐데 하고 생각했다.

"뭐 쉬운 게 없니?"

제일 많이 힘들다고 불평을 늘어놓은 친구가 제일 크게 화를 내서, 나도 친구들도 웃고 말았다.

"앞으로 자주 만나자."

헤어지면서 친구들은 말했다. 그러자고 다들 약속했지만, 다 같이 시간이 나는 게 언제일지는 아무도 몰랐다.

✳

그리고 집에 오니 투명 고양이가 없었다.

고양이에게 줄 간식도 사서 들어왔는데, 거실에 뜬금없는 커다란 텔레비전이 있었다. 이게 웬 거냐고 물어도 대답이 없었다. 고양이는 원래 보이지 않으니 집 어디에 있는지 알 방법은 없다. 그래서 내가 부르면 어디에 있으니 조심하라고 바로 대답했다. 하지만 이번에는 대답이 없었다. 자고 있나? 침대를 더듬어도 없었다. 혹시 장난인가 싶었는데, 프린터로 출력한 편지가 컴퓨터 위에 있었다. 겨울 동안 신세 많이 졌다는 말, 자서전도 완성했고 봄도 왔고 해서 이제 떠난다는 말, 인사 없이 떠나서 미안하다는 말, 선물로 텔레비전을 놓고 간다는 말이 편지에 있었다.

"혼자서 텔레비전은 어떻게 배달받았지?"

나는 텔레비전을 켰다. 케이블과 연결되어 있지 않았기 때문에 아무것도 없는 검은색 화면만 나왔다. 그곳에 내 얼굴이 비쳤다. 겨울보다 훨씬 건강해지고, 예뻐지고, 봄을 맞아 들뜬 얼굴이었다. 다시 고양이를 만날 수 있을까. 나는 고양이와 함께 보낸 시간을 떠올리며 생각했다. 고맙다는 말도 못 했는데. 무리해서라도 핸드폰을 사줄 걸 그랬나. 가끔 통화하면 좋을 텐데. 이메일 주소라도 주고받았으면 좋을 텐데. 편지라도 보낼 수 있으면 좋을 텐데.

하지만 고양이는 어디서든 잘 지내리라는 걸 나는 알고 있었다.

투명 고양이는 짱이니까.

작가의
말

　〈너의 변신〉은 SF 소설가 듀나님의 칼럼에서 아이디어를 얻어서 썼습니다. 듀나님이 칼럼에서 사람들이 성형수술에 쓰는 기술을 사용해 팔을 하나 더 단다든가 하는 식으로 쓴다면 어떻게 세상이 변하겠는가, 라고 쓰신 문장을 읽고, 정말 그렇게 된다면 어떨까 생각하다가 단편을 썼습니다. 소설은 발표 이후 프랑스, 독일, 베트남, 인도네시아에서도 번역 출간됐습니다. 10년 전에 쓴 글이 지금도 계속 새로운 독자를 찾아가고 있어서 기쁩니다.

　저는 항상 사람들이 잘 다루지 않거나 말하지 않는 소재에 관심이 많았습니다. 〈너의 변신〉도 동성애를 다루고 있고, 마찬가지고 〈섹스 없는 포르노〉도 사도 마조히즘과 무성애를 다뤘습니다. 사도 마조히즘과 무성애는 당시에 잘 알려지지 않았고, 무성애의 경우 지금에서야 조금씩 알려지는 중입니다. 이렇게 사회에서 감춰져 있는 상황을 표현하고 싶어서 독특한 형식을 사용했습니다.

〈모든 것의 이론〉의 마지막 문장은 커트 보네거트의 《제5도살장》에서 가져왔습니다. 시간이 거꾸로 흐르는 설정은 글에도 나오듯이 복거일님의 소설 《마법성의 수호자 나의 끼끗한 들깨》에서 영감을 얻었습니다. 빅뱅이론, 모든 것의 이론, 특이점 설명은 위키백과를 참조했습니다.

〈시리와 함께한 화요일〉을 〈웹진 크로스로드〉에 실렸던 버전으로 읽으신 분들은 글을 많이 수정했다는 걸 알아차리실 것 같습니다. 글을 발표한 지 꽤 시간이 흘렀고, 지금 독자분들이 더 쉽게 읽으셨으면 하는 마음에 인물과 배경을 수정했습니다.

〈#초인은지금〉은 원래 장편으로 기획했으나 글이 써지지 않아서 먼저 단편으로 썼고, 앤솔로지 《이웃집 슈퍼히어로》와 과학잡지 〈원더랜드〉에 실었습니다. 이후 단편을 장편으로 확장한 장편소설 《초인은 지금》을 2017년에 출간했습니다.

〈바나나 껍질〉은 제 장편소설 《행운을 빕니다》와 같은 세계관과 등장인물을 공유하는 소설입니다. 원래는 《행운을 빕니다》의 속편을 쓸 계획으로 썼는데, 이후 속편을 완성하지 못했고 그래서 이 단편을 발표할 기회가 없었습니다. 이곳에 싣게 돼서 기쁩니다.

〈천국에도 초콜릿이 있을까〉는 원래 '배웅'이라는 제목과 '천국에도 초콜릿이 있을까'라는 제목 중에 고민하다가 '배웅'으로 발표했는데, 지금은 '천국에도 초콜릿이 있을까'가 더 마음에 들어 이번에 바꿨습니다.

〈운 좋은 사나이〉는 실제로 스페인에서 마을의 모든 사람이 복권에 당첨됐는데 한 사람만 당첨되지 않았던 일이 일어났다고 합니다. 어쩌다 그런 일이 일어났을까 생각하다가, 혹시 이렇게 된 게 아니었을까 상상하고 이 글을 썼습니다.

〈이불 밖은 위험해〉는 '이불 밖은 위험해'라는 말이 마음에 들어서 그런 제목의 글을 쓰고 싶다는 생각에 쓴 엽편입니다. 〈투명 고양이는 짱이었다〉는 '투명 드래곤은 짱이었다'가 재미있어서 이를 패러디한 제목의 글을 쓰면 재밌겠다는 아이디어를 떠올리고 썼습니다.

〈마도서〉에서 기사가 읽지 못한 메시지는 실제로 인터넷에 떠도는 이미지입니다. 그것에서 영감을 얻어서 썼습니다. 내용은 다음과 같습니다.

이 글을 읽고 있는 당신은 현재 거의 20년 동안 혼수상태에 빠져 있는 것이며, 우리는 새로운 의료기술을 시도하고 있습니다. 우리는 당신이 꾸는 꿈속의 어느 곳에서 당신이 이 메시지를 만나게 될지 알 수 없지만, 반드시 성공하길 바랍니다. 부디 그만 꿈에서 깨어나세요! 모두가 기다리고 있습니다.

〈스파게티 소설〉의 제목은 제가 좋아하는 소설가가 자신의 소설을 '스파게티 삶으면서 읽기에 적당한 소설'이라고 표현한 것에서 힌트를 얻었습니다. 제 장편소설《행운을 빕니다》와《디저트 월드》와 같은 세계관과 등장인물을 공유합니다. 잭은《행운을 빕니다》와《디저트 월드》모두에 등장하고, 토끼 남자와 루비는《디저트 월드》에 등장합니다. 이 이야기가 마음에 드셨다면 두 장편도 읽어보시길 추천합니다.

이 책은 제 첫 단편집입니다. 10년간 모은 단편을 책으로 낸다고 생각하니 기대도 되고 걱정도 됩니다. 코로나 바이러스 때문에 답답한 일상을 보내시던 독자 여러분이 이 책을 읽는 동안 즐거우셨으면 바랄 것이 없겠습니다.

이불 밖은 위험해

초판 1쇄 인쇄 2021년 1월 3일
초판 1쇄 발행 2021년 1월 5일

지은이 김이환
펴낸이 박은주
편집장 최재천
기획 김아린
편집 최지혜
일러스트 권서영
디자인 김선예, 서예린
마케팅 박동준

발행처 (주)아작
등록 2015년 9월 9일(제2020-000038호)
주소 04389 서울특별시 용산구 한강대로 26
한강트럼프월드3차 102동 1801호
대표전화 02.324.3945   **팩스** 02.324.3947
이메일 decomma@gmail.com
홈페이지 www.arzak.co.kr

ISBN 979-11-6550-893-7 03810